KB133520

존귀한 자는 존귀한 일을
계획하나니 그는 항상
존귀한 일에 서리라
- 이사야 32:8 -

惠存

소중한 인연을 감사히 여기며,
늘 건승하시길 기원 드립니다.

Dream

『Dream is NOWHERE』

여성 경호원 고은옥의
NOWHERE

여성 경호원 고은옥의 NOWHERE

발행일 2016년 12월 25일

지은이 고 은 옥
펴낸이 손 형 국
펴낸곳 (주)북랩
편집인 선일영 편집 이종무, 권유선, 김송이
디자인 이현수, 김민하, 이정아, 한수희 제작 박기성, 황동현, 구성우
마케팅 김회란, 박진관
출판등록 2004. 12. 1(제2012-000051호)
주소 서울시 금천구 가산디지털 1로 168, 우림라이온스밸리 B동 B113, 114호
홈페이지 www.book.co.kr
전화번호 (02)2026-5777 팩스 (02)2026-5747

ISBN 979-11-5987-324-9 03810 (종이책) 979-11-5987-325-6 05810 (전자책)

이 도서의 국립중앙도서관 출판예정도서목록(CIP)은 서지정보유통지원시스템 홈페이지(http://seoji.nl.go.kr)와 국가자료공동목록시스템(http://www.nl.go.kr/kolisnet)에서 이용하실 수 있습니다.
(CIP제어번호 : CIP2016031407)

여성 경호원 고은옥의
NOWHERE

고은옥 | 지음

★ 20년 전 대한민국에
여성 경호 시대를 연
그녀의 당찬 도전!

북랩 book Lab

| 서 문 |

둘째 딸…; So What?

나는 1978년 5월 5일 경기도 부천 집에서 둘째 딸로 태어났다. 친구들이 어느 어느 병원에서 태어났다고 얘기할 때 나는 늘 집에서 태어났다고 당당하게 얘기했다. 어린이날이라 동네 사람들과 다 같이 놀러 가기로 했는데 나 때문에 못 갔다고 하소연 했던 언니와 아들이 아니라 달갑지 않아 했다는 아빠…. 그 당시 다섯 살이던 언니는 엄마가 돌아가시는 줄 알고 집 밖에서 울었다고 한다. 가끔 어르신들을 뵈면 태어날 때부터 어깨가 넓어 산모도 태아도 위험했다는 말씀을 듣는다. 나는 4kg이 넘게 태어났는데, 부모님은 나를 우량아 대회에 못 내보내 늘 아쉬워하셨다고 한다. 나는 백일 때 10kg이 넘게 나갔다 하고 사내아이처럼 찍힌 사진에 충격적인 건, 너무 튼실해서인지 목이 없고 어깨는 각이 져 있다. 그렇게 고은옥의 인생은 시작되었다.

그래도 둘째까지는 그나마 다행이다. 4년 후 태어난 동생은 아빠가 얼마나 서운했으면 이름에 쓰는 돌림자 '은혜 은(恩)'을 '은 은(銀)'자로, 그리고 '여름 하(夏)'로 신고하셨다. 가족들이 모이면 동생이 하소연한다. 도대체 자기 이름의 뜻이나 의미가 뭐냐고…. 뜻 그대로 여름에 태어난 은이지 뭐, 하며 다들 웃고 넘어간다. 언젠가 호적의 한자를 바꿀 날이 있을지도 모르겠다. 동생아 미안.

엄마는 여덟 살이나 차이 나는 아빠와 결혼하셨는데, 아빠는 생활력보다는 누구나 인정하는 법 없이도 살 사람! 동네 반장에 술을 아주 많이 좋아하는 호인이셨다. 아빠는 늘 동네 궂은일을 도맡아 하셨고, 동네 사람들은 초상이 나면 아빠부터 찾았다고 한다. 엄마는 신혼 초와 언니를 낳기 전까지 동네 사람들이 늘 집에 손님으로 와서, 술 받으러 다닌 기억이 제일 많았다고 하실 정도다. 그 덕에 신장 150cm도 되지 않는(키 작은 게 평생의 콤플렉스이신 분이라 엄마께 혼날지도 모름) 엄마는 생활력이 아주 강한 호랑이 여장부로 사셔야 했다. 엄마는 우리 세 딸을 병원이 아닌 집에서 낳았고, 못생겨도 좋으니 키만 크라고 기도하셨다고 한다. 감사하게도 장녀, 차녀, 막내 순으로 점점 커져서, 같이 다니면 낳아준 엄마 맞느냐는 질문을 늘 받으면서도 좋아라 하신다. 엄마 혼자 생활과 양육을 도맡아 하시는 상황이어서 형편이 넉넉하지 않아 유치원은 다니지 못했지만, 난 늘 골목대장이었고, 어린 시절 엄청 뛰어놀았다. 그때나 지금이나 신용이 좋은 엄마는 늘 성실과 신용을 강조하셨다. 나는 아주 가끔 동네 가게에 가서 돈을 받아오는 심부름을 할 때가 있었는데, 지금도 엄마 친구들이나 그때 지인들이 제발 둘째 좀 보내지 말라고 하셨다 한다. 지금도 고지식하고 엄마에게 충성하면서 살지만, 그 어릴 때도 돈을 줄 때까지 끝까지 기다려서 받아왔던 기억이 있다.

엄마의 철학은 '아파도 학교에서 아파해라!'였다. 우리 셋은 아빠 돌아가신 날 조금 일찍 하교한 것 말고는 초중고 조퇴 한 번 없이 12년 개근상을 받았다. 한 번은 언니가 육상선수를 하다가 다리 전체를 깁스했는데, 비 오는 날 그 작은 체구의 엄마가 택시도 타지 않고, 고학년인 언니를 업어 등교시킨 걸 본 적이 있을 정도였다. 물론 나 역시 팔이 부러져 깁스했을 때도 예외는 없었다.

하지만 어릴 때 가장 듣기 싫은 말이 '아들 못 낳은 집'이라는 말이었다. 아들 없어서 어떡하냐며 걱정하는 동네 어르신들의 말씀과 나중에 제사 누가 지내 주느냐는 질문, 양자 들여야 하지 않겠냐는 제의… 엄마가 그런 얘기를 듣는 게 싫어 어린 마음에도 아들 역할을 해야겠다는 생각이 나를 지배했던 것 같다. 운동신경이 좋아서 입학하자마자 늘 운동회 계주선수로 활약했다. 육상선수로 활동하던 초등학교 3학년 때 태권도 체육관에서 학교로 홍보를 온 일이 있는데, 그 시점이 내 인생 첫 번째 터닝 포인트가 되었다. 태권도를 하고 싶어 하는 학생들을 모아 운동장에서 가르치게 되었는데, 어느 시점이 지나 체육관에 등록한 후 배울 수밖에 없는 상황이 되었다. 어린 마음에 태권도 수련이 아들 역할을 할 수 있는 방법이라 생각했고, 집안 형편은 알지만, 아빠에게 태권도를 배우고 싶다고 했다. 하지만 그때의 충격! 다짜고짜 "계집애가 무슨 태권도야?"라고 반문하셨다. 하지만 엄마께 말씀드렸더니 관비와 함께 도복을 사주셔서 운동을 계속 할 수 있었다. 물론 엄마는 우리를 데리고 학원을 등록하거나 같이 가신 적은 없다. 생계를 책임지셔야 했고, 사는 게 바빴기 때문에. 지금 생각해보면 엄마한테 남편은 정말 '남의 편'인 사람이었으니 얼마나 힘드셨을까.

아빠가 돌아가신 지 올해로 23년…. 같이 무언가를 하거나 놀러 간 기억이 없다. 특히 올해는 아빠 기일과 내 생일이 같은 날이라, 제사상에 내 케이크를 올려드린 해이기도 하다.

중학교 3학년이 시작된 무렵 아빠가 사고를 당하셨고, 사고 후 바로 수술을 하셨다. 사고 당일에 내일 학교 갔다가 병원에 오라고 얘기를 들었는데, 다음 날 언니가 학교로 찾아왔다. 아빠 돌아가셔서 병원에 가야 한다고…. 그렇게 임종을 지키지도 못했고, 원망도 하소연도 할 시간이 없었으며, 왜 그렇게 아들만 원했냐고 따지지도 못한 채 아빠를 보내드렸다. 그때 중국 유학과 취직을 준비하던 언니는 스물한 살, 난 고등학교를 준비해야 하는 중 3 열여섯, 동생은 초등학교 5학년 열두 살…. 그렇게 우리 모녀 넷은 남겨졌다.

돌아보면 각자 과장된 책임감으로 살아온 23년이다. 엄마는 40대에 혼자 되셨고, 언니는 출국을 포기하려 했지만, 엄마가 원치 않으셨다. 공부는 어떤 상황에서도 우선순위! 배우는 부분에 대해서는 달러 빚이라도 내서 해야 하는 게 맞는 거라고 하셨다. 그래서 언니는 중국과 수교를 맺기도 전인 그해에 어학연수 겸 취직을 했고, 난 운동을 접고 인문계를 준비했다. 육상은 주 종목이었던 단거리보다는 투창선수로서의 성적이 더 좋긴 했지만(처음엔 투창부에서 투포환을 제의받았는데, 그럼 육상부 안 하겠다고 해서 투창선수로 전향한 비하인드 스토리), 육상선수로 고등학교를 진학하고 싶진 않았고, 태권도 또한 여성 선수층이 얇아 대회가 거의 없던 시절이었다. 동생도 아무런 사건 사고 없이 피아노를 배우며 잘 자라주었다.

엄마께 감사한 부분은, 어려운 환경에서도 혼자 힘으로 각자의 재능을 살려 능력 발휘를 하게 뒷바라지해주셨다는 사실이다. 언니는 어학으로, 난 운동으로, 동생은 어릴 때부터 피아노를 배워 각자의 길을 개척했다. 엄마의 철칙이 또 하나 있는데, 대학 등록금의 처음과 끝은 엄마 몫, 나머지는 당사자 몫! 그 덕에 우리 세 자매는 학자금 대출을 떠안고 치열한 삶을 살 수밖에 없었다. 언니는 상고를 졸업하고 사회생활과 병행하며 박사까지, 난 19세에 등록금 벌기 위해 시작한 경호 아르바이트가 천직이 되어 사회생활 20년차 석사, 동생은 어릴 때부터 피아노 반주, 레슨, 결혼식 반주, 교회 반주자로 열심히 살아오며 박사가 되었고, 감사하게도 지금은 모두 엄마의 자부심이 되어 살고 있다.

많은 분들이 내가 체육을 전공했을 거라고 생각한다. 그러나 대학 입학에도 나름의 사연이 있다('선택(Choice)' 장에서 다시금 언급할 예정이다). 환영받지 못한 둘째 딸의 포지션으로 삶을 시작했지만, 정월 초하루에 태어나 재수 없는 아이로 낙인찍힌 채 살았던, 그러나 "He can do, She can do, Why not me?"를 외치며 미국에서 멋지게 성공한 사업가로 살고 계시는 김태연 회장님이나, 미국에서 가사도우미로, 웨이트리스로 살았지만, 여성 장교이자 작가로 멋지게 희망의 증거가 되어주신 서진규 박사님의 삶만큼 힘들거나 고된 삶은 아니었음에 감사하고 행복하다. 또 경호원의 삶을 통해 이분들이 방한했을 때 함께할 수 있는 기회가 주어졌다는 사실에 감사할 따름이다.

살아가면서 가장 감사한 부분은, 누가 뭐래도 힘든 상황에서 세 딸을 강하게 키워주신 엄마의 존재이다. 그에 대한 깊은 감사의 마음으로 이 책을 써내려 가고자 한다.

| 차 례 |

CHALLENGE 도전

CHANCE 기회

CHOICE 선택

CRISIS 위기

CHANGE 변화

CHALLENGE

도전

어깨 깡패, 도전 깡패 학창시절

나는 경호원이다. 여.성.경.호.원!

시집이나 가지! 조사하지 말고…

최초의 여성전문 경호경비 법인 '퍼스트레이디'

성공은 도전하는 자의 미래에 달려 있다

나는 골을 넣지 못하는 이를 책망하지 않는다.
다만 골이 두려워서 슈팅하지 않는 자를 책망한다.

— 거스 히딩크 —

어깨 깡패,
도전 깡패 학창시절

내가 살던 동네에는 유난히 또래들이 많았다. 동네에서 늘 골목 대장으로 자랐고, 말뚝 박기, 딱지, 구슬치기를 즐겨하며 뛰어놀았다. 지금 우리 집은 초등학교 앞인데, 학년별 두 반이 고작, 한 반에 30명 내외다. 세상에 단 한 명인 우리 조카는 학교가 바로 집 앞이라 6년을 정말 편하게 다녔으나, 가끔은 안쓰러울 때가 있었다. 유치원은 나와 언니의 사업으로 멀리 다녔고, 학생 수 적은 초등학교 졸업 후 바로 중국 유학길에 올라 벌써 고등학생이 되어, 방학 때만 볼 수 있는 가족이 되어버렸다.

반면에 내가 자랄 무렵엔 정말 열심히 뛰어놀았다. 초등학교 입학 시 한 반에 거의 60명, 한 학년이 열네 반으로 구성되어 오전반, 오후반이 있었다. 3포(연애, 결혼, 출산 포기) 세대와 저 출산의 주범으로 살고 있는지라 뒤의 말은 안 하는 게 혼나지 않는 지름길이라 생각되어 생략하기로 한다. 초등학생 시절 나는 학교가 멀고 노선이 없어 반은 걸어가고 반은 버스 타고 등교하다가, 아예 자전거를 타고 등·하교를 했다.

그리고, 39년의 삶의 키워드 도전 정신은 도전 깡패라 불릴 만큼 어릴 때부터 작용했던 것 같다.

초등학교 입학 후 육상부로 운동장을 뛰어다니고, 운동회 계주 선수를 도맡아 했다. 또 체력장은 초(5, 6학년)·중·고등학교 8년 모두 특급이고, 단골 체육부장으로 학교생활을 했다. 걸스카우트를 하고 싶었지만, 재정적인 문제가 있었기에 대신 밴드부 활동을 하며 호른 연주를 했고, 중학생 때는 RCY 활동을 하며 헌혈 캠페인을 다녔다. 여중을 다니며 태권도와 육상을 한 덕인지, 후배들에게 초콜릿과 편지도 많이 받고 선도부 활동도 병행하게 되었다. 고등학교에 입학해서는 1학년 때 RCY 활동을 하다가, 2학년 때 처음으로 학교에 한별단(초등학교 아람단, 중학교 누리단, 고등학교 한별단)이 창립되어 초대 학년단장으로 활동했다. 그리고 기타 연주를 하며 특별활동을 했었다.

초등학교 6학년 때 체육부장을 뽑는 시간. 당연히 남학생이 해야 한다는 여론을 꺾고 투표로 체육부장이 되었다. 또 중고등학생 시절 남들은 영어, 수학 시험 준비에 집중할 때, 체육 이론 공부를 하여 체육 과목 전교 1등으로 단상에서 상을 받은 기억이 있다. 실기를 거의 만점을 받으니 필기 잘 보면 체육과목 전교1등 할 수 있는 선택·집중의 효과. 그와는 너무도 대조적으로, 가정 시간과 미술 시간은 포기 수준이었다. 여중생 시절 3학년 때 가정 과목 필기시험을 백점 맞은 친한 친구가 있다. 그 친구 덕분에 무사히 바느질과 뜨개질, 요리 실습 시간을 보낼 수 있었고, 대신 다른 숙제를 해주었다. (연겸아! 고마워!) 그리고 손재주 좋은 친구들 덕분에 무사히 미술 시간들을 보낼 수 있었다. 역시 세상은 혼자 사는 게 아니라는 사실을 뼈저리게 느끼면서….

살아오면서 딱 두 번 상대방 뺨을 때린 적이 있다. 한 번은 여중 입학한 1학년 때, 한 번은 경호 회사 오픈 초창기 때 현장에서…. 입학 초기에 학년 대표를 하고, 고학년엔 학생회장을 하겠다며 모녀가 말이 많이 나올 정도로 시끄럽던 친구가 있었다. 앞뒤 자리에 앉았는데, 지금 생각하면 정말 사소하고 유치한 일로 서로 쪽지가 오가다가, 그 친구가 독서실에서 다른 학생들 다 있는데 그 쪽지를 찢어 내게 던지고 나가버렸다. 나는 당장 그 친구 자리로 갔고, 사과하라고 했다. 기한까지 주면서…. 기한이 지난 후 사과 안 하냐니까, 앉은 채 서 있는 나를 올려다보며 "내가 뭘 잘못했는데?" 하고 무시하는 투로 얘기했다. 그러자마자 내 손바닥이 날아갔고, 참 예쁜 토끼 이빨이었던 그 친구 앞니가 깨졌다. 그러나 그 와중에도 희한한 건 친구들의 반응이었다. 그 친구 뺨을 때린 후 "얘들아! 미안해! 분위기 이상하게 흐려서."라고 했는데, 오히려 친구들이 잘했다고, 괜찮다고 편을 들어줬다. 그 일 이후 가만 안 있겠다더니, 다음 날 3학년 언니들 몇 명이 와서 "고은옥 누구야?"를 외치며 두고 보자고 했다. 난 무슨 깡인지, "두고 보자는 사람 안 무서우니 알아서 하라."고 했다. 물론 두고 볼 일은 없었다. 며칠 뒤 그 친구랑 떡볶이 먹으면서 풀었는데 그 친구가 휴지에 싼 깨진 치아를 줘서 민망했었다. 지금 생각하면 아찔하긴 하다. 다행히 주먹이 날아가진 않았고, 합의금 얘기로 엄마가 학교에 불려 오시진 않았으니 말이다. 엄마가 학교에 불려 왔었다면 그 친구 부모님께 사과해야 했을 테니, 평생 엄마께 죄송한 마음으로 살아야 했을 것이다.

요즘 가끔 뉴스에서 선생님이 고소를 당하고, 교권이 무너지고,

학생들끼리 심한 싸움과 물리적인 마찰이 일어나는 상황들을 접할 때, 또 학교 폭력, 집단 따돌림 관련 업무 현장을 가거나 상담을 하다 보면 참 씁쓸할 때가 있다. 물론 운동을 해서인지 겁이 없어서인지, 학창시절 '빵셔틀'을 당해본 적도 없고, 등골 브랜드(부모님 등골을 빼는 고급 브랜드) 의류를 입지도 않았지만, 빼앗겨보지도 않았다. 이 또한 튼실하게 낳아주신 부모님 덕이려니 하며 감사할 일이다.

여중 입학 후 1학년 때 어떤 친구가 내게 얼굴 작다고 얘기했더니, 친한 친구가 바로 완전 큰소리로 "얼굴이 작은 게 아니고 어깨가 넓은 거야."라고 자신 있게 얘기해서 빵 터진 적이 있다. 살면서 지금까지 어깨에 소위 뽕이라고 하는 패드를 넣어 옷을 입어본 적이 없다. 교복 입을 때도 친구들이 "네 옷 뽕이 너무 큰가 봐."라고 할 때조차도 어깨 패드는 없었다. 그냥 내 어깨였을 뿐. 그래서인지 어깨 공주, 어깨 깡패라 불렸다.

초등학생 시절 엄마가 철학관에서 성과 이름이 안 맞다 하여 이름 풀이를 해오셨다. '하늘 민'자에 '이를 지', 민지…. 이름은 좋으나 성과 연결 지으면 고민지. 친한 친구들은 곰탱이라고도 하고, '곰인지 사람인지'로 불렀다. 그때나 지금이나 고지식하며 융통성이 없고, 둔한 면은 있다. 대신에 선도부를 하면서 불의를 참지 못했고, 후배 괴롭히는 언행을 볼 수 없어 후배들이 많이 찾긴 했다. 타고난 성품이 경호 경비업을 하기에 너무나도 적합했고, 오지랖이 태평양이라 남의 일 해결해주는 일들을 많이 하고 살았다.

학창시절부터 지금까지 39년간 내 삶의 키워드는 '도전'이었고, 앞으로도 '도전'일 것이다. 친구들이 피아노와 컴퓨터를 배울 때,

태권도를 시작했기에 경호원을 할 수 있었다. 2000년대 초반 외국에서 민간 경비 산업으로 포함된 탐정(현재 우리나라는 OECD 국가 중 유일하게 탐정 법안이 통과되지 않아 민간 조사원이라는 호칭을 쓰고 있다) 교육 수료 후 최초의 여성 사설탐정으로 활약하고, 최초의 여성전문 경호경비 법인을 설립할 수 있었다. 학창시절 활동했던 운동부, 선도부, RCY, 밴드부, 한별단 등을 통해 공동체생활에 어울릴 수 있는 사회성이 확립되었기에, 내 삶에 도전이란 단어는 무엇보다도 중요하게 자리매김하고 있다.

엄마가 어릴 때부터 말씀하셨다. 나쁜 것만 빼고 다 해보라고…. 여자라서 못 할 건 없다고…. 앞으로의 삶에서 또한 도전은 늘 현재진행형일 것이고, 난 여전히 도전 깡패로 살아갈 것이다.

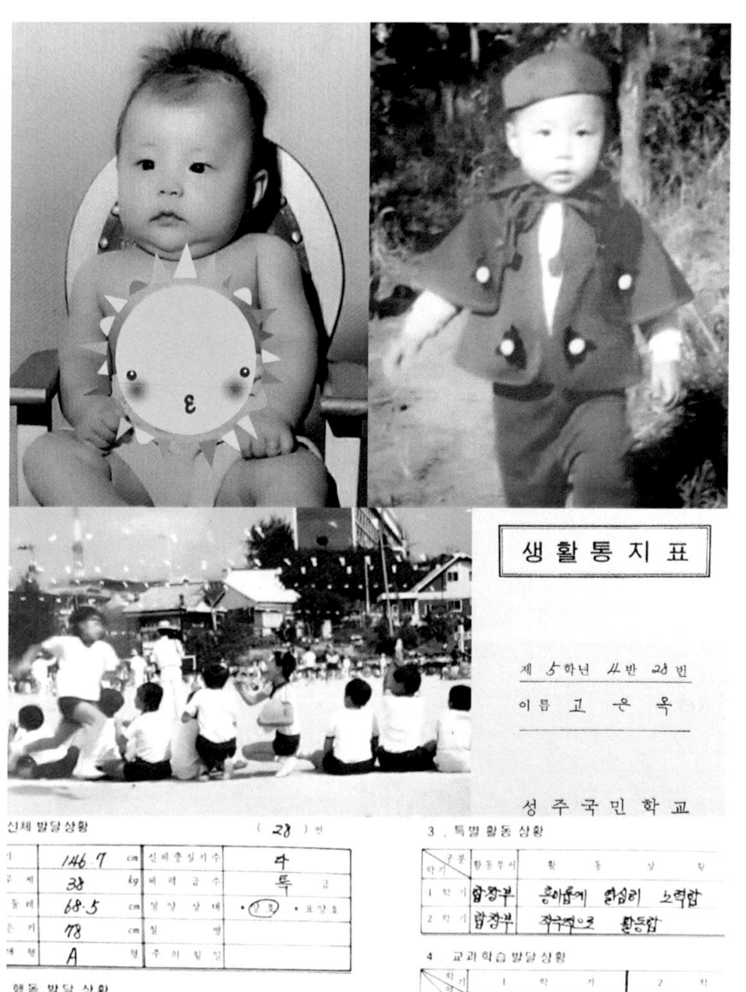

생 활 통 지 표

제 5 학년 4 반 28 번

이름 고 은 옥

성 주 국 민 학 교

신체 발달 상황 (28) 번

키	146.7 cm	신체충실지수	4
몸 체	38 kg	체 력 급 수	특 급
둘 레	68.5 cm	영 양 상 태	• 양 호 (circled) • 요양호
앉은 키	78 cm	질 병	
혈액형	A 형	주 의 할 일	

행동 발달 상황

항목		1학기 ㉮ (좋음)	1학기 ㉯ (보통)	1학기 ㉰ (요지도)	2학기 ㉮ (좋음)	2학기 ㉯ (보통)	2학기 ㉰ (요지도)
근면성	• 어려운 일을 회피하지 않고 자기에게 주어진 일은 모든 노력을 다하여 끝까지 해 나간다.	○					
책임감	• 자기의 의무와 책임을 끝까지 수행하며 과오가 있을 때에는 이를 남에게 전가하지 않는다.	○					
협동성	• 자기의 이익보다 집단의 이익을 우선적으로 존중하며 집단활동에 즐겨 참여한다.	○					
자주성	• 자기의 일을 스스로 계획하고 결정하여 자발적으로 해결해 나가며 자기의 의견을 정당히 주장한다.	○					
준법성	• 가정·학교·사회의 규	○					

3. 특별 활동 상황

학기 \ 구분	활동부서	활 동 상 황
1 학 기	합창부	흥미롭게 열심히 노력함
2 학 기	합창부	적극적으로 활동함

4. 교과 학습 발달 상황

교과	1학기 평점	1학기 특기 및 지도사항	2학기 평점	2학기 특기 및
도 덕	수	발표력이 좋고 학습 태도가 모범적이며, 특히 체육과 실기면에 능합니다.	수	꾸준히 … 있어 주 … 이 고루 … 며 특히 자습의 바람직 …
국 어	수		수	
사 회	수		수	
산 수	수		수	
자 연	수		수	
체 육	수		수	
음 악	수		수	
미 술	수		수	
실 과	수		수	

○ 참 고 ○

1. 교과 학습 목표에 대한 그 학생의 성취 비율에 따라 수·우·미·양·가로 평가 합니다.
2. 학습 목표 성취도 기준은
㊉. 90% 이상 ㊌. 80% 이상 ㊋. 70% 이상 ㊍. 60 …

나는 경호원이다.
여.성.경.호.원!

내 삶에 있어 두 번째 터닝 포인트라고 생각되는 시점이 있다. 경호원으로서의 인생을 살게 된 것! 아빠가 돌아가신 기점과 맞물려 고등학교 입시를 준비해야 했다. 내리사랑이 아닌 줄줄이 내려오는 줄빠따와 눈치를 봐야 하는 육상부의 삶, 여성 태권도 선수들의 대회가 많지 않아 체육관에서 남자 선수들과 함께했던 태권도를 잠시 접고, 인문계를 준비했다. 그 당시 내 고향 부천은 고교 평준화가 시행되지 않은 지역이라, 친구들끼리 누구 한 명 자살하면 평준화 지역으로 바뀔지도 모른다는 무서운 농담을 하며 고교 입시를 준비했다. 완벽주의자에 스스로를 들들 볶는 성격 탓인지, 다행히 그 당시 상위 학교에 진학할 수 있었다.

여중과는 또 다른 분위기인 남녀공학에 진학했고, 물론 숫자에 약한지라 당연히 문과를 선택했다. 진로를 선택해야 하는 고3 수험생 시절…. 내 꿈은 변함없이 군인과 경찰이었으나 그 당시 제도도 잘 몰랐고, 여군 ROTC 제도도 없던 시대였다. 수능 시험이 끝나고 본격적으로 진로를 찾기 시작했는데, 그 무렵 경호원 모집 공고를 보게 되었다. 그러나 사회생활을 시작하기도 전에 거절에 익숙해져야 했고, 나름의 감정 근육이 단련된 시점이었다. 1996년 여러 협회와 회사에 문을 두드렸다. 하지만 여성 경호원은 필요하지도 않고 채용 계획도 없으며 찾는 곳도 없다는 답변에 이미 익숙해져서 오기가 생겼고, 경호 협회에 일 못 해도 좋으니 교육을 받게 해달라고 졸랐다. 그렇게 해서 대학 입학 전에 법정 교육 이수와 콘서트 등의 행사 아르바이트를 하며 열아홉 살 나이에 거의 모든 지인이 반대하는 여성 경호원의 삶이 시작되었다. 그리고 대학교 면접과 합격 발표가 있었다.

'선택(Choice)' 장에서 구체적으로 언급하겠지만, 내가 가고 싶은 곳은 경찰행정학과였고, 상황과 여건은 아르바이트하며 학교생활을 병행할 수 있는 서울의 경영학과였다. 엄마가 여전히 혼자 생계를 책임지고 계셨고, 언니는 중국에서 상주하고 있었으며, 동생은 중 3인 상황! 기숙사 생활을 하거나 군에 부사관으로 들어갈 수 있는 상황도 아닌 데다, 여군 ROTC 제도 또한 없는 시기였다. 아쉬웠지만, 경찰행정학과 1기였던 용인대 합격 통지서를 들고, 명지대 경영학과에 입학했다. 사람인지라 지금도 가끔은 생각한다. '만약 그 당시 경찰행정학과에 입학했다면, 지금 어떻게 살고 있을까?'라는 궁금함과 기회비용…. 물론 그 당시 경영학과를 선택한 결과, 지금 사업을 운영하는 데 있어선 많은 디딤돌이 되고 있다.

스무 살, 대학교 1학년…. 하지만 나는 대학생 신분보다는 경호 업무에 미쳐 있었다. 원래 한 가지만 하고 사는 삶에 만족하지 못하는 성향이라 일과 학업을 병행했고, 그때부터 자격증 취득이 취미가 되어버릴 만큼 자기 계발에 온 시간을 투자했다. 어찌 보면 생계형으로 자격증 취득을 할 수밖에 없는 상황에 처해 있었다. 경호 업무는 시작된 상태였고, 여성에게 있어 생소한 직업군으로 분류된 업계. 남성들의 전유물로 여겨졌던 경호 시장에 여성이 자리매김해야 했기에 무시와 차별을 견뎌야 했다. 현장에서 대놓고 여자 필요 없으니 남자로 교체해달라는 요구를 수시로 받을 때였다. 격기 종목의 운동을 하거나 군 제대를 하면 그래도 수월하게 경호 업무를 할 수 있는 남성과 달리, 난 차별화가 절실히 필요했다. 그래서 자격증을 취득하기 시작했다. 한 학기 18학점 이수를 이틀 만에 해결하며 회사생활을 병행하는 치열한 스무 살 시절이었다.

일터에서 양해를 구해 주간 한 타임, 야간 두 타임 주야간 교차 수강을 했고, 모자라는 학점은 교양 수업이나 2~3일 훈련으로 다녀오는 학점으로 메꾸며 대한상공회의소 비서 자격 필기시험에 합격했다. 비서 자격증을 취득하고 나니 실기 시험은 워드프로세서라고 했다. 워드프로세서 자격증이 있으면 실기 면제로 바로 비서 자격증이 발급된다고 해서 워드프로세서 자격증을 취득 후 비서 자격을 취득하는 식으로, 꼬리에 꼬리를 물고 자격증 취득에 몰두했다. 그 결과 아마추어 무선기사, 동력수상레저기구(보트 운전 면허증) 조종 면허, 경비 지도사(경찰청장 발급 공인 국가 자격증), 태권도 사범과 심판 자격증, 실용영어, 용무도, 경호 무술, 응급처치, 심폐소생술, 스포츠 마사지사, 카이로프락틱, 가정폭력·성폭력 상담사, 심리 상담사, 학교폭력 예방사 등…, 심지어 줄넘기 지도사 자격증과 보디빌딩 심판 자격증까지, 수많은 자격증을 보유하게 되었다.

그럴 수밖에 없었던 상황이 남성은 단증이나 군 전역만으로도 경력이 인정되었으나, 여성 경호원은 인식도 수요도 없던 시절이었다. 그래서 나는 현장 근무에 파견되면 경호원 역할과 비서 역할,

수행기사 역할까지 자처하며 일을 했다. 그럼에도 불구하고 콘서트 현장에 가면, 남성 요원으로 교체해달라고들 요청을 했고, 종일 비 맞으며 식사도 못 하고 하루 두 차례 진행될 동안 근무지 지키며 일하는 나의 오기와 깡에 그들은 사과와 함께 인정을 하기 시작했다. 연예인 팬 사인회 현장에서도 웃지 못 할 차별들이 존재했다. 또 의류매장 행사장에선 분명 똑같은 블랙 슈트와 무전기, 리시버를 착용하고 근무를 서는데도 늘 내게 "언니! 이 옷 얼마에요?" 하고 묻기 일쑤고, 몇 년 후 팀을 꾸려 같이 이동하는데 블랙 슈트녀들의 움직임에 사람들이 물었다. 어디 나이트냐고….

그 무렵 여성이 인정 못 받는 직업군에서 버티는 게 서러운 데다, 경찰에 대한 미련과 아쉬움을 접을 수 없어 편입 준비를 했다. 하지만 학원의 말과는 달리 편입 T/O가 나지 않았다. 간부 후보생 제도도 바뀌어 학과 출신이라도 크게 혜택이 없음을 인지한 후에는, 제대로 경호 업무에 미쳐보기로 하고 과감히 휴학 신청을 했다. **선택과 집중이 아니라, 포기와 집중이 중요하다는 것을 확인시켜준 결정이었다.** 물론 일장일단의 결과물이 있었다. 1년 반의 휴학으로 코스모스 졸업을 하게 되어 졸업 사진엔 혼자 겨울 정장 차림이었고, 미팅·소개팅·캠퍼스의 낭만·MT 같은 건 내겐 적용되지 않는 다른 세상 얘기였다. 다행히 검도 동아리 활동에 대한 기억은 남아 있다. 요즘 강연이나 특강 자리에 가면 꼭 하는 얘기 중에 하나! 그 나이 때 할 수 있는 것들이 있으니 최대한 많이 보고, 경험하고, 활동해보라고 한다. 소중한 대학생활, 추억이 많은 대학생활을 조각하라고 얘기해준다. 내가 그렇게 못 살았고, 그 나이 때 할 수 있는 걸 못 하고 산 것에 대한 외침이라고 해야 할까. 그래도 잃은 것 이상으로 얻은 게 많은 휴학 생활이었다.

회사 일과 함께 학업을 병행할 때는 수업 끝나고 늦은 시간에 회사로 복귀해야 할 때도 있었고, 주말·휴일·명절은 기본적으로 사생활을 반납해야 했다. 물론 회사 생활만 할 때도 남들 쉴 때 바쁜 직업이라 크게 다른 건 없었지만, 학교 수업 양해를 구하지 않아도 되니 맘이 편했고, 시간·장소에 구애받지 않고 현장 업무를 수행할 수 있었다. 그 시점에 지방 출장과 해외 출장도 많이 다녔다. 캄보디아 훈센 총리 경호실에 시범단으로 파견되기도 했고, MBC 문화센터 어린이 보디가드 교실 교관과 여성 경호사업부 운영, 경비 지도사로서의 역할 등 업무적으로는 많이 성장할 수 있는 멋진 시간들을 보냈다.

졸업하던 해에 우리나라에서 월드컵이 개최됐다. 그때 나는 박지성 선수가 멋지게 골을 넣고 승리했던 경기장에 업무 투입됐었다. 그 당시에는 너무나 큰 쾌거였고, 다음 날 학교에 가니 정문에 플래카드가 크게 붙어 있었다. '당신은 자랑스러운 명지인 입니다.' 현장의 흥분된 분위기와 사회가 이런 거구나! 하고 느끼며 만감이 교차하였다. 현재 명지대 강당 앞에는 그날 박지성 선수가 입었던 유니폼과 사인볼이 전시되어 있다.

사회생활을 하면서 많이 느끼는 것 중 하나는 Give & Take. 내가 인정받고 무언가를 베풀 수 있는 위치에 있어야겠다는 생각으로 끊임없이 스스로를 채찍질하게 만드는 단어이기도 하다. 오래전 전화기에는 전화번호가 1,000개 혹은 2,000개만 저장될 수 있었다. 저장 공간이 부족하니 새로운 명함을 받으면 지울 수밖에 없는 전화번호들이 있었는데, 그럴 때면 나는 늘 이렇게 생각했다.

덜 중요하거나 영향력 없는 사람으로 평가 절하되어 남들 폰에서 내 전화번호가 지워지는 일이 없게 살자고! 그러한 신조로 살아왔고, 만남과 인연에 감사하며 현재는 7,000명이 넘는 전화번호가 저장된 재산목록 1호 휴대폰을 소지하며 사업하고 있다. 물론 양적으로 많은 인간관계가 절대적으로 중요하진 않다.

난 언론·방송에 굉장히 감사하며 사는 사람 중 한 명이다. 생소한 경호 업무를 해나가던 중 이연걸의 보디가드가 개봉했고, 귀가시계라 불리던 〈모래시계〉에서 이정재 배우가 너무나도 멋지게 보디가드 역할을 하면서 경호원이라는 직업군이 알려지게 되었다. 그러면서 남성들의 전유물에 뛰어든 여성이라는 타이틀로 언론과 방송에 많이 보도되었다. 그로 인해 업무는 많아졌고, 영어 공부를 한 덕에 외국에서 방한한 VIP분들을 근접 경호할 수 있는 기회도 잦았다. 여성 경호원을 바라보는 시각 또한 많이 변하고 수요 또한 많아졌다. 지금까지 고르바초프 대통령과 영부인 역할을 수행한 따님, 흑인 최초·여성 최초·최연소 타이틀로 늘 존경해오던 콘돌리자 라이스 국무장관, 동아시아 정치학 박사이신 스칼라피노 교수님 내외, 일본 증권사 회장님, 히딩크 감독님, 수많은 다국적 기업의 회장님, 임원 분들을 수행하며 많이 배웠다. 1997년 입학 그리고 1년 반의 휴학, 그 시간에 얻은 경호 실무와 업무 경력, 수많은 자격증 취득으로 쉴 새 없이 시간을 보내고, 2002년 8월 코스모스 졸업으로 대학 생활을 마무리했다. 다른 여학생들 보다 늦어진 졸업이지만 후회 없는 대학 생활이었다. 하지만 그래도 아쉬운 건, 대학생다운 생활을 못 해본 것과 경영학과임에도 불구하고 재무·회계가 완전 어렵다는 것이다. 그러나 대신 마케팅과 조직

관리를 배울 수 있어 감사한 시간이었다. 하지만 그때로 다시 돌아가고 싶은 생각은 절대 없다. 너무나 빠듯한 시간 안에 많은 일을 해야 했고, 생계형으로 미친 듯이 자기 계발을 해야 해서 20대에 누릴 수 있는 생활들이 허용되지 않았던 시기였기 때문이다. 정말 꿈에서라도 돌아가고 싶진 않다. 그러나 변함없는 진리 하나는, **'노력의 대가는 이유 없이 소멸되지 않는다'** 라는 사실. 비록 그 결과물과 대가가 지금 당장에 나타나지 않는다 해도 말이다.

가수 싸이가 이런 명언을 남겼다.

"지치면 지고, 미치면 이긴다."

요즘 학생들의 꿈은 건물주라는 슬픈 여론조사 결과를 보았다. 흔히들 조물주 위에 건물주가 있다고 얘기하지만 좋아하는 일에 멋지게 미칠 수 있는 사람들이 많은 대한민국 사회이길 바란다.

또 한 가지, 아직 부모가 되어보지 못해 모르고 하는 말일 수는 있다. 하지만 부모님이 원하고 바라는 직업을 자제들에게 강요하지 않았으면 하는 바람이다. 요즘 똑똑한 아들은 국가의 아들이 되고, 돈 잘 버는 아들은 장모의 아들이 되며, 취직 못 한 백수 아들만 내 아들이라고 하소연하시는 어머님이 많다고 한다. 또한, 이 땅의 딸들은 똑같이 4년제 교육을 마쳤어도 남녀 임금 격차 OECD 국가 중 압도적 1위, 남성들 연봉의 63% 수준의 대우밖에 못 받는다고 한다. 이런 대한민국의 현실에서 남들이 대체할 수 없는 자녀의 특기와 재능, 하고 싶어 하는 일을 할 수 있도록 지원해주셨으면 하는 바람을 말씀드리고 싶다.

고르바초프 전 대통령, 콘돌리자 라이스 장관
히딩크 감독 등 직접 수행!
KO EUNOK, CEO
First Lady Security
제 1 회 한중일 스포츠장관회의
第 1 届 中韩日 体育部长会议
第 1 回 日韓中 スポーツ大臣会合
September 22-23, 2016 Pyeongchang, Korea

시집이나 가지!
조사하지 말고…

휴학하면서까지 일에 미쳐 있던 2001년, 지인 회장님께서 민간 조사원을 양성하겠다고 교육을 제안하셨다. 사설탐정을 일컫는 호칭인데, 우리나라에선 아직 탐정법이 통과되지 않았기에 Private Investigator라는 타이틀로 변호사의 위임을 받아, 범죄 혹은 사건 관련 증거자료 수집, 정보 파악 등의 역할을 한다. 경호 교육을 받을 때도, 민간 조사원 교육을 받을 때도 학생 신분으로 적지 않은 교육비를 내고 교육을 수료했다. 그리고는 여성 경호원 활동을 하며 국내 최초 여성 민간 조사원의 활동이 시작되었다. 하지만 현실은 업무를 할 수 있는 제도적 장치는커녕 법조차 통과되지 않은 터라, 극히 소극적인 업무들밖에 할 수 없었다. 15년이 지난 지금의 현실 또한 별반 달라진 게 없는 상황이다. 그동안 법안 통과를 위해 공청회와 세미나 등 많은 시도들이 있었지만, 국회에서는 법안 통과가 이루어지지 않았다. 20대 국회에서는 과연 통과될까 하는 기대로 관련업 종사자들은 업무를 수행하고 있다.

그 당시 스물네 살, 여전히 경호 업무에 정신이 없었다. 주말과 주일을 할애해 교육을 마치고 업무에 돌입했지만, 사람들의 인식은 여전히 흥신소와 심부름센터를 연상하며 "시집이나 가지! 왜 저렇게 남들 안 하는 일 하며 사냐! 왜 사서 고생하냐!" 하고 걱정 반, 우려 반의 시선으로 조언해주셨다. 그런 얘기를 듣는 것엔 익숙했지만, 사실 억울했다. 민간 조사원은 얼마든지 공기관과 동반 성장할 수 있는 직업군인 데다, OECD 모든 국가에서 전문 직업군으로 성장하고 확대되어 가는데, 유독 우리나라에서만 남의 뒷조사나 하고 파파라치 역할을 하는 직업으로 전락되어 인식되고 있는 현실이 싫었다.

실제로 보험사기 조사나 산업 스파이 색출, 교통사고 분석, 사이버 범죄, 명품 브랜드 관련 상표법 위반, 위법을 막기 위한 사전 업무, 실종자나 입양자, 미아 찾기, 지적 재산권 보호 등 워낙 다양한 분야에서 활동하며, 재산보호 및 사건사고 예방, 해외도피 및 횡령 사건, 미제 사건 처리가 가능한 영역이라고 할 수 있다. 현재는 학회의 부회장으로, 세계한인공인탐정협회(시카고) 한국 지부 사무총장으로, 외국에서 조사 관련 업무 발주가 이루어지고 있다. 양성적으로 육성하지 않으니 음성 시장이 기하급수적으로 커나가고 있는 것이 현실이다. 최근 뉴스를 보니 불법 브로커들을 통해 얼마든지 개인정보를 알 수 있다고 한다.

물론 쉬운 일만은 아니다. 밤새 차 안에서 대기하며 상황을 봐야 할 때도 있고, 위험에 처할 수 있는 환경들에 노출되어 있으며, 민간인의 신분이라 할 수 있는 일의 한계도 있고, 보호를 못 받을 수도 있다.

그 시기 진로에 대한 고민 한 가지가 있었다. 어학에 대한 갈망과 선진국에서 경호·경비·탐정 분야를 접하면서 태권도 사범으로 근무하면 좋겠다는 유학 계획이 있었지만 복학한 상태였고, 뭘 하든 일단 졸업부터 해야겠다는 마음과 엄마 곁에 있어야겠다는 과장된 책임감이 더 강했던 터라 미룰 수밖에 없었다.

어찌 되었든 민간 조사원은 신직업 육성 상위 직업군에 늘 포함되지만, 현실적으로는 전혀 발전 속도가 느껴지지 않는다. 하루빨리 법안이 통과되어 경찰이나 법조계의 부족한 인력을 보완하고, 민관이 공조하여 멋진 결과물들을 창출할 수 있는 시기가 오길 기대해본다. 그리고 20대에 또 하나의 도전이었던 사설탐정업에도 기여할 수 있는 시기가 오기를 기다려본다.

J Style

We Read the World
The World Reads Us

Iron hand in a velvet glove

Private investigator defies gender stereotypes

Hot tickets: 'Tis season to discover airfare deals

「格闘技ができることはもちろん、冷静さを持っている人」(コ氏)

コ・ウンオクCEOが語るSPの魅力!

「ゴルバチョフ氏の言葉は、今でも忘れられない!」

최초의 여성전문 경호경비 법인 '퍼스트레이디'

또 하나의 큰 전환점은, 2003년 용인대 대학원에 진학하고, 20대 중반에 경호경비 법인을 설립한 사건이었다. 대학원 진학의 결정은 보기나 예문 없이 정해져 있던 정답의 길처럼 당연하게 진행되었다. 어쩌면 경찰행정학과 1기 학생이 될 뻔했던 아쉬움의 결과물이기도 했다. 또 경호학과 석사 과정에서 가장 인정받는 학교이자, 도우미 페스티벌 대회에서 수상했을 때 심사위원으로 계셨던 교수님이 학과장님으로 계시는 등 여러 이유가 있기도 했다. 하지만 창업 결정은 인생 일대 사건이라고 해도 과언이 아닐 만큼 중대하고 남들이 보기엔 사고에 가까운 일이었다. 열아홉 살에 교육수료 후 경호 업무를 시작했고, 경호협회 교관과 건설에서 별도 분사된 경비 법인 감사 및 경비 지도사, 경호업체 여성 경호팀장과 경비 지도사를 겸하며, 민간조사 관련 연구소에서 해외입양 및 실종자 찾기 연구원 업무도 진행하며 경력을 쌓았다. 휴학하면서까지 사무실과 현장을 오가고 지방과 해외를 다니느라 늘 사생활과 주말·휴일·명절을 반납하고 산 8년이었다. 그럼에도 불구하고 창업을 해볼까 한다는 상의에는 주변 너나 할 것 없이 나를 말렸다. 망할 거라는 걱정 섞인 악담과 함께 희망이라는 단어의 의미가 무색

할 정도로 모두들 반대한 일이었다.

하지만 개인적으로 마지막 회사에선 큰 업무 현장이 쉴 새 없이 많았다. 특히 이권에 관련되거나 노사분규 관련 현장들이 많았는데, 그로 인해 힘들게 취득한 공인 자격증인 경비 지도사 자격이 박탈될 수 있는 상황도 있었다. 또 사무 업무와 경비 지도사 업무, 현장 업무, 여성 경호원 조직관리, 정기적인 직무교육, 관할 경찰서 점검 대비 등 일이 많았다. 집에 도착해 차 안에서 잠을 자고 환복만 한 후 다시 출근하거나, 졸음을 참으려 올림픽대로 한강 주차장에 잠깐 차를 세웠다가 잠들기 일쑤였던 일에 치인 20대의 직장생활이었다.

전철 세 번의 환승과 두 시간에 가까운 출근 시간을 줄이려고 중고차를 구매한 후 "회사 다녀오겠습니다."가 아닌 "집에 다녀오겠습니다." 하는 생활의 연속이었다. 회사는 부강해졌으나, 직원들은 지쳐갔다. 그 당시 조직과 맨파워가 굉장히 좋은 회사였으나, 하나둘씩 퇴사를 했다. 나 역시 몇 번의 사직서 끝에 퇴사한 후 대학 졸업을 준비하는 상태였다.

제주도 현장에서 직원들은 고생하는데 오너는 특급 호텔을 잡아 편안함을 누렸고, 다른 사업들에 크게 투자가 이루어져서 해외 사업을 이유로 자리 비우는 일이 많았다. 그때는 일만 열심히 하면 되는 줄 알았고, 퇴직금을 요구해야 하는지도 몰랐다. 그러나 그 당시에는 요구하기 전에 당연히 지급되었어야 할 퇴직금을 안 받고서라도, 퇴직만이 살 길이었는지도 모를 만큼 사람에 대한 실망감이 큰 일들이 있었고, 그 실망감과 함께 모두 정든 회사를 떠나고 말았다.

퇴사 후 경비지도사 일을 봐주며 대학 졸업을 준비했고, 졸업 후 바로 대학원에 진학을 했는데 같이 활동했던 여성경호원들이 와해되면서 하나, 둘 일을 그만두었다. 당시 그 친구들과 함께 생계를 유지해야 하는 상황에서 업무를 지속하기 위해서는 각자 다른 길로 가거나 법인 설립의 방법밖엔 대안이 없었다.

경비업은 법적으로 진입 장벽이 있다. 25명 이상의 유단자와 인원수만큼의 경비복, 장구, 가스총, 무전기, 리시버 등의 장비 세팅과 함께 교육장을 겸비한 사무실 공간, 경찰청 허가를 받은 주식회사 법인이어야 업무를 할 수가 있다. 결국, 1년 반의 개인 삶을 내려놓고 법인 설립을 결심했다. 아니, 결심이라기보다는 선택의 여지가 없었다.

그 시점에 했던 팀원 동생의 하소연이 지금도 잊히지 않는다. 기존에 난 회사 소속이었기에, 현장이 끝나면 다시 회사로 복귀해 결과 보고와 간평회, 경찰서 폐지신고의 경비 지도사 업무 등을 마무리해야 해서 그 친구들과 함께할 수 있는 시간들이 거의 없었다. 그게 서운했는지 "언니는 우리랑 같이 술 한 잔 제대로 마신 적이 없잖아요." 하고 말했다. 늘 앞만 보고 살아온 시간이었기에 또래들과 같이 어울려 술 한잔 하거나 놀러 가거나 휴가를 갈 수 있는 여건이 안 됐었다. 또한, 학업과 생계형 자격증 취득을 병행하고 있었기에, 더더욱 그럴 여유와 사치를 부릴 수 없었다. 미안했지만 어쩔 수 없었다. 대신 업무 수주를 많이 해오는 게 그런 서운함을 대체할 수 있는 방법이고 그게 내 역할이라 생각해서 더욱 일 중독자로 살았고, 드디어 법인 설립 준비가 시작되었다. 창업자금을 위해 적금과 보험을 깨거나 약관대출을 받았다. 엄마의 도움도 있었고, 여성가족부의 창업자금도 신청했다. 그리고 우리나라 사회가 여성에게 얼마나 냉혹한지, 왜 유리 천장이 존재할 수밖에 없는지 깨닫고, 20대 중반 또다시 차별이라는 단어와 맞서야 했다. 역시 사회는 녹록지 않았고, 창업은 더더욱 그랬다. 요구하는 많은 서류를 성의껏 준비했고, 사업 계획과 브리핑을 했으며, 오랜 시간을 기다렸다.

신용보증기금에서 서류를 받고 그 절차와 설명을 은행에서 또 했지만, 돌아오는 답변은 남편의 보증! 일반적으로 여성들이 창업할 때 남편이 보증을 선다고 한다. 지금도 없는 남편을 13년 전에 보증서야 하니 데려오라고…? 감사하게도 늘 절대 보증서지 말라고 훈육하시던 엄마가 보증을 서주셨다. 그런데 은행에서는 한 명을 더 요구했고 결국 언니까지 보증을 선 후 여성 창업자금을 받게는 되었으나, 자존심은 이미 상해서 독기가 올라왔다. 남들이 원하는 대로(?) 망할 수가 없는 충분한 이유가 됐고, 그렇게 창업 후엔 밤낮없이 일에 전념할 수밖에 없었다.

물론 지금 생각하면 신용보증기금도 은행도 다 이해가 된다. 그들이 보기엔 대학을 갓 졸업한 20대 중반의 여성이었을 테고, 뭘 믿고 돈을 줘야 하나 고민했을 거라 생각한다. 그 당시 난 혈기 백배…. 꽉 찬 이력서를 제출하며 업계 경력을 나름대로 어필했다. 단순히 그러면 자금이 나오는 줄 알았다. 가끔 그때 생각을 하면 웃음이 나곤 한다. 하지만 그 당시 가자마자 "위임장 가져왔죠?"라고 묻던 그 은행 담당자에게 그때 "제가 대표인데요…." 했던 20대 중반 창업 준비생이 이제는 13년차 사업가가 되었다고…, 열심히 사업해서 그때 받은 창업자금 시원하게 진작 다 갚았다고…, 말은 하고 싶다.

그리고 업종에 따라 절대 중요한 부분은 아니지만, 혹시 창업을 생각하시는 독자분이 있다면 말씀드리고 싶은 부분! 상권에 관한 사항이다. 난 부천이 고향인데, 창업 당시나 이 글을 쓰는 지금까지 부천에서만 살아왔다. 창업 시점 태권도 체육관 지도관장을 맡게 되었는데, 내 고향 부천이 아니라 태권도 상권이 좋은 경기도 시흥 정왕동에 자리 잡게 되어 일단 출퇴근이 힘들었다. 그 당시 정왕동은 다른 지역보다 맞벌이 부부가 많아, 아이들은 방과 후 여러 학원들을 거쳐 귀가했다. 그랬기에 학원 상권으로는 좋았고, 주말, 휴일은 여전히 반납해야 했다. 주중엔 경호 사업, 주말엔 관원생들과 함께 심사나 찜질방, 수영장, 시화방조제에서 인라인스케이트, 캠프, 스키장 등에서 보내며 업무를 하고, 경호 행사장을 다녔다. 강철 체력으로 낳아주신 부모님께 늘 감사드린다.

우여곡절 끝에 2003년 11월 창업을 했다. 창업하기도 전에 너무나도 감사했던 건 언론·방송의 관심이었다. 최초의 여성전문 경호 법인, 170cm 이상의 무술 유단자로 구성된 여성 경호원들, 남성의 영역에 진출한 여성 경호원의 슬로건과 타이틀로 많은 방송 보도와 언론 인터뷰들이 진행되며 자연스럽게 업계에서 자리매김이 되고, 큰 마케팅 효과를 누릴 수 있었다. 사무실과 체육관에서 촬영들이 이루어지고, 방송 후 관원생이 늘고, 경호 업무 의뢰 건이 많아지고…, 시작이 좋고 많은 기회들이 있었다. 이렇게 20대 중반의 여성 경호원은 경호학 석사의 배움의 길을 가며, 여성전문 경호경비 법인의 대표가 되었고, 현재 13년 차 기업인으로 열심히 살고 있음에 감사한 나날을 보내고 있다.

성공은 도전하는 자의 미래에 달려 있다

39년의 삶을 통한 인생 키워드가 '도전'인 만큼, 도전하는 사람들을 무척이나 좋아하고 존경하며 살아왔다. 교육청 프로젝트 일환으로 진행하고 있는 초·중·고등학생 직업체험 강의에서도, 대학이나 기타 특강을 가서도, 도전에 대해서는 꼭 언급하며 그들에게 동기부여의 시간을 선사하는 사람이길 바라고 기도한다.

조선 사업 세계 1위 대한민국! 물론 여러 이유들로 세계 1위의 자리를 많이 위협받고 있지만, 큰 배를 구경조차 못 하던 시절 정주영 회장님의 해외차관 일화를 소개할 때면 세대 차이를 느끼곤 한다. 오백 원짜리 지폐를 아느냐 모르느냐에 따라….

현대그룹의 창업주 정주영 회장님은 조선 사업을 하기로 결심하고 독일로 가셨으나 무시만 당하고, 또다시 영국으로 향했다. 물론 영국에서의 반응도 마찬가지였다. 하지만 그 순간 이순신 장군과 거북선이 그려져 있는 오백 원짜리 지폐를 보이며 세계 최초의 철갑선을 만든 저력을 설명했고, 잠재력을 내세우며 경험도 자본도 없는 작은 동양의 나라에서 조선 사업을 시작하신 결과, 훗날 세계 최강의 조선 강국을 일구어내셨다. **'생각이 모든 것을 지배한다'**는 말을 현실로 보여주신 분, 그 열정과 도전 의식이 얼마나 큰 결과물을 창출할 수 있는지를 확인시켜주신 분이라고 생각한다. **'시련은 있어도 실패는 없다'**는 말씀이 다시금 떠오르는 새벽 미명의 시간이다. 요즘 책을 쓰며 회상놀이와 불면증을 제대로 만끽하고 있으며, 그 덕에 주말은 시체놀이로 보상하고 있다.

또 한 분을 소개하고자 한다. 도전의 삶을 통해 미합중국의 대통령이 된 링컨 대통령! 20대에 사업 실패로 인한 여러 번의 파산과 여러 번의 선거 낙선. 설상가상으로 사랑하는 사람들의 죽음과 신경쇠약, 정신분열증…. 30대와 40대도 별반 다를 바 없는 국회의원, 상원의원, 부통령 등의 선거 낙선. 흔히들 하는 말로 '예술하는 사람이 있는 집안은 서서히 망하고, 정치하는 사람이 있는 집안은 한 번에 망한다'는 말이 있다. 그러나 한두 번도 아닌, 수차례에 걸친 선거 낙방과 사업 실패에도 불구하고, 그는 51세에 미합중국 대통령으로 당선되었다. 그는 **"내가 걷는 길은 험하고 미끄러웠다. 그래서 나는 자꾸만 미끄러져 길바닥 위에 넘어지곤 했다. 그러나 나는 곧 기운을 차리고 나 자신에게 말했다. '괜찮아. 길이 약간 미끄럽긴 해도 낭떠러지는 아니야.'** 그리고 그는 **'저는 천천히 가는 사람입니다. 그러나 뒤로는 가지 않습니다.'**라는 명언을 남겼다.

이 대목에 저마다 어떤 생각을 할지 궁금해진다. 내 경우 아빠는 일찍 돌아가셨고, 네 모녀가 똘똘 뭉쳐 각자의 길을 개척하며 살아온 삶에서 수능 시험을 치른 후 대학 등록금을 벌기 위해 시작된 열아홉의 경호원 생활, 그리고 일에 미쳤던 20대, 사업을 시작하며 더 몰두할 수밖에 없었던 20대 중반부터 30대 후반인 지금에 이르기까지…. 일하면서 손가락 분쇄 골절로 핀을 박고, 손바닥 살을 이식해서 수술로 복원은 했지만, 신경이 끊긴 상태로 살아가며, 무릎은 인대가 파열되고, 햄스트링 증상과 스트레스로 인한 위염·장염의 반복, 사람들로 인한 심적 고통의 삶에서도 동기부여가 되고, 희망을 잃지 않게 되는 원동력의 원천이 되는 한 분이셨다. '내가 링컨 대통령만큼 힘든 삶을 살고 있진 않잖아!'를 되뇌며 다시금 일어날 수 있는 시간들이었고, 물론 삶의 최대 원동력은 엄마였다. 그 부분은 현재도, 그리고 아마 앞으로도 변함없을 것 같다.

언젠가 한 번 엄마에게 "아빠 돌아가셨어도 우리 안 버리고 잘 키워줘서 감사해요!"라는 인사를 드린 적이 있다. 엄마는 "너희들이 말썽 없이 잘 커준 거지."라는 답변을 하셨다. 우린 그간 서로의 힘들었던 세월을 굳이 말하지 않아도 알 수 있었다. 여기서 할 말은 아닐지 모르겠지만, 23년 전 아빠가 사고로 돌아가신 후 자체적인 보험 하나 들어놓은 게 없는 상태에서 일부 사고 보상금이 나왔는데, 그 부분을 갖고 아빠 쪽 친인척들이 달라고 언급한 일이 있었다는 얘기를 성인이 되어 들은 적이 있다. 그 당시 엄마는 40대 중반이셨고, 세 딸을 키워야 하는 상황이었는데, 어떤 기분이었을까…. 사실 난 그 이후로 친가에 발걸음을 줄였다. 아니 줄였다기보다는 도리만 하며 경조사만 참가하게 되었고, 신앙생활도 하지 않은 채 그냥 주어진 상황과 위치에서 최선을 다하는 삶을 살아왔다.

그 이후로 귀에 못이 박히게 들은 건, 우리가 잘못되었을 때 아빠 없이 커서 그런다는 소리를 듣는 게 엄마는 무엇보다 싫다는 말씀이었다. 그 말씀을 들으며 우리는 각자의 영역에서 치열하게 살아왔다. 그러한 삶에 조금의 위안을 삼을 수 있는 분들이었다.

앞서 언급한 김태연 회장님, 서진규 박사님, 콘돌리자 라이스 전 장관 등을 포함하여 내 인생에 또 다른 꿈과 희망의 동기가 되어 준 폴포츠!

2007년 '브리튼즈 갓 탤런트'라는 영국의 오디션 경연 프로그램에 못생긴 외모의 휴대폰 영업사원이던 폴 포츠라는 사람이 오페라를 부르겠다고 출전했다. 사람들은 아무도 기대하지 않고 무관심했다. 그러나 그는 열창했고, 심사위원과 방청객 모두는 감동받고 기립박수를 치며 그를 응원하기 시작했다. 55%라는 시청률과 유투브 최다 조회 수를 기록하며 준결승과 결승을 치렀다. 결국, 그는 감동의 인생 드라마를 쓰며 어릴 적 꿈을 실현하게 된다. 그에겐 왕따의 경험이 있고, 소심한 성격과 종양 수술, 교통사고로 인한 쇄골 골절로 거동을 못 하는 시절도 있었다. 그러나 그는 꿈을 버리지 않았다. 이탈리아에서 6개월간 오페라 유학을 하며 매 순간 최선을 다하고 꿈을 위해 매달렸다고 한다. 그리고 한 번의 기회를 통해 너무나도 멋지게 인생의 방향을 전환했다. **"기회는 준비된 사람에게 주어진다"**는 말을 명확하게 입증했다. 그는 지금 One Dream, One Chance라는 타이틀의 음반을 시작으로 전 세계 공연을 다니며 어릴 적 꿈의 모습으로 멋지게 살아가고 있다.

개인적으로 2003년 법인 설립 후 많은 강연을 청강하러 다니고, 많은 강연을 하며 살아왔다. 특히 '2005년 대한민국 대표 여성 CEO 25인'에 선정되며, 매일경제신문에서 발간된 『성공보다 아름다운 도전』이 출간된 이후로 수많은 성공한 사람들을 보니 **도전(challenge)의 시간을 기점으로 기회(chance)가 찾아왔고, 분별해서 잘 선택(choice)한 과정이 있었으며, 늘 위기(crisis)가 다가왔음을 볼**

수 있었다. 그 위기를 어떻게 잘 버티고 극복하느냐에 따라 성공과 실패가 갈리고 변화(change)된 삶을 살아가는 과정을 보았다. 그리고 발견한 공식은 **위기의 순간에 잡은 기회는 또 다른 위기의 과정을 거치지 않고 바로 변화나 성공의 길로 가는 경우가 많음을 확인**할 수 있었다. 출간을 준비하며 1장, 2장이 아닌 **도전-기회-선택-위기-변화**의 순서와 과정들을 내 인생에 맞춰 언급하고 싶었다. 첫 옴니버스 책이 출간되고 10년도 넘게 지나 실행하게 되어 한편으로는 늦은 감이 있어 아쉽지만, 또 한편으로는 30대가 가기 전에 경호원으로서의 20년 삶을 재조명하고 제2의 인생을 위한 하프타임의 의미로 지금 시점에 출간하게 됨을 감사하게 생각한다.

예전 〈광수생각〉 중 '당신은 어떤 면을 보십니까?'라는 하나의 그림이 있었다. 흰 여백 위에 검은 점 하나…. 아쉽지만 검은 점에 연연하며 넓은 하얀 여백들을 못 보고 사는 현대인들이 많은 것 같다. 금수저, 은수저가 아니라서 불평하고, 학연·지연·혈연이 없거나 인맥이 부족해 현재 위치의 삶으로 살고 있으며, 청년들은 구직을 포기하고 만족 대신 상황과 여건 탓을 한다.

그러나 음주 운전을 한 가해자로 인해 온몸에 화상을 입고 수십 번의 수술을 통해 외모는 많이 달라졌지만, 행복 전도사로 살아가는 이지선 자매, 팔다리 없이 태어났지만 수영과 서핑, 골프도 치며 희망을 전달하고 있는 닉 부이치치를 보면서도 상황과 여건 탓을 하려는지 묻고 싶다. 그런 분들이 있다면 이 글을 통해 조금이나마 힘과 위안을 얻길 바란다. 그리고 중요한 건 **반드시 밀물 때가 온다는 것이며, 더 중요한 건 인생은 곱셈이라는 것! 아무리 찬스가**

와도 본인이 제로라면 '천(千)'이 오고 '만(萬)'이 와도 아무것도 아니라는 것! 8점을 뒤지고 있던 팀이 9회 말에 9점으로 승리한 어느 일본 야구대회에서 보듯이, 끝날 때까진 끝난 게 아니다. 멋지게 도전하고 노력하여 끝장을 보는 우리이길 기대하고 축복한다.

영원히 지는 일은 없다. 고통이 지속되는 일도 없다.
언젠가 반드시 비는 그치고, 구름 사이로 파란 하늘이
보인다. 만약 슬픔이 밀려와 그대 삶을 흔들어놓고,
네 귀한 것을 쓸어가 버린다면, 네 가슴에 대고 말하라.
이 또한 지나가리라.

모든 것을 할 수 있는 '나이'다가 아닌
모든 것을 할 수 있는 '나'이다의 삶을

IMPOSSIBLE**이 아닌** I'M POSSIBLE**의 삶을**

DREAM IS NO WHERE**이 아닌**
DREAM IS NOW HERE의 삶을 사는 그대이길 고대합니다.

나는 한 번도 실패한 적이 없다. 다만 백열구가 작동하지 않는 천 가지 방법을 발견했을 뿐이다. - 토머스 에디슨 -

2014 ASEAN-ROK CEO Summit
Closing Ceremony
에어아시아의 직원 채용 기준?
청년창업 런웨이
성공은 도전하는 자의 미래에 달려있다

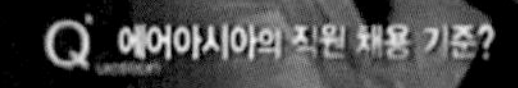

CHANCE

기회

가지 않은 길은 광활한 기회의 시장

위기 속에서 찾은 기회는 선행 사례가 된다

사람이 재산이고, 선물이다

자갈밭을 '활주로'와 '레드카펫'으로

역마살 대마왕 해외시장 개척기

미팅, 소개팅 대신 경험한 언론과 정치

내 인생의 하프타임, 2016년!

가지 않은 길은
광활한 기회의 시장

어제의 후회와 내일의 꿈 사이에 오늘의 기회가 있다.

- 김이율 -

1996년 수능 시험 후 교육과 함께 처음 투입된 경호 현장은 연예인 팬 사인회였다. 모 의류 브랜드에서 주관하는 현장이었고, 여성 연예인이기에 측근에서 수행 업무를 맡게 되었다. 난 남성 경호원과 같은 검은 정장과 무전기, 리시버를 착용하고 업무에 열중하고 있었다. 하지만 사인을 받은 후 매장을 둘러보는 팬들은 종종 내게 와서 물었다. "언니! 이 옷 얼마에요?" 여성 경호원… 타인에겐 낯선 존재로 여겨지던 시기였음이 분명했다.

그 이후 맡겨진 콘서트 업무 현장…. 투입조차 하기 전에 여자가 왜 왔느냐며 남자로 교체해달라는 요청을 면전에서 들었다. 오기 만땅인 난 다른 요원 추가 투입하는 건 발주처 결정이지만, 인건비 안 받아도 좋으니 투입한 현장 마무리를 하겠다며 버텼다. 하루에 두 번 진행된 콘서트 일정이었는데, 비까지 오고, 식사도 못 한 상황이었다. 어찌 되었든 두 번의 콘서트 일정은 잘 마무리되었다. 비 맞으며 끝까지 근무 위치 지키고 오가며 업무 수행을 마친 내게 교체 요청을 했던 담당자가 약간의 민망함을 동반한 고마움을 표시하며, 다음 현장에서도 보자고 인사를 건넸다. 그때의 뿌듯함이란! 밥을 안 먹었어도 배가 불렀고, 업무에 대한 자신감이 붙은 사건이었다. 자존심과 오기로 인건비 안 받겠다고 공표하고 업무 투입했지만, 스무 살의 여성경호원이었던 그날 콘서트 현장에선 15만원의 일 급여를 받았다.

그렇게 등록금을 보탤 준비를 해나갔고, 1997년 대학에 입학하며 경영학과 새내기가 되었다. 물론 대학생활은 학점 이수와 졸업에 중점을 두어 주·야간 교차 수강과 외부 교육 등으로 학기 학점을 마쳐 대학생다운 생활은 못 했다. 하지만 입학과 함께 경호 업무는 가중되었고, 그 무렵 경호협회에서 추가로 전문 교육을 수료하며, 최초라는 수식어와 함께 일 중독자로서의 삶이 시작되었다.

다행히 언론 방송에서 영화와 드라마로 보디가드 직종이 알려지는 시기였다. 남성들의 영역에서 자리매김해가는 상황을 대견함 반, 호기심 반으로 바라봐주던 시기여서, 더욱 책임감이 더해졌다. 그 시기에 깨우친 건 **'가지 않은 길'은 얼마든지 기회의 시장이 될 수 있다는 사실**이었다.

1998년 MBC 문화센터 어린이 보디가드 교실 교관으로서의 기회가 주어졌다. 1999년에는 캄보디아 훈센 총리 경호실에 유일한 여성 시범단원으로 파견되었으며, 경호팀장과 훈련교관, 경호원을 관리 감독하는 경찰청장 발급 공인 자격증인 경비 지도사 자격증도 취득했다. 초창기엔 격년으로 실시된 자격증 제도였는데, 2016년 올해 17회 경비 지도사가 배출되었다. 매년 600명을 선발하는 자격 제도에서 난 2회 합격자였다. 감사한 건, 현재 사단법인 한국경비지도사협회 부회장으로서, 17회 경비지도사 합격자들을 교육하는 강사로 실무와 예절, 인권 등에 대한 강의를 진행할 수 있는 기회 또한 제공받았다.

삶을 돌아보면, 스티브 잡스의 스탠퍼드 대학 졸업식 연설에 매우 공감하게 된다. "Connecting the Dots." **인생 하나하나의 점들을 멋진 선으로 이어가는 과정….** 인생 점 잇기가 얼마나 중요한지. 그 멋진 선을 위해 현재의 시간과 위치에서 한 점 한 점을 충실히 찍어 나가야 하는 과제가 생긴다. 1999년 난 대학생이었고, 여성 경호원의 신분으로 많은 현장과 지방, 해외를 다니는 과정에 독서실을 끊어, 고 3이 된 기분으로 경비 지도사 자격시험을 준비했다. 4과목의 시험이었고, 경비업법·법학개론·민간경비론의 1차 시험을 거쳐 경호학개론 2차 시험에 합격하면, 1주일간의 교육을 수료해야 경찰청장이 발급하는 공인 자격증을 받을 수 있다. 경찰 및 군인 신분으로 7년의 경력 인정 시 1차 시험이 면제되기 때문에, 초창기엔 전직 경찰 혹은 군인을 예우하기 위한 자격증으로 취급되었다. 현재는 1, 2차 각 2과목으로 변경되었다. 그 당시 난 4과목을 다 준비해야 했고, 낮엔 업무로, 저녁엔 학교 수업으로, 귀가 후엔 독서실에서 끝없이 외워야 하는 이 과목들에 매달릴 수밖에 없었다.

내 직업이 경호원으로 남성 직업군이기에, 베이직이 아닌 플러스알파가 내재되어야 남성들과 그나마 동등한 대우를 받을 수 있다. 따라서 나만의 차별화가 필요했다. 그때부터 느낀 것은 내가 좋아하는 문구인 **'노력의 대가는 이유 없이 소멸되지 않는다'**라는 말…. 난 다행히 합격했다. 1주일의 교육 과정을 거쳐, 공무원 출신 분들이 퇴직 후 노후를 대비하여 취득하는 장롱면허가 아니라 바로 실무에 적용했고, 그제야 여성 경호원이 아닌 경비 지도사로, 협회가 아닌 일반 기업에 취업할 수 있었다. 취업이라기보다는 새

롭게 설립된 신규 법인의 임원이 되었다. 2000년 스물셋의 나이로서 더 이상 수요가 없어 받아주지 않는 경호 회사에 여성 경호원 이력서를 내지 않아도 되는 경비 지도사의 삶이 시작되었다. 처음으로 법인 등기부 등본에 내 이름이 임원으로 올라가게 된 시점이기도 했다.

어린 시절 아빠로부터 딸이기에 환영받지 못했고, 사회에서 또한 차별과 무시, 유리 천장을 경험하다 보니, 고용이든 여성정책이든 정부 시책이 참 중요하다고 생각하는 사람 중 한 명이다. 그 당시 여성 경호원이란 직업은 낯설고 동료가 없었다. 수요가 많지 않기에 기업에선 채용조차 생각하지 않았지만, 경비 지도사 제도가 생기면서 경비업 허가 법인은 무조건 지도사를 채용하게끔 법이 지정되었다. 물론 기업들은 울며 겨자 먹기로 이행할 수밖에 없었지만 나같이 기회조차 제공받지 못했던 사람은 여성 경호원이 아닌 경비 지도사라는 직책으로 임원급 대우를 받는 기회를 제공받았다. 이 상황을 접하며 나의 2000년은 자격증 취득의 해가 되어버렸다. 현재 30여 개의 자격증 중 2000년 이전은 태권도 4단까지의 단증들과 실용영어, 운전면허, 응급처치, 그러나 2000년 이후엔 태권도 5단과 심판, 사범자격, 경비 지도사를 시작으로 경호무술, 비서와 워드프로세서, 스포츠 마사지사, 아마추어 무선기사, 태권도 심판과 사범, 사설탐정, 동력수상레저기구(보트 면허), 가정폭력·성폭력 상담사 및 보디빌딩 심판에 심리 상담사, 학교폭력예방사 등이다. 이 모두가 다양하게 스펙을 쌓는 과정이라기보다는 생존과 생계를 위한 하나의 취미가 되어버렸다.

또한, 많은 자격을 취득하고 스펙을 쌓을수록 더 많은 기회가 주어지고, 비중 있는 업무들을 수행할 수 있게 되었다.

여성을 떠나 직책과 직분에서의 업무 수행으로 인정받는 일들이 많아졌고 앞서 언급했지만, 기회는 준비된 사람에게 찾아온다는 말을 실감할 수 있었다. 준비되어 있지 않으면 기회가 와도 잡을 수 없고, 그 상황이 기회인지조차 모르고 지난 날들을 후회하게 될 수 있다.

요즘 취업을 위한 특강이나 모의면접을 가면, 준비된 인재들이 많아 스스로 놀라는 일이 많다. 가령 호텔관광학과 친구들은 어학은 기본이고, 방학에 워킹비자를 받아 해외 리조트에 취업하여 경험을 쌓기도 한다. 경찰경호 관련학과 학생들도 방학을 활용해 많은 아르바이트를 하며 본인들의 업무 성향을 파악하거나 자격증 준비도 많이 한다. 옛날 우리 사회는 대학만 졸업하면 취업 걱정을 안 했는데, 현대에는 대한민국의 위상과 경제력이 세계 상위권이 되니, 그 안에서의 자리매김이 안쓰러울 만큼 치열한 것 같다. 우리 사회는 성적순으로 학생들을 서열화하고, 개인의 특기나 재능보다는 일률적인 공부를 강요한다. 대학은 부모님들의 대리만족으로 원하는 대학과 학과를 지원하는 경향이 많다 보니, 강의 후 안타까운 친구들의 사연과 질문을 받는 경우가 많다. 본인은 연극을 하고 싶은데 전혀 상관없는 과에서 공부하고 있어 학교를 그만두거나 전과를 하고 싶다는 사연, 혹은 재학 중인데도 원하던 학교가 아니라서 다시 수능을 봐서라도 가고 싶은 대학에 가야 하는지를 묻는다. 또는 편입 관련한 질문을 하거나, 혹은 취업은 해야 하는데 어디에서 뭘 해야 하는지도 모르겠고, 본인이 뭘 하고 싶은지도 불분명하며, 때로는 그 무언가조차 하고 싶다는 생각자체가 안 든다는 학생들의 상담을 해주기도 했다. 이런 일들을 많이 겪다 보니 사실 요즘엔 교육과 청소년 사역, 청년 멘토링에 관심을 많이 두고 활동하고 있다.

남들이 가지 않은 길은 때로는 위험할 수도 있지만, 나의 경우 걸어와 보니 멋진 기회의 시장이고 블루오션이었다.

2001년엔 또 다른 기회가 제공되었다. 늘 신(新) 직업군으로 각광받지만, 아직까지 법안 통과가 되지 않고 있는 사설탐정! 최초의 여성 사설경호원으로 활동하던 시점, 또 하나의 '최초'라는 수식어가 생기게 된 기회였다. 몇 개월에 걸쳐 교육을 받고 수료한 후 업무가 병행되었다. OECD 국가 중 대한민국만 유일하게 법안이 통과되지 않고 있어, 흥신소나 심부름센터로 전락하고 인식되는 업무 분야이기도 하다. 하지만 민간 조사원(PI : Private Investigator 탐정 법안이 통과되지 않아 민간 조사원 호칭으로 변호사의 위임을 받아 사건의 증거자료 수집 등의 역할을 한다)은 기업조사, 산업 스파이, 교통사고 분석, 사이버 범죄, 보험사기, 상표법 위반, 횡령 등의 범죄자를 색출하는 데 있어 경찰과 협업할 수 있고, 공권력이 미치지 않는 곳에서의 증거 수집과 범인 검거를 위해서도 필요한 직군이기도 하다.

시카고의 세계한인탐정협회 강효흔 회장님은 대성그룹 400억 횡령사건 등을 해결하셨고, 현재 나는 한국지부 사무총장을 맡고 있으며, 작년엔 일본에 가서 자격을 취득하기도 했다. 그러나 우리나라는 제도적인 장치나 법안이 없어 사업화하기가 애매한 상황이라, 해외에서 의뢰한 사건을 주로 수행하고 있다. 예전 대기업 회장님의 따님과 미국에 업무 건으로 출장을 가서 강 회장님의 도움을 받은 적이 있는데, 감사와 함께 부러움을 감출 수 없었다. 공인 탐정의 신분으로 조사하고자 하는 사람의 세금납부 내역 및 소재지까지 파악할 수 있었다. 며칠 전 뉴스를 통해 한 여성 민간 조사원이 불륜 현장의 업무 기법들을 사업의 영역으로 소개하는 영상을 봤다. 간혹 업계에서 위치 추적기를 불법 장착해 구속되거나 벌금형을 받는 기사들을 접할 때면 씁쓸함을 감출 수 없다. 그들 스스로가 심부름센터나 흥신소 역할을 하고 있고, 사람들에게 그렇게 인식되는 것이 속상하다. 하루속히 대한민국에도 사설탐정들이 활동할 수 있는 시기가 올 수 있길 고대해본다.

2001년에 준비했고, 제도적인 문제로 아직까진 제대로 기회가 제공되지 않았다고 생각할 순 있지만, 준비된 사람에겐 꼭 기회가 온다는 말을 이 영역에서도 현실로 보여주고 싶다.

삶에 지치고, 일에 치인 청년들이여! 자신의 영역에서 노력하고 준비하여 멋진 기회를 자신의 것으로 만들었으면 하는 바람을 전하고 싶다.

Dream is nowhere
FIRST GROUP 高.恩.玉
2010
세계한민족
여성네트워크
2010. 8. 30(월)
컨벤션홀 203호
미래,
세대 여성
2013 대한민국 벤처·창업 박람회
1인 창조기업
성공포럼
제1회 경남·울산지구청년회의소 의전연수
Dream is now here
FIRST GROUP 高.恩.玉
청년창업 런웨이
미래를 만들어 가는 고은옥 대표의
지금 시

위기 속에서 찾은 기회는 선행 사례가 된다

수많은 사람이 인생에서 성공하지 못하는 이유는 기회가
문을 두드릴 때, 뒤뜰에 나가 네 잎 클로버를 찾기 때문이다.
- 월터 크라이슬러 -

2002년 월드컵과 제주 현장 등을 마무리한 후 퇴사했다. 그리고 더 이상 일과 병행할 수 없었던 학업은 1년 반의 휴학을 거쳐 그해 코스모스 졸업을 하게 되었고, 대학 강의할 때나 후배들에겐 가능하면 학기에 맞춰 졸업하기를 권하고는 있다.

축하받는 자리였지만 개인적으로는 약간의 서러움이 동반되었던 졸업식의 기억! 대학 졸업 앨범엔 친구들과 찍은 사진 자체도 없고, 앨범 인쇄 거의 막바지에 혼자 찍은 개인 사진! 일에 미쳐 현장과 회사 일정에 치여 졸업사진 찍는 날 참여를 못 했다. 화사한 봄날에 찍은 친구들 사진과 달리, 혼자 겨울 정장 입고 찍은 개인 사진. 그 무렵 현장에 갔다가 손가락 하나가 분쇄 골절되어 핀을 박은 상태여서, 붕대를 감고 졸업 가운을 입었던 기억이 난다. 5년 반의 대학생활은 끝났지만, 대학생으로서의 추억은 없었다. 미팅, 소개팅 한 번 못 했으며, MT를 가거나 동아리 활동조차 제대로 하지 못했다. 캠퍼스의 낭만은 남의 일…. 주간 한 타임 수업이 끝나면 바로 야간 두 타임을 들어야 해서 수업 후 친구들과 여유있게 저녁 한 번 제대로 먹었던 기억도 없다. 경영학과 학생인데 때로는 현장 철수 후 사무실 복귀도 못 한 채 바로 수업을 가야 해서, 검은 정장에 007가방으로 불리는 서류와 장비 가방을 갖고 마케팅이나 재무, 회계 수업을 들은 적도 있다.

경호원이라고 하니 주변 지인들은 체육학과 출신인 줄 아는 분들이 많았고 지금도 그렇다. 그러나 경영학 공부를 하며 배웠던 마케팅과 인사조직 관리 등은 사업을 시작하고 영위할 때 많은 도움이 되었다. 태권도를 수련했고 경영 공부를 한 여성 경호원의 미스매칭은 전문성에 대한 열망을 불러왔다. 그래서 2002년 코스모스 졸업 후 2003년 바로 경호학을 전공하는 대학원에 진학했다. 이 시점 또한 '인생 점 잇기'는 내 삶에 적용되었다. 1998년 도우미 페스티벌이 있었는데, 나는 경호원 분야에 출전했다. 경호 시범을 보이며 경호 도우미 분야에서 수상한 경력이 있는데, 그때 심사위원이 대학원의 은사님이시자 석사 논문 지도교수이신 이상철 교수님이다. 경호실 출신으로 그 당시 용인대 경호학과 학과장님이셨다. 늘 인생을 젊고 멋지게 살아가시는 교수님을 모시고 석사 과정을 시작하게 되었고, 그해 11월엔 최초의 여성전문 경호경비 법인으로 주식회사 '퍼스트레이디'를 설립했다. 일 욕심도 공부 욕심도 많은 나인지라 또다시 학업과 일을 병행하게 된 것이다.

법인 설립 전과 후의 내 삶은 많이 달랐다. 2000년을 기점으로 자격증 취득의 결과물이 달랐던 것처럼, 2003년 11월을 기점으로 나는 여성 경호원이나 경비 지도사가 아니라, 나이는 어리지만 대표님으로 불리게 되었다. 법인 설립 전 지인들의 우려, 걱정, 망할 거라는 악담, 질투가 내포된 말들과 여성가족부 창업자금을 받는 과정에서의 서러움, 적금, 보험을 깨거나 약관대출을 받으며 시작한 경찰청 허가 최초의 여성전문 경호 법인 '퍼스트레이디'는 감사하게도 출발부터 청신호가 켜졌다. 여성 경호원의 수요가 많아진 시기와 맞물려 언론·방송에 보도되기 시작했다.

2004년 초에는 일본 후지 TV 방송에 각 나라 무술과 직업을 소개하는 프로그램에서 한국의 여성 경호원을 알릴 수 있는 기회가 있었고, 이상철 교수님의 추천으로 20대 중반의 나이에 석사과정 중 대학 겸임교수로 임용되는 기회 또한 제공되었다. 또한, 보험이나 여행상품과 같이 무형의 상품으로 상품권을 만들어 최초로 홈쇼핑에 경호 상품을 판매할 수 있는 멋진 사업의 기회 또한 생겼다. 언론 방송의 효과가 배가되어 8년차 경호원으로 쌓아놓은 신뢰는 마케팅을 하기에 너무나도 좋은 밑그림이 되어주었고, 한 번 의뢰했던 의뢰인이나 기업에서 구전을 통해 소개들이 이어져 사업은 지속적인 성장을 할 수 있었다.

후지 TV 방영은 그 이듬해 세종문화회관에서 진행된 NHK 노래자랑 in Seoul과 일본 증권회사 회장 등의 VIP 방한 시 업무 수주로 연결되었다. 어린 나이에 맡게 된 겸임교수 생활은 가르치기 위해 더욱 많은 공부를 하게 해주어서, 지식과 실무를 탄탄히 겸비하게 만들고 훗날 강연에도 큰 도움이 되었다. 또한, 우연치 않은 기회에 제공된 홈쇼핑에서의 경호 상품권 판매는 1시간 방송에 매출뿐만 아니라 기존 연예인, 정치인, 기업인 등 특권층의 전유물로 여겨지던 경호 서비스를 학교폭력이나 아이들 등하교, 스토킹 피해자, 독신 여성의 신변보호, 비서로서의 경호 업무 등 대중화와 함께 일반인들이 제공받을 수 있는 서비스로 인식되며 자리 잡을 수 있는 결과를 가져다주었다. 홈쇼핑 방송에서 내가 실제 설명을 진행했고, 비주얼과 화려한 스펙을 소유한 남녀 경호원들이 직접 출연하여 상황 재연과 경호 시범을 보여주었다.

중국어를 전공한 언니가 합류하면서 중국 상해 캠프를 진행했고, 교수님들을 통해 일본 경호학교와 자매결연이 체결되었다. 중국과도 연계되어, 북경을 시작으로 상해와 마카오, 주해, 하이난 등으로 경호 교관으로 다녀오거나 인력을 파견하는 등 정신없는 나날을 보내면서, 몸은 힘들지만 큰 보람과 행복을 누리게 되었다. 그 과정에서 사업 초창기에 서러움을 참으며 받았던 창업자금은 다 상환되었고 수상 기회도 많아져 기회만 되면 공적 조서를 작성하여 제출하고 경영 수기 공모전에도 참여하여, 여러 분야와 기관에서 수상하게 되는 영광 또한 누렸다.

『매일경제』에서 벤처기업대상과 수기 공모전에서의 수상, 여성가족부 장관과 중소기업청장, 중소기업중앙회장, 서울경찰청장, 여성경제인협회장 표창과 표창패, 감사장 등 정말 더할 나위 없이 행복하고 감사한 날들의 연속이었다. 이 글을 쓰는 이 순간 그때의 행복한 기운들이 전해져서 실은 '위기(Crisis)' 장의 글은 쓰고 싶지 않은 간절한 소망이 생길 정도이다. '위기' 장에서 철저하게 넘어지는 순간들을 언급하겠지만, 그래도 지금만큼은 그때의 행복들을 다시금 되새김질하고 싶다.

어찌 되었든 창업을 하며 너무도 좋은 기회들이 제공되었고, 난 그 기회들을 더욱 멋지게 활용하고자 노력하며 살아왔다. 물론 잃은 것들도 있다. 10년이 지났지만, 중요한 현장 업무 때문에 초등학교 때부터 친한 친구였던 연겸이의 결혼식에 참석하지 못해 전날 예비신부를 보며 축하해주어야 했다. 또 20대다운 20대로서의 삶은 사치로 여겨야 했고, 학업과 사업과 교수로서의 직분을 감당하느라 늘 정신없는 삶을 살아야 했다. **하지만 후회 없는 창업과 최초의 여성전문 경호 법인의 대표라는 수식어는 후배들이나 학생들에게 선행 사례가 되었고, 나는 그 발자국을 남기며 내가 겪은 시행착오 없이 후배들을 이끌어갈 수 있는 자리에 와 있다.**

수없는 도전과 많은 기회는 내 삶을 하나하나 장식했다. 업무를 시작한 지 20년이 지난 지금 나는 초창기엔 여성이라 핸디캡이 적용된 경호업계에서 여성이기에 더욱 희귀성과 이점이 있는 확고한 자리매김을 해놓은 상태로 전환되었다. 그리고 그에 따른 책임감과 행복을 누리며 살아가고 있다.

나이키의 광고 문구에서처럼 **'JUST DO IT!'** 그리고 세계적인 청바지 브랜드 디젤의 CEO 렌조 로소처럼 **'쫄지 말고 저질러라.'** 다만 명심할 것! **기회는 땀 흘린 자에게 오며, 시간과 노력을 먹고 자란다는 것! 로마는 하루아침에 이루어지지 않는다는 것!**

위기 속에 기회가 있으며, CHANCE(기회)의 C를 G로 바꿔 삶의 변화(CHANGE)를 만들어 나가는 것 또한 각자의 몫이라는 것!

踏雪野中去(답설야중거) 눈 내린 들판을 걸을지라도

不須胡亂行(불수호난행) 모름지기 어지럽게 걷지 마라.

今日我行跡(금일아행적) 오늘 나의 발자국이

遂作後人程(수작후인정) 뒤에 오는 사람의 이정표가 되리니.

오늘 나의 발자국이 뒤에 오는 사람의 멋진 이정표가 될 수 있도록 조심스럽고 정성스럽게 걸어가리라!

제 1238 호

표 창 장

(주)퍼스트레이디
대표이사 고 은 옥

귀하는 여성벤처기업인으로서 한국벤처 산업의 활성화에 기여하고 투명한 경영 철학과 우수한 경영능력을 발휘하여 국가의 경제발전은 물론 여성경제활동 참여기반 확립에 크게 기여하여 타의 모범이 되므로 이에 표창합니다.

2007년 9월 17일

여성가족부장관 장 하 진

제 2006-13호

상 장

우수상

(주)퍼스트레이디
대표 고 은 옥

위 사람은 소상공인진흥원과 전국신용보증재단연합회가 공동으로 개최한 「소상공인 창업 및 경영성공사례 수기 공모전」에서 위와 같이 입상하였으므로 이에 상장을 드립니다.

2006년 11월 7일

전국신용보증재단연합회장 이 은 범

제4141호

Small and Medium Business Administration

표 창 장

소속 : (주)퍼스트레이디
직위 : 대 표
성명 : 고 은 옥

귀하는 탁월한 경영능력과 건전한 기업가 정신으로 국민경제발전에 크게 기여한 여성벤처기업인이므로 한국여성벤처협회 창립 제8주년 기념일을 맞이하여 이에 표창합니다.

2006년 8월 29일

중소기업청장 이 현 재

BEST VENTURE Awards

2005 매경우수벤처기업대상

매경 제 2005-7 호

상 장

제조 및 생활서비스부문
특 별 상

회사명 : (주)퍼스트레이디
대표자 : 고 은 옥

위 사는 우수한 사업모델과 기술력을 바탕으로 벤처 발전에 기여한 공이 크므로 2005 매경우수벤처기업대상에서 제조 및 생활서비스부문 특별상 기업으로 선정하여 이 상장을 드립니다.

2005년 7월 22일

매일경제신문 · mbn
대표이사 회장 장 대 환

제 412 호

감 사 장

주식회사 퍼스트레이디
대표이사 고 은 옥

귀하께서는 평소 경찰에 대한 깊은 이해와 관심을 가지고 적극 성원하여 오셨으며, 특히 민·경 협력치안에 기여하신 바 크므로 이에 감사를 드립니다

2008년 12월 17일

서울특별시지방경찰청장
김 석 기

감 사 장

Letter of Appreciation

사람이 재산이고, 선물이다

살면서 **'사람이 재산이다'**라는 어르신들의 말씀을 늘 가슴 깊이 새기며 생활하게 된다. 그렇기에 나의 재산목록 1호는 휴대폰에 저장된 전화번호! 현재 7,000명이 넘는 전화번호와 6,800명이 넘는 SNS 친구가 있다. 물론 양적인 숫자가 중요하진 않다. 분별의 지혜가 부족해 사기를 당하거나 이용당한 많은 사례들이 있지만, 그보다는 사람을 통해 많은 기회가 제공되고, 엄마를 필두로 한 그분들의 조언과 자문을 통해 지금의 내가 있다.

사람을 통해 2010년 부천시 생활체육회 소속 종합무술연합회장이 되었다. 물론 40개 연합회 종목의 최연소 회장이었고, 체조를 제외한 유일한 여성회장으로 취임하게 되었다. 내 고향 부천이었고, 이미 지인들이 많은 상태에서 어르신 회장님들께서 많이들 격려해주셨다. 그 당시 부천시 생활체육회 연합회장님으로 모셨던 이태영 회장님께서 얼마 후 경기도체육회의 사무처장으로 자리를 옮기셨다.

회장님은 성공한 기업인으로, 또 연합 회장단의 회장직에 계시며 바쁜 와중에도 늘 상 배려의 언행이 있었고, 각종 대회 때마다 직원 한 명 한 명을 호명하며 잘 챙기시는 분이셨다. 그 당시엔 내가 취임할 당시 회장님이어서인지 내심 고아가 된 듯했고, 서운한 감정이 들기도 했다.

그런데 처장 취임 후 얼마 지나지 않아 부천 사무실로 직접 방문하셔서, 경기도체육회 이사직을 제안하셨다. 그 당시 솔직히 난 그 자리가 어떤 직분인지도 제대로 모른 채, "믿는 분이 제안하신 자리니까 무조건 갑니다."라고 회답을 드렸다. 후에 알고 보니 그 시점에 경기도체육회장님께서 여성 이사 확충을 말씀하셨다고 한다. 그 자리는 가고 싶어도 못 가는 사람들이 너무나 많은 귀한 자리임을 17, 18대 이사 활동을 하는 내내 느꼈고, 그래서 더욱 감사했다.

그도 그럴 것이, 경기도 1,300만 도민 중 체육회 이사는 20명, 게다가 난 30대 최연소 이사였다. 30대는 나 혼자였고, 그 덕에 막둥이로서 더욱 많이 배우고, 이사회나 격려 방문 등 일정이 잡힐 때마다 빠지지 않고 활동하게 되었다. 각 시도 체육회의 회장은 시장이나 도지사이며, 실무는 사무처장을 주축으로 많은 활동과 함께 각 종목별 대회 등을 치르느라 워낙 행사와 일정이 많은 직분이기도 하다. 그 자리에서 대학 동문회장님께 배운 건배사를 진심어리게 한 기억이 난다. "학사·석사·박사보다 중요한 게 밥 사! 그보다 중요한 건 술 사! 더 중요한 건 감사! 라고 하는데, 제게 있어 너무나 감사한 자리이기에 더욱 열심히 활동할 것"이라는 다짐이 담긴 건배사였다.

17대에 이어 18대까지 연임하신 사무처장님은 몸을 사리지 않고 경기도 선수들을 격려하기 위해 누비셨고, 사무처장단의 회장이 되면서 경기도 31개 시군을 종횡무진 하셨다. 처장님의 노력,

경기도의 지원, 사무국 식구들의 고생, 열심을 다한 선수들의 훈련…. 그러한 결과물들로 경기도는 올해 전국체전 15연패를 바라보고 있고, 동계체전 및 기타 대회에서 우수한 성적들로 선수들은 보답하고 있다. 특히 2012년 불모지였던 컬링에서 세계대회 사상 첫 4강에 진출하면서 여성 컬링선수들과 체육회 여성 이사들 각한 명 한 명의 멘토링 시스템을 만들어, 체육회에선 물질적 지원과 후원, 그리고 우리 여성 이사들은 멘토링을 통한 정신적 후견인 및 멘토-멘티의 개념보다 엄마와 딸의 관계가 형성되었다. 물론 나만 이모로 불렸지만 말이다.

체육회 이사 활동을 하며 너무나도 많은 것들을 배우고 경험했다. 또한, 주신 은사를 통해 경기체육중·고등학교 학생,선수 폭력 예방 강의를 나가기도 하고, 대한체육회 여성 체육위원 활동과 경기도 교육청 학생·선수 폭력예방위원, 경기도체육진흥위원도 병행하며 나 역시 많은 성장을 했다. 이 결과물들은 결국 사람이 재산임을 더욱 분명하게 가르쳐주었다. 개인적으론 그 이전에 하늘에서 예비한 길이 있었을 테고, 그래서 만남의 축복이 주어지고, 서로간의 노력들로 인해 인연을 이어가는 과정에서 동반 성장할 수 있는 기회들이 제공된다고 믿는다.

얼마 전 안산 경일관광경영고등학교에서 사무실로 강의 요청이 왔다. 전혀 아는 사람도 연고도 없는 그곳에서의 연락이 궁금해 담당 선생님께 여쭤보니, 송보나 선생님께서 추천해주셨다고 했다. 연락처를 보고는 정화여상 계실 때 2013년 12월에 강의 가서 뵌 선생님이라고 말씀드렸다. 통화한 선생님께서 그걸 어떻게 기억하냐며 기억력이 좋다고 하셨는데, 연락처 기재 시 만난 장소나 날

짜를 같이 저장해놓아, 추후에라도 연락되었을 때 서운함이 없길 바라는 나만의 습관이자, 어떻게 보면 하나의 마케팅일 수도 있다.

이 글을 쓰면서 현재 저장된 그룹을 보니 94개로 분류되어 있어 나도 놀랐다. 물론 요즘엔 SNS 그룹들이 별도 지정되어 더 늘어나긴 했지만. 처음 저장할 때 좀 번거로워도 그룹별 혹은 기타 사항들을 같이 저장해놓으면, 그 이후의 인간관계나 소통하는 데 훨씬 좋은 점들이 많다.

크리스천이다 보니 **골로새서 3장 23절에 "무슨 일을 하든지 마음을 다하여 주께 하듯 하고 사람에게 하듯 하지 말라."** 라는 말씀을 새겨 사람을 대하고, 가족을 챙기듯 의뢰인의 생일과 기념일, 명절 등을 챙겨왔다. 대의그룹의 채의숭 회장님은 이 말씀이 대인관계의 황금률이라고까지 말씀하신다.

너무나 감사하게도 난 인복이 많은 사람인 듯하다. 만난 사람들과의 인연이 오래 지속되고, 그분들을 통해 많은 인생관과 사업관을 배우기도 하고, 조언과 자문을 통해 문제 해결을 하기도 한다. '위기' 장에서 언급하겠지만, 사업 초창기 르메이에르 건설 모델하우스 업무에 투입하며 인연이 된 이은규 회장님은 지금도 무슨 일이 있을 때, 사업하며 난관에 부딪힐 때 조언과 사업 경험을 통한 해결방안을 알려주신다. 또 대학 동문회 부회장단 모임은 60학번대, 70학번대 학번이신 선배님들께서 97학번인 나를 최연소 부회장과 모임 총무로 세워주셔서, 매년 송년회 동문회 밤 사회자로 섬길 수 있는 기회들도 제공되었다. 그리고 1999년 경비지도사 합격 후 자격증 발급 전 수료해야 하는 연수 교육생 동기인 류진수 회장님께서는 경호실과 해군 장교, UDT 출신으로 너무나도 멋지고 파란만장한 인생을 사신 분인데, 그런 경력의 소유자임에도 너무 소탈하고 친화력이 있는 분이다. 거의 공무원 출신의 합격생 어르신들 사이에서 경호원 활동을 하는 여대생이었던 내게 그 당시부터 빨리 결혼하라고 재촉과 조언을 하셨던 분이시기도 하다. 회장님께서 늦은 나이에 결혼하셔서 친구들에 비해 2세가 어려서이기도 하고, 인생 살면서 중요한 부분을 놓치고 살지 말라고 늘 조언해주셨는데, 이제야 깨닫는다. 요즘엔 오히려 내가 원망 섞인 하소연을 하기도 한다. UDT 전우회장 취임하실 때는 여성 경호원들이 같이 가서 창립 50주년 겸 취임 축하도 해드렸는데, 멋있는 군인 신랑 소개도 한 번 안 시켜줘서 이렇게 살고 있다면서….

동력수상레저기구 서울면허시험장을 운영하고 계신데, 그분으로 인해 생각지도 않았던 보트 면허증 취득을 위한 필기 공부를 하고, 해경이 동승한 상태에서 보트 운전을 해야 하는 실기시험을 거쳐 동력수상레저기구(보트) 면허증을 취득하기도 하고, 해외 사업에 연계되거나 국내 경호실 출신 모임에 사업 관계자들을 소개받아 많은 자문과 업무에 도움을 받기도 한다. 작년엔 세계군인체육대회장에 보트 면허증 갱신교육을 같이 받은 고 대령님이 전화를 주셨다. 류 회장님이 대회장에 오셨다고…. 그래서 바로 단체 톡 방을 만들어 두 분을 연결시켜드리고, 고 대령님이 부사관학교 계실 땐 인근 전주에 국회의원 보좌관 하시는 JC 선배와 함께 우석대학교 교수님을 연결해드리고, 그분들을 초대해 서울에서 식사 자리를 만들어 식사 대접을 하며 뿌듯해하는 게 나의 성향이기도 하다.

물론 오지랖이 태평양이라고 구박을 듣는 일도 많다. 남 좋은 일만 시키는 경우들도 많이 생기고, 각각 필요한 사업을 연계해주었더니 그 이후론 본인들 끼리만의 연을 맺어, 몰래 프로젝트를 진행하며 그 미안함에 나를 배제했다가, 그들끼리의 관계가 소원해지게 되면 다시금 연락해오는 일들도 생기긴 한다. 그럼에도 불구하고 여전히 난 이렇게 사는 게 좋고, 누군가에게 조금이나마 도움이 될 수 있는 사람이 되어 행복하다. 몇 년 전 통계학인 사주를 풀어주며 신문 전면 인터뷰를 한 적이 있었는데, 사주에도 겁재라는 성분이 요긴하게 자신과 타인을 지켜주거나 도움 주는 일을 하는 역할 수행을 한다고 했다. 100% 신뢰하진 않지만, 그 측면에서 보면 직업 선택은 아주 잘한 듯하다.

최근에도 역시 세상은 좁고 사람은 재산이며 선물이라고 느꼈던 일이 있다. 그것은 은행 기업인 모임에서 라운딩을 하고 식사를 하는데, 그 골프장 회장님께서 나를 알아보시며 사업 시작하기도 전 꼬마 때 씩씩한 여성 경호원이었던 나를 라운딩 동반자들에게 소개해주셨다. 그 일이 있은 후 부천시 체육회 골프 월례회 부킹을 바로 그 골프장에 했고, 그 이후 체육회 식구들이 부킹 안 되면 계속 전화를 주시는 일이 잦아지긴 했다. "제가 골프장 직원도 아닌데, 왜 제게 요청을 하시냐?"고 말씀드리긴 한다. 하지만 내겐 조금의 번거로움이 있지만, 서로에게 좋은 일이라면 그 번거로움쯤은 충분히 감수할 수 있는 부분이라 생각한다. 그리고 경호·경비업만이 천직인 줄 알고 살던 우리에게 제조와 유통업을 알게 해주시고, 사업 기회와 배움을 주시는 최관준 대표님께도 너무나 감사드린다. 같이 활동하는 인천 청년위원장이 조카여서, 또다시 세상이 좁아 정말 열심히 잘 살아야겠다 다짐하게 된다. 그리고 매

주일 찬양 사역자로 예배를 섬길 수 있어, 귀한 섬김의 자리와 예배 팀, 공동체와 순 안에서 서로를 중보하고 응원하며 격려와 위로를 해주는 믿음의 동역자들께 늘 감사드린다.

또한 사업 초창기 남성들의 영역에 20대 중반의 나이로 겁 없이 뛰어든 내게 많은 도움이 되었던 분들은 여성 선배 기업인들이었고, 여성 경제인협회와 여성 벤처 협회의 적극적인 활동이었다. 여전히 20대 여성 CEO는 없었기에, 더 많은 기회와 배울 수 있는 자리가 많았던 것 같다. 새벽 조찬부터 각종 활동, 행사, 세미나, 워크숍, 포럼, 박람회 등을 쉴 새 없이 참여하고, 단체나 행사 자리, 특히 체육대회에선 가만히 못 있는 성향 탓에 손발은 고생했을지라도, 많은 경험을 하며 돈 주고도 배울 수 없는 사회와 사업에 대해 알아갈 수 있었다.

10년도 넘은 일이지만 지금도 뚜렷이 기억에 남는 일 중 하나는 여성 벤처 협회의 송년회 자리다. 협회는 매년 송년회에 드레스를 입고 사업 파트너나 부군을 초대하는 연례행사를 지속적으로 했다. 모두들 화려한 드레스를 입고 헤어·메이크업을 한 상태로 외국의 파티 분위기가 마련된다. 당시나 지금이나 50대에서 80대 회장님 혹은 어르신, 기업의 임원 분들이 클라이언트가 많으셔서, 난 마땅히 초청할 또래의 남성 파트너도 없고 신랑도 없어 드레스 대신 도복을 입고 태권도 시범을 보였다. 그러나 그해 송년회가 못내 아쉬워 다음 해부터는 언니를 초청해서라도 같이 드레스를 입고 참여했다. 오랜 시간이 지난 일들이지만, 드레스에 대한 로망은 내재된 것 같다.

올해 1월은 동생의 결혼식에서 정장 입고 얌전히 있으라는 주문을 마다하고 드레스를 입었다. 게다가 한 번도 받아보지 못한 채 40대를 맞이할 것 같아, 철없지만 동생의 부케를 받고 혼자 좋아 뛰어다녔다. 물론 친구들이 많이 결혼했는데 그 누구도 내게 부케 받으란 요청 한 번이 없었기에 그제야 미친 듯이 한쪽 영역만 구축하며 살아온 삶에 대해 조금의 아쉬움이 느껴지기도 했다.

그래도 3대 가족 모두 합쳐 6명이었는데, 17년 만에 제부가 함께해 7명이 되었고, 첫 조카 이후 18년 만에 둘째 조카 축복이가 태어날 예정이다. 가족모임에서 동생에게 삼둥이 낳아 열 명 만들자고 했다가 혼났다. 내가 데려와서 가족을 늘리라는 명령…. 사실 책의 출간 시점을 올해로 정한 이유 중 하나이기도 하다. 동생이 결혼하고 나니 이제는 해외에서 유학을 하거나 단기간의 거주도 괜찮을 것 같은 생각이 들어 인생 방향 설정을 하던 중, 사업을 내려놓을 수 없는 부분이라 판단했다. 세 딸 중 한 명은 이렇게 살아도 될 것 같은 명분이 생길 줄 알았는데 더 심한 구박이 오기에, 내년 엄마 칠순 전 사위 대신 이 책을 선사하려는 마음이 앞선 부분도 있다.

나머지는 큰사위와 막내사위에게 패스….

지금 포지션에 대한 합리화를 하자면, 사업과 스펙을 쌓느라고 연애·결혼·출산을 포기한 3포 세대와 저 출산의 주범으로 살고 있으면서 30대의 마지막을 보내는 시점! 그러나 인생 방향 설정하기엔 너무나도 좋은 하프타임이고, 출간은 더욱 멋진 터닝 포인트가 될 것이라 기대하면서 이 글을 써내려가고 있다. 어떤 상황이든 간에 내겐 사랑하는 가족들과 회사 식구들, 그리고 내 편이 되어주는 너무나도 멋진 지인들이 함께하기에 남부러울 것 없는 큰 재산을 소유한 사람이며, 살아볼 만한 가치가 충분한 인생을 살고 있는 현재이다.

일본 교포 손정의 회장은 일본에서 컴퓨터 황제로 불렸지만, 일본 야후를 인수한 후 그의 주식 시가가 폭락하며 거의 파산이나 다름없는 난국을 겪게 된다. 그가 소프트뱅크를 설립했을 때 단순히 뱅크라는 글자만 보고 잘못 찾아온 은행 직원을 설득하여 투자하게 한 일들도 있었지만 그는 재기 불능이라고 평가받았고, 수많은 사람들이 소식을 끊기 시작했다고 회상한다. 비참하게도 밥먹을 돈이 없어 1만 엔을 빌리기 위해 SNS를 하고자 했으나, 모두 다 나가버리는 일도 있었다고 한다. 그러나 수신 거부를 하지 않고 그를 기다려준 400명…. 얼마 후 손정의 회장은 중국 마윈의 알리바바에 투자하여 재기에 성공했고, 1주일에 1조씩 불어나는 재산을 그때 기다려주었던 400명에게 10억 엔씩 주었다고 한다. 그 금액을 합한 4조가 중요한 게 아니라, 힘든 시기에 그를 외면하지 않고 응원하며 기다려준 자기 사람들을 향한 가치 표현이 중요하다고 생각한다. 그리고 그는 그때의 400명 그 이상의 사람들을 알고 지내기를 원치 않는다고도 한다.

멋진 인연…. 영국 어느 시골 마을에서 수영하던 한 귀족의 아들이 다리의 마비로 위기를 맞았는데, 한 시골 소년이 구해주었다고 한다. 그 고마움에서인지 시골 소년은 귀족의 도움을 받아 의학 공부를 하게 되었고, 두 소년은 나이 차이와 상관없이 친구처럼 깊은 우정을 쌓으며 지내게 되었다. 그러나 귀족의 아들은 폐렴에 걸려 생사를 오가게 되었고, 한 생물학자가 발명한 페니실린 덕에 목숨을 구할 수 있었다. 너무나도 멋지게 그 생물학자는 어릴 적 자신을 구해준 알렉산더 플레밍이었고, 귀족의 아들은 2차 대전을 연합군의 승리로 이끈 윈스턴 처칠이었다. 아들을 살려준 보답으로 공부를 시켜준 처칠 수상의 아버지, 그리고 그 도움을 통해 또 한 번 목숨을 살린 플레밍의 일화를 생각하며, 과연 우리는 어떤 인연을 맺고 있고, 맺어진 인연을 소중하게 잘 이어가고 있는지 한 번 생각해볼 수 있는 시간이 되길 바란다.

지금의 대한항공을 있게 한 한진 조중훈 회장님의 일화도 잠깐 소개하고자 한다. 낡은 트럭 한 대로 미군 부대에서 청소를 하던 조중훈 회장! 어느 날 달리던 도로에서 차가 고장 나 난처한 상황에 처한 외국 여성을 발견했다. 그는 땀 흘려 수리를 다 하고는, 사례비도 받지 않고 한국 사람으로서 친절을 베풀었다고 한다. 그러나 후일 미8군 사령관의 아내였던 그 외국 여성은 사례하기를 원했고, 그 일로 미군에서 폐차되는 차량을 얻어 사업을 진행했는데, 그것이 지금의 대한항공과 한진중공업 등의 전신이 되었다. GIVE & TAKE 문화가 만연한 현대 사회를 살아가는 우리에게 우연한 기회에 이루어진 이 인연의 스토리를 전하고 싶다.

2015년 11월 1일 난 정말 우여곡절 끝에 일본에서 김포로 오는 비행기를 겨우 타고 올 수 있었다. 그날의 감사함 또한 이 책을 빌어 다시금 전하고 싶다. 작년 10월 말 일본 오이타에서 한일 CEO 포럼과 러브 소나타 부흥집회가 있었고, 당일 참석 후 다음 날에는 일본 탐정 교육과 자격증 취득 관련하여 도쿄 일정이 있었다. 4박 5일의 일정이었지만 인천-오이타-후쿠오카-나리타-신주쿠로의 이동이 많았고, 입국은 하네다에서 김포였기에 돌아오는 비행 편 확정을 못 한 상태였다. 모든 일정이 끝났으나, 입국 당일이 일요일 저녁인 데다 모든 항공편 좌석이 매진 상태였다. 국적기 뿐만 아니라 일본 항공사 데스크를 다 돌아다녀야만 했던 긴급 상황이 발생했다. 단체 중 혼자만 남아 하루 머물고 다음 날 가야 하는 상황이었기에 다급할 수밖에 없었고, 대기 상태로 있다가 좌석이 생기더라도 하네다에서 김포 구간인데 백만 원을 호가하는 항공권을 구매해야 하는 상황이었다. 타 항공사는 한국인 직원도 없고, 대기 리스트 담당하는 안내도 없었다. 오로지 비싼 편도 항공권 구매만 가능함을 영어로 전달했다.

그러나 대한항공 친절 맨 영선님의 도움으로 비싼 항공권을 끊지 않고, 마일리지로 유류 할증료만 정산하고 무사히 올 수 있는 일을 경험했다. 두 분이 계셨는데, 한 분은 승객들의 짐 관리를 하느라 정신이 없어서인지 무조건 안 된다고 했으나, 옆에 계시던 영선님께 설명과 부탁을 드린 후, 순간의 말 한마디에 얼마나 위안을 느꼈는지 모른다. 우선 대기 리스트에 올려놓을 테니 힘들겠지만, 대기해달라고 요청했다. "어디서 대기할까요?"라는 내 질문에 "좌석이 생기면 방송을 해주겠다."고까지 약속하며 대기 1순위니 너무 걱정하지 말라고 안심을 시켜주셨다. 그래도 그 순간 내 삶의 변화된 태도를 스스로 느낄 수 있었던 시간이었기에, 지금도 생생히 그날의 기분과 상황이 남아 있다. 다른 때 같으면 도움이 될 수 있는 사람에 의지해 공항에 있는 친구, 항공사 근무하는 지인들에게 연락해서 방법론을 구해 달라 부탁을 했을 텐데, 조용히 묵상과 기도를 드리며 스스로 차분하게 대기하고 있었다. 물론 사람인지라 탑승 시간이 다가오니 조금은 불안해져서 잠깐 타 항공사에 문의하긴 했다.

다녀오는 사이 영선님께서 멀리서 오는 나를 반갑게 찾으며, 좌석 생겼다면서 카운터로 직접 안내를 해주셨다. 방금 다녀온 타 항공사에서 비싼 항공권 구매 독촉을 받고 온 터라 더욱 감사했다. 게다가 마일리지 탑승도 가능했고 좌석도 편하게 올 수 있었다. 너무 감사해서 한국 나오면 식사라도 대접하고 싶다고 했더니, 교포 2세라 한국 잘 안 나온다고 웃으며 대답하셨다. 난 그럼 명함이라도 달라고 떼를 쓰며, 탑승 시 병 음료수 하나로 그 큰 감사함을 대신 할 수밖에 없었다.

그게 아쉬워서 한국에 와서 페이스북에 그날의 감사한 사연과 함께 휴대폰 번호는 없으니 괜찮겠지 하며 감사 인사를 적은 그분의 명함을 올렸다. 그리곤 바로 느낄 수 있었다. 현대 사회에서 SNS의 위력. 이영선 씨 한국 사는 가족이라며 댓글이 올라왔다. 영선님이 당연한 걸 좋게 봐주신 거라며 겸손해했다는 말을 전해주었고, 그 순간 강의를 하며 전했던 창업주 조 회장님이 떠올랐다. 창업주가 강조하는 인재 경영을 일선에서 접하며 느낄 수 있었다. 그분은 이 책이 출간되면 우선순위로 꼭 드리고 싶은 분 중의 한 분! 일본 하네다 공항에서 여전히 친절맨으로 계실 이영선 님께 다시금 감사의 인사를 하고 싶다. 아울러 개인적으로 창업주의 마인드로 지금의 어려운 난국을 잘 헤쳐 나갈 수 있는 한진그룹을 기대해본다.

마지막으로, 말이 필요 없는 흥행 보증수표 송강호 배우와 봉준호 감독! 〈괴물〉, 〈설국열차〉 등 봉준호 감독의 영화에서는 어느 순간부터 배우 송강호를 볼 수 있게 되더니, 공식이 된 것 같은, 혹은 바늘과 실 같은 느낌! **'당신이 언젠가 작은 이에게 손 건**

넨 적이 있다면, 모두가 당신을 잊을지라도 초라했던 이는 당신의 손을 놓지 않을 것이다.' 이 문구를 궁금해하다가 알게 된 스토리이기도 하다.

무명배우로 수없이 오디션을 보러 다녔던 송강호. 여느 날과 마찬가지로 결과물이 없던 그에게 조감독이라는 한 사람으로부터 "연기는 감명 깊었으나 마땅한 배역이 없는 것이니, 추후에라도 인연이 되길 바란다."라는 회신을 받은 적이 있다고 한다. 그리고 첫 번째 영화에서 실패한 봉준호 감독! 그의 두 번째 영화에 꼭 출연을 바라는 배우가 있었다. 그러나 그는 너무나도 유명한 사람이라 제안할 엄두도 못 낸 채 대본을 보냈다고 한다. 그리고 이어진 전화 통화의 대답은 너무나 뜻밖이라 할 수 있을 것이다. 이미 5년 전에 출연을 결심했다는 유명배우의 대답과 그렇게 만들어진 영화 〈살인의 추억〉.

온 국민을 공포에 떨게 하며 미스터리로 남은 화성 연쇄 사건을 다룬 제작비 32억의 이 영화는 2003년 한 해 600만 명이 조금 안 되는 관객을 동원해, 흥행과 함께 프랑스 경찰 영화제에 초청되어 대상과 여러 상을 휩쓸었다. 힘들고 어려운 시절에 받은 정성스럽고 진심 어린 말 한마디를 잊지 않았던 배우 송강호! 그리고 바쁜 와중에 했던 그 위로의 말 한마디로 천군만마를 얻은 듯한 두 분의 관계를 보며, 나의 삶을 되돌아볼 수 있었다. 워낙 일찍 시작한 사회생활에서 내겐 중요했던 한 장 한 장의 명함! 예전 휴대폰에는 지금처럼 많은 전화번호가 저장되지 않았다. 1,000명, 2,000명, 조금씩 저장 공간이 늘어가긴 했지만, 저장 공간이 부족한 상태에선 어쩔 수 없이 내 판단에 더 자주 보게 될 사람, 더 중요한 사람,

더 사업에 연관될 사람의 공간을 위해 덜한 사람들의 연락처를 지울 수밖에 없었다. 그러면서 다른 사람의 전화기에 덜 중요하거나 그들의 인생에 전혀 영향력 없는 사람으로 간주하여 내 전화번호가 지워지는 일을 만들지 말자는 신조로 열심히 살아왔다.

얼마 전 부산의 영어 방송 라디오 인터뷰에서 어떤 사람이 되고 싶으냐는 마지막 질문을 받은 적이 있다. 예전엔 박사 과정도 밟아야 하고, 진정성 있는 믿음의 배우자도 만나야 하고, 사업도 확장시켜야 하고, 해외사업도 활성화해야 하며, 출간도 해야 하는 등, 앞으로 해야 할 일들에 대한 말씀을 드렸었다. 그런데 그 순간엔 선한 영향력을 끼치는 사람이 되고 싶다고, 그러기 위해 노력하겠다고 답변했다. 섬기는 교회 목사님께서 이런 말씀을 해주셨다. 사람들이 죽는 순간에 후회하는 건 더욱 많은 일을 하고, 더 많은 업적을 남겼어야 했으며, 사업을 확장시켜야 했다는 것이 아니라, 가족들과 많은 시간을 보내지 못하고 사랑하지 못했던 순간들에 대한 아쉬움과 후회라고 한다. '내 묘지명에 뭐라고 쓰이길 바랄까?'를 생각해보니, 그간의 악착같고 아등바등 살아온 시간들이 떠올랐다. 일이 겹쳐서 친구의 결혼식을 못 가니 당일 화려한 신부의 모습이 아닌, 전날 푹 자야 하는 예비신부를 불러 축의금과 선물을 전달하고, 현장에 투입돼야 해서 모임을 못 가고, 구박이 싫어 명절 도피족이 되어 명절 당일 아빠 차례만 모신 후 해외로 출국해서 친인척들도 뵙지 못했던 지난날들! 물론 하루아침에 바뀌진 않겠지만, 사업과 자기계발에만 몰두하는 삶이 아닌, 사람을 보며 남은 시간들을 행복하게 보낼 수 있기를 나 역시 바라본다.

사회생활을 하면서 **"태어날 때 가난한 것은 내 탓이 아니지만,**

죽을 때도 가난한 건 내 탓이다."라는 빌 게이츠의 명언과, **스티브 잡스의 스탠포드 연설에서 "Stay Hungry, Stay Foolish!"**를 가슴에 새기며 살아왔는데, 요즘은 그 많은 업적을 남긴 스티브 잡스가 병상에서 한 말에 더 공감하는 순간들을 보내고 있다. 우리 인생의 삶을 유지할 만큼 적당한 재물을 쌓은 후엔 부와 무관한 것들을 추구해야 한다며 그는 생을 마감했다.

더 늦지 않은 시점에 깨닫게 됨을 감사하며, 살면서 내가 어떠한 상황에 처해 있든 내 편이라고 생각하는 한두 사람! 그 사람을 꼭 만들어 나가는 우리의 멋진 인생이 되길 바란다.

저역시 경호회사를 운영하고 있는지라 현장근무자들의 근무행태와 언행에 따라 기업이미지와 고객의 평가가 좌우될 수 있음을 아는 사람 중 한명이라 오지랖일 수도 있지만 다시 한 번 하네다 공항 이영선 님께 감사드리고, 덕분에 시간과 에너지, 재정 낭비가 없었습니다. *^^* 11월도 화이팅입니다. 혹시 한국 나오시면 연락 주세요~ 맛난거 쏠께요~ 친절맨 사진을 못찍어 놓아 아쉽네요~

좋아요 댓글 달기 공유하기

회원님, 김명숙님 외 54명

CBMC 여성 비지니스 컨퍼런스
피해자 멘토위원회 "희망의 등대" 정기총회

제 9 차 이사회
정 오 의 데 이 트
都 市 樂
정오의 데이트... 도시락~
都市樂
R-O-C-K~
Happy together
멘토 최연숙 • 멘티 신미성
Happy together
멘토 고은옥 • 멘티 김지선
Happy together
Happy together
멘토 신정희 • 멘티 김은지

자갈밭을 '활주로'와 '레드카펫'으로

여성 경호원과 여성 사설탐정, 경호업체 여성 CEO로 살아오다 보니, 뭇 여성들과 다른 삶을 살아온 여정에 대해 말씀드릴 수 있는 많은 기회들이 찾아왔다.

2005년엔 '대한민국 여성 CEO 25인'에 선정되면서 '성공보다 아름다운 도전'이란 말 그대로, 제목이 너무 아름다운 책에 페이지를 장식할 수 있는 귀한 기회가 제공되었다. 옴니버스 형식의 출간이었지만 영어 번역본까지 출간되어 해외 마케팅을 할 수 있는 여건도 마련되었다. 게다가 기업인이 아닌 저자로서 혹은 강연자로서의 시간들을 보내며 초심을 다지고, 강연을 통해 스스로 동기부여가 되는 순간들을 맞이하게 되었다. 그 무렵은 대학 특강이나 여대생 인력개발 센터 혹은 여성 리더십에 관한 요청이 많을 때였고, 나 역시 내게 맞는 리더십의 정의들을 정립하며 그들과 함께 삶을 나눌 수 있었다.

2007년엔 당시 〈경향신문〉사 소속으로, 현재는 문학 경영 연구원 대표님으로 계시는 황인원 박사님의 연락을 받고 인터뷰를 한 적이 있었다. 스포츠 신문 전면에 게재되는 인터뷰인데, 조건이 역학 연구가에게 생년월일과 태어난 시간을 줘야 한다는 것이다.

사주와 함께 기사가 나가고, 그다음 기사의 주인공은 내가 소개해 연재되는 기사라고 말씀하셨다. 너무나도 특이한 인터뷰 제안이었다. 전투적인 연락에 실은 인터뷰보다도 연락 주신 분과 사주가 더 궁금한 마음에 흔쾌히 뵙는 일정을 잡았다. 그리고는 정말 사주가 같이 게재되었는데, 사주 감상 제목에 '50세 이전까진 발로 뛰며 운명 개척'이란 주제로 겁재라는 성분이 자신과 타인을 지켜주거나 도움 주는 일을 하며, 50세가 될 때까지는 말을 타고 세상을 누벼야 하는 운으로, 본인의 분야를 스스로 발로 뛰면서 개척해 나갈 운명이라 판단된다고 했다. 게다가 와일드한 성향은 배우자 선택에서 제한적으로 작용하므로, 남자와의 교제나 결혼은 일에 비해서 후순위라고 판단되며, 자신의 분야가 아닌 일에 섣부르게 손대거나 동업하는 일은 반드시 피하라고 쓰여 있었다.

그 당시엔 뭐 하는 사람인지 언급 안 하고 태어난 일시만 줬는데 신기하네 하고 지나쳤다. 그런데 거의 10년이 지난 지금 다시 보니 절로 웃음이 나왔다. 나는 늘 운명 순응론자가 아닌 운명 개척론자로 살아왔다. 다시 신앙이 회복되어 주일성수와 사역, 봉사를 통해 행복한 삶을 살고 있기에 절대적으로 신뢰하는 부분은 아니지만, 통계학적인 측면에서 생각해보면 잊고 살아왔으나 정말 맞는 부분이 많다는 생각에 웃음이 나왔다. 그때나 지금이나 여전히 일 중독자로 살고 있고, 여전히 내 분야를 개척하며 발로 뛰고 있으니….

하지만 이런 삶이 50세까지라면 좀 가혹하단 생각은 든다. 멋지게 운명 개척하면서 50세가 되었을 때 다시 한 번 되짚어봐야겠다. 어찌 되었든 이 인터뷰가 끝난 후엔 선배 기업인으로서의 존경과 여성으로서 너무나도 멋진 여성 벤처 협회 이영남 회장님께 이 인터뷰를 권해드렸고, 그렇게 모인 우리는 모임을 갖게 되었다. 그리고 그 스토리를 담은『CEO 시를 알면 성공한다』라는 제목의 책이 이듬해에 발간되었다. 모임에서 나는 만년 막둥이여서 총무를 맡았는데, '놀부' 창업자이신 외식업계 마이다스의 손 오진권 회장님과 하유미 마스크팩으로 유명한 제닉의 유현오 대표님, 준오 헤어의 강윤선 원장님, 유인경 기자님 등, 각계각층의 대표님들을 통해 많은 걸 배울 수 있었다. 특히 오진권 회장님과 유현오 대표님은 내가 일에 치이고 세상 사람들에게 배신과 이용당하는 사건들로 지쳐 있을 때, 크리스천 CEO 스쿨을 소개해주셔서 다시금 신앙이 회복될 수 있는 계기를 마련해주셨다. 다시 한 번 감사드리고 싶다. 언제가 되었든 만나게 될 사람은 만나진다는 말을 실감나게 하듯이, 그 당시 같이 모임은 못 했지만, 현재 같이 여성가족부 대표 멘토로 활동하고 있는 유앤파트너즈 유순신 대표님도 더욱 반가웠다. 특히 지금도 서로의 안부와 건승을 기원하는 황인원 박사님께도 멋진 기회를 주심에 감사를 드린다.

2010년엔 멘토링 정책의 일환으로 출간된, 각 분야 9명으로 구성된『스무 살의 롤 모델』이란 제목의 책에 사업 스토리와 여성들을 위한 신변보호 상식까지 수록되면서, 늘 갈망해오던 단독본 출간에 대한 열정이 다시금 재확인되었다. 그녀들이 말하는 나의 꿈, 나의 일, 그리고 "유리 구두는 없었다."로 시작된 이 책을 통해서 다양한 직업군에 종사하는 그녀들의 삶과 역경, 마인드를 공유하며 서로를 위안할 수 있었다. 다국적 기업의 최초 여성 임원, 스타일리스트, 방송 PD와 아나운서, MD, 파티 플래너, NGO 활동가

와 작가로 살아가고 있는 언니, 동생을 통해 치열하게 살아온 각자의 인생을 돌아보며, 누군가에게 멋지게 롤 모델로 살아가도록 응원해주는 '언니 문화'가 좋았고, 그간 내 사업 영역에서 느끼지 못했던 또 다른 분위기를 느낄 수 있어서 색다른 경험과 좋은 기회의 산물이 되었다고 생각한다.

일반적으로 남성들에게는 '끼리 문화'가 존재한다. 운동을 하든 식사나 술자리를 하든, 또 다른 누군가가 왔을 때 자연스럽게 합류하고 어울리며 동일 공동체 안에서 강하게 서로를 끌어주는 문화. 그게 학교든, 군대든, 향우회든 상관없이…. 그에 비해 여성들은 남성들에 비해 공동체 문화를 접하는 기회가 상대적으로 적거나 스스로 적극적이지 않은 경우가 대부분이고, '단짝 문화'라고 일컬어지는 특이한 문화가 있는 것 같다. 예를 들어 세 명의 친구가 어울리며 둘이 한 명을 배제하는 듯한, 혹은 흔히들 말하는 '여자의 적은 여자'라는 말을 동감하게 하는 분위기 속 치열한 생존 경쟁! 우리끼리 한 여담들이 있지만 글로 쓰기는 애매한 상황들…. 그 상황들 속에 힘들고 마음 아팠을 당사자들을 서로 공감하며 위로할 수 있는 그들이 있음에 든든했다.

사실 내가 접해온 환경들에서는 태권도를 하고 경호원이나 사설탐정으로 활동하거나 경호업계 CEO로 살아오며 누군가에게 맘 터놓고 속 시원히 얘기할 수 있는 사람이 마땅치 않았다. 여성이 없는 환경과 업계였고, 동료 의식보다는 경쟁 상대로 여겨 이방인 취급당하는 일들이 많아서, 스스로 방어막을 형성하며 살아왔다. 그래서 더 외로웠던 시기에 어찌 보면 남성들보다 더 의리 있는 언니 문화 속의 일원이 된 듯해서 마냥 행복했다. 그래서 요즘은 업계 모임보다는 부천에 우리 '행복회' 언니들과의 시간이 훨씬 더 편하고 행복한가 보다.

사업 초창기 국내 최초 여성전문 경호경비 법인 타이틀로 법인 설립을 하고, 멋진 여성 경호원들로 구성된 공동체를 만들었다. 하지만 난 남성들 사이에서 도태되지 않기 위해 살아온 시간들이 많았고, 상대적으로 사회에선 여성들과 같이 지낼 일이 거의 없었다. 그래서인지 여성들의 조직 문화와 관리에 서툴렀고, 왜 맘이 상했는지 이유도 모른 채 달래줘야 했다. 또 근무하면서 그녀들끼리의 관계가 소원해진 이유로 회사와 연락을 두절하거나 인수인계 절차 없이 퇴사하는 행위, 혹은 통신 두절 상태로 잠적을 하여 현장이 펑크 나서 부랴부랴 메꾸었는데, 남자친구와의 싸움이 원인이었다는 어처구니없는 상황, 사전 보고나 허락도 없이 성형 일정을 잡는 여성 경호원, 그들끼리의 힘의 논리와 집단 따돌림에 의해 정작 내가 필요로 하는 직원의 퇴사 등, 내 상식선에서 이해하지 못하는 일들로 많은 스트레스와 힘듦을 겪어야 했다. 마치 여중 시절 짝꿍이 화장실 같이 안 가줘서 토라졌을 때처럼 이해 안 가는 상황….

난 여중 시절 체육관에서는 태권도를 하고, 학교에서는 육상부 소속으로 처음에는 단거리 선수였다가 투창 선수로 전환하여, 대회 전이면 운동장 뛰어 다니느라 정신이 없었다. 그런데 도대체 화장실 같이 안 갔다고, 혹은 그 짝꿍이 아닌 다른 친구랑 대화하거나 놀았다고 왜 죄인처럼 짝꿍의 잔소리를 들으며 달래줘야 했는지 이해는 안 간다. 지금 생각해보면 내가 소통을 잘못 했던 것 같고, 남성들의 조직사회에서 적응된 내 성향을 그들에게 적용하려

한 시행착오였을지도 모른다. 물론 여성들의 조직 관리는 여전히 변화무쌍해서 풀리지 않는 숙제, 혹은 해답이 없는 문제로, 내게는 익숙지 않아 남성 중간 관리자에게 일임하는 경우가 많다.

또 다른 삶의 변화는 강연의 빈도수가 많아졌고, 중·고등학교, 대학교, 기관, 협회, 캠프나 사례 발표, 모의 면접, 기업 초청으로 많은 기회들이 생긴 점이다. 그중 2010년엔 전 세계 한민족 여성이 모이는 자리에서 발표할 수 있는 귀한 시간도 주어졌고, 해외 참가자만 참여할 수 있는 자리에 대한민국 대표로 청와대 영부인 만찬 자리에도 참여하게 되는 영광스런 시간들도 있었다. 만찬장에선 전 세계 각국에서 한인 여성의 훌륭함과 긍지, 저력을 보여주시는 선배님들께 자랑스러움과 감사함의 소감을 대표로 전할 수 있는 일도 주어졌다. 잊지 못할 순간들이었다.

여성이면서 경호원 신분이기에 2011년 세계 여성 리더십 컨퍼런스에서는 존경하는 콘돌리자 라이스 전 장관을 수행하기도 했고, 경찰청 초청의 전·의경 대상으로, 혹은 취업 센터에서 구직자들을 대상으로, 경남 K 멘토는 서울, 수도권 학생들에 비해 상대적으로 멘토링 혜택을 덜 받는 경남의 대학생 1,000여 명을 대상으로, 잡코리아 대표님 외 소수 강연자 중 한 사람이 되어 꿈과 희망을 전달할 수 있는 기회도 있었다. 전혀 상관없는 마사회에서도, 교육방송이나 코엑스에서 진행된 벤처·창업 박람회 또는 컨퍼런스나 포럼에서도 여성 기업 성공사례를 발표하기도 했다.

생각해보면 이 모든 기회들 이전에 도전이 있었고, 그 과정에 식지 않는 열정과 노력이 있었다. 물론 추후 언급하겠지만, 이렇게 수많은 자리에 서는 강연자로서의 삶은 어느 시점엔 기업인으로서의 정체성을 잃어버리게 되는 삶의 독이 되어 혹독한 대가를 치르게 만들기도 했다. 하지만 여전히 후회하지 않는 삶의 기억들로 남아 있다.

옴니버스 형식으로 출간한 책 중 마지막인 『THE AGE OF 29.7』. 평균연령 29.7세의 청년 CEO들에 관한 책인데 사실 그 책은 내게 어느 정도 현실에 안주하던 시점에, 그들의 평균연령을 높이는 주범이란 생각에 충격을 받았다. 합리화할 여러 이유를 떠나 더욱 정진해야겠다는 다짐과 함께 초심을 다진 시기이기도 했다.

그리고 지금 2016년…, 옴니버스가 아닌 내 삶과 사업, 인생관을 통해 현재의 삶에 지친 청년들에게 조금이나마 위안이 되었으면 하는 마음으로 밤잠을 못 자며 글을 써내려 가고 있다. 물론 써오는 내내, 그리고 앞으로도 느끼겠지만, 말로 전하는 강연이나 내 영역의 사업보다 훨씬 어렵고 힘든 과정임에는 틀림없다. 하지만 난 남성 영역에 진출한 여성으로 나이가 어렸으며, 창업 시 보증을 서줄 남편이 없어 창업자금 받기 힘든 싱글의 핸디캡을 멋지게 어드밴티지와 메리트로 바꾸어, 그 편견과 고정관념을 에너지원으로 삼기 위해 노력했고, 그 과정들을 이루어 나가고 있음을 전하고 싶다.

바람도 조류도 우리와 항상 함께하는 것은 아니다.
그리고 우리가 헤쳐나가야 할 위험하고 어두운 바다의
항로 또한 항상 맑을 수는 없는 것이다. 그러나 우리는
닻을 올렸으며, 수평선은 희망으로 가득 차 있다.

- 존 F. 케네디의 『조류를 바꾸기 위하여』 중에서 -

나 역시 닻을 올렸고, 나의 삶을 통해 희망이 가득한 수평선을 보여줄 수 있는 사람이길 원한다.

포토 갤러리
여성 경호원

부드럽고 단호한 '수호 천사'

THE 10TH
WOMEN'S
LEADERSHIP
SEMINAR
제 10회 한미여성리더십세미나
남북 VIP경호의 모든 것
고은옥 경호경비 퍼스트그룹 대표
▸ 첫 여성 경호원
▸ 전국청년경제인협회장
▸ 세계한인 공인탐정협회 한국지부 사무총장
01
고은옥
보유총기소개
교황 방한 '4박5일'
MBN LIVE
국제 미국 미주리 '10대 흑인 소년 총격사망' 시위 4일째 계속
목포 23.3

역마살 대마왕 해외시장 개척기

너무나 감사하게도 법인 설립 후, 이듬해인 2004년부터 본격적으로 해외시장에 진출할 수 있는 길들이 열렸다. 워낙 에너지 만땅, 돌아다니는 것을 좋아해 현재 50여 개 국을 돌았는데, 그중 조카를 데리고 가족들과 다닌 나라만 인근 국가와 터키까지 15개국 정도 되는 것 같다. 물론 그럴 수밖에 없었던 상황이, 내가 한창 일에 미쳐 있다가 돌아보니 친구들은 이미 가정을 꾸려 아이들을 키우고 있었고, 일주일씩 시간을 내어 같이 어딘가를 갈 수 있는 상황이 되지 않았다. 그렇기에 더욱 가족들과 다닐 시간이 많을 수밖에 없었고, 그렇지 않은 해외 방문은 출장이나 시장조사 혹은 명절 도피나 교관 파견 등의 사유였다. 20대에 가지 못했던 배낭여행이나 유학을 못 한 아쉬움에 대한 발악일 수도 있는데, 주변에선 이런 나를 고길동, 장돌뱅이, 역마살 대마왕 등으로 불렀다.

1999년에 훈센 총리 경호실 시범단을 다녀오며 다른 사업차 캄보디아를 오갔고, 2004년 후지 TV에 출연하며 일본 시장이 개척되었으며, 아카데미와 MOU 체결 후 업무들이 이루어졌다. 그리고는 여성 경호원 관련 컨설팅과 교관 파견으로 중국은 북경과 하이난, 주해 훈련기지, 창사, 상해 등지를 다녔다.

BOT 사업과 관련하여 지금처럼 개방되지 않았을 때 미얀마도 다녔고, 가사와 경호업을 동시에 전담하며 인기를 끄는 여성경호원 양성 건으로 베트남도 수차례 출입국 하며 살아왔다. 말레이시아 학생 교류협회 경인지부 활동으로 문화 교류와 학생 교류를 위해 대사관과 협력하여 행사들도 많이 했고, 종합무술대회장으로 아부다비에 주짓수 선수 출전시키는 대회를 개최하기도 했으며, 여성 복서를 후원하며 대회를 주관하기도 했다.

천하장순이 역마살대마왕으로 해외시범과 출장, 사업 건으로 외국을 다니다보니 어디에서 어떤 외국인을 만나든 불편하거나 당황스럽지 않게 되고, 하나라도 더 배우기 위해 현지 담당자의 말을 귀담아 듣고 최대한 많이 다니며 그들의 삶을 보며 알아가게 된다. 그러던 중 영어에 대한 부족함과 배움에 대한 갈망으로 영어예배 싱어모집에 지원하여 섬기다가 찬양팀 리더로 예배인도자의 삶을 시작하기도 했었다.

현재는 지인을 통해 일전에 중국 방송촬영을 했던 창사 소재 아울렛에 한국관 운영계약이 체결되어 생각지도 않게 다른 사업기회를 제공받았고, 또 한 번의 성장과 전환점을 맞아 진행중이기도 하다.

난 개인적으로 기회가 된다면 아니 기회를 만들어서라도 해외에 나가 많은 걸 보고, 듣고, 느끼길 바라는 사람 중 한명이다. 글로벌시대에 국제시장진출은 또 다른 기회와 함께 삶의 방향을 재정립할 수 있는 멋진 시장이 될 것이라 생각한다.

멋지고 활발하게 국제시장을 누비는 한인들의 밝은 미래를 기대해본다.

常に危険と隣り合わせ!
-銃も使いこなす精鋭たち!!
緊迫のトレーニングに潜入!!
警護
FIRSTLADY
SPの採用基準は!?
「格闘技ができることはもちろん、冷静さを持っている人」
日本メディア初登場!
大統領も護る!
謎の韓国女子SP軍
に密着!!
軍団の象徴!
コ・ウンオクCEOが語るSPの魅力!
「ゴルバチョフ氏の言葉は、今でも忘れられない!」
PEOPLE
hing I can't do just because I'm a woman
Interview
韓国の美人
ボディガード軍団
Newsweek
J Style
in a velvet glove
国の雑誌でもたびたび取り上げられる

第四期要员保
后勤组
2012/07/30 01:45 PM
SPの採用基準は!?
「格闘技ができることはもちろん、冷静さを持っている人」(コ氏)
軍団の象徴!
コ・ウンオクCEOが語るSPの魅力
高恩玉 韩国顶尖保镖

미팅, 소개팅 대신
경험한 언론과 정치

나의 대학 시절과 20대, 그리고 지금 30대의 끝자락에서 돌이켜보니, 지금까지 흔히들 하는 3:3, 뭐 이런 미팅 한 번을 못 해보고 살았다. 소지품으로 상대방과 매칭이 되는 그런 분위기는 영화나 드라마 속에서나 있는 일로 간주하며 살아온 지난 날…. 그러나 그런 삶의 기회비용을 생각해볼 겨를도 없이 살던 난 경호원이란 직업을 선택하면서 자연스럽게 언론과 정치를 경험하고 배워나갈 수 있는 또 다른 기회의 국면을 맞을 수 있었다.

최초의 여성 경호원, 여성 사설탐정, 여성전문 경호경비 법인 대표의 직분은 그때그때 사회 상황과 분위기에 맞춰 재조명되면서, 언론과 방송에 보도되는 멋진 기회들이 제공되었다. 때로는 남성 영역에 진출한 여성 경호원으로, 또 사건 사고가 많을 때는 어린이나 여성의 범죄예방을 위한 조언자로서 현 상황에 대한 브리핑을 한 적도 있었다. 학생들의 집단 따돌림과 폭력 문제, 가정폭력, 성폭력, 스토킹, 이혼으로 인한 법정 동행 등 현장 경험을 통한 범죄예방에 대해 라디오나, 신문, 방송에 보도되기도 했다. 리퍼트 대사 피습 사건 때는 그 사건이 발생할 수밖에 없었던 미비점, 예방이나 대응이 되지 않았던 부분 등을 논하며, 가해자는 구급차에, 피해자는 경찰차를 타고 병원에 가는 어처구니없는 상황과 사전 인가된 인원파악 및 출입통제 등에 대해 논했다. 그런데 얼마 후 또 판교 환풍구 사고가 나면서 사고예방과 경호의 문제점 등에 대한 인터뷰가 진행되었다. 교황이 방문했을 때 경호 상황, 남북 경호의 비교, 여성 대통령에 맞는 여성 경호원의 자세나 필요성 등, 순간 순간 언론과 방송들을 통해 배우고 경험할 수 있었던 상황에 감사하며 살고 있다.

일본 방송에서 한국의 여성 경호원을 알릴 수 있던 기회도, 중국 방송에서 중국 경호원을 양성하는 교관으로 수차례 방송되기도 했다. 또한, 주해 경호 기지 설립과 법인 오픈식을 통해 마카오에도 소개되었으며, 내가 대회장으로 주최한 대회가 아부다비에 실황중계 되기도 했다. 멘토링의 일환으로 당시 경호원 양성과 체험 프로그램을 촬영했던 고 3 학생들은 이제 어엿한 청년들이 되어 있고, <골드미스가 간다>라는 프로그램에서는 박소현, 김나영 씨의 경호원 1일 체험 방송으로, 여성 경호원의 업무와 현장 체험을 통해 자연스럽게 현장감이 전달될 수 있어서 감사했다. 특히 김나영 씨는 서울여대 재학 시 내 특강을 들었다며 처음부터 반갑게 맞아줬다. 최초의 여성 사설탐정으로 민간 조사를 알리게 된 것 또한 행운이라 생각하며, 법인 설립과 동시에 많은 언론, 방송의 보도로 마케팅 효과까지 누릴 수 있었음에 감사할 따름이다. 방송을 통해 강연하기도 하고, 삶을 나누는 기회도 있었으며, 창업 강연 프로그램을 통해 다양한 청년 기업인들과 소통하고, 서로의 사업 과정들을 통해 나누고 배울 수 있는 소중한 경험을 하게 되었다.

내겐 너무나도 감사함을 선사하는 언론과 방송. 하지만 때로 이 언론과 방송은 너무나도 큰 위력이 있구나 하는 것을 순간순간 느끼게 된다. 사람을 살릴 수도 죽일 수도 있구나 하는 생각이 들 때도 있다. 악마 편집을 통해 왜곡된 판단을 하게 되는 결과를 낳기도 하고, 누군가의 힘든 상황을 보도하며 관심과 온정의 손길을 가득하게도 한다. 또한, 이러한 언론을 악용하거나 트러블 메이커로 자리매김하여 노출 빈도를 높이는 사람들도 우린 볼 수 있다.

최근에 개인적으로는 여름 장충체육관에서의 불쾌했던 일과 이번 대회를 TV로 시청하며 더욱 기분 나빠진 일이 있었다. 주말 시체놀이를 포기하고 방문한 FC 경기장! 상대 선수는 갑작스러운 대진으로 제대로 준비되어 있지도 않은 상태로 입장한 상태. 그리고 우리나라 선수의 입장을 기다리는데, 오랜 시간 음악만 나오고 선수는 입장하지 않는다. 사람들이 지쳐갈 무렵 입장하더니 상대 선수 소개를 하는데, 마치 군에서 훈련이나 징계를 받듯이 '원산폭격' 자세를 취했다. 스포츠인 입장에서 매너 없는 행동에 어이없고 불쾌하기까지 했다. 굳이 이 책에서 그 선수를 비판할 필요까지야 없지만, 그때의 불쾌함은 아직도 생생하게 남아 있다. 그러더니 30초도 안 되어 패했다. 그런데 거기서 그친 게 아니라, 후두 공격이라며 패배도 인정하지 않고 비아냥거렸다. 난 솔직히 입장과 원산폭격을 보며 대놓고 상대 선수를 응원했고, 그때의 불쾌함으로 인해 이후의 대회는 현장에 가지 않고 집에서 시청했다. 그러나 그때의 기억을 되살리기라도 하듯, 이번엔 추후 본인의 타이틀을 가져갈 수도 있는 상대 선수를 향해 손가락 욕까지 하는 것 아닌가! 그것도 화면 풀 샷에 두 번이나…. 방송에서 왜 거르지 않았는지,

그걸 인기몰이라 생각하는지 몰라도 너무 어이없고 창피했다. 반면에 그러한 상황에도 불구하고 일본 선수는 공손하게 한국에서 이 대회가 잘되길 바라고, 외국 선수도 따뜻하게 맞아달라는 부탁과 응원에 대한 감사를 잊지 않았다.

대학에서 마케팅 공부를 할 때 배운 중요한 사실이 있다. 고객 불만 경험 후 행동에 대해 고객들은 온라인 어필을 시작으로 거래 중단까지, 그 사이에서 가슴 통증과 두통을 경험하거나, 큰소리로 어필하기도 하고 부정적으로 구전하는 양상을 나타낸다. 난 인터넷에 올라온 기사에 댓글을 남기거나 일련의 행동을 하며 살지 않았다. 그냥 '좋아요'를 눌러주는 정도. 그러나 그날은 너무 화가 나서 선수 인성과 실력을 먼저 키우라며, 다음 경기 상대가 일본 선수임에도 불구하고 난 그 선수를 응원하겠다고 까지 댓글을 남겼다. 그러고 나서도 분이 풀리지 않아 SNS 프로필에도 그런 내용으로 바꿔놓았다. 나의 오지랖은 여기서 그치지 않고, 상대 일본 선수의 SNS를 찾아 메시지를 남겼다. 당신은 경기에서도 매너에서도 승자라며 응원하겠다고, 그리고 한국인으로서 미안하다고 남겼는데, 바로 답장이 왔다. 감사하고 괜찮다며, 다음날 일찍 일본으로 돌아간다고 했다. 그리고는 바로 페친(페이스북 친구)이 되었다. 그리고 나서도 분이 안 풀려 잠을 잘 자지 못할 정도였다.

이런 나를 어이없어할지도 모른다. 여전히 오지랖 태평양이라 할 수도 있는데, 다음 날 아침 일찍 '너는 내 자부심이야'라고 자랑스럽게 말할 수 있는 멋진 아우에게서 메시지가 왔다. 12년 전에는 경호학과 겸임교수 시절 제자로 알게 되었고, 사업의 동역자를 거쳐, 멋지게 성장해 있으며 너무나도 열심히 살아온 허남민 대위. 공군사관학교 생도를 꿈꾸다가 해병대 부사관을 거쳐 3사관 학교까지 마치고, 현재는 전투기 조종사로 복무하는 군인 아우다. 역시 똑똑한 아들은 국가의 아들이라더니, 아내와 아들도 잘 못 볼 정도로 생활해서 가끔은 안타깝기도 하다. 너무 신상을 알린 건지는 모르겠으나 그럴 정도로 열심히 멋지게 사는 동생인데, 대뜸 격 떨어지게 프로필에 그게 뭐냐며 혼을 냈다. 오랜만에 연락이 되었는데, 다짜고짜 남들도 보는 프로필에 대외적으로 활동도 많이 하는 사람이 그게 뭐냐길래 나 역시 그 상황에 할 말이 없어 바로 바꾸긴 했다.

최근에 이런 상황들을 몇 번 겪었다. 일요일 예배 후 보통은 차가 맞은편에 있어서, 녹색 신호등이 켜지면 횡단보도까지 안 가고 차를 향해 바로 건널 수 있는 지점에서 건너가 곧바로 차를 이동시킨 적이 있었다. 그날은 찬양 팀 집사님과 자매랑 같이 점심을 먹고 차 한 잔 하는데, 지인 성도님에게 위험하니까 무단횡단하지 말라는 메시지가 왔다. 웃으면서 이런 메시지가 왔다고 얘기했더니, 그 집사님과 자매도 봤다면서 메시지에 동의했다. 솔직히 뜨끔하며 남에게 피해 주는 일은 아니었지만, 내 편한 대로 행동하면 안 되는구나 생각하며 보는 눈들이 있었음을 그제야 느낄 수 있었다.

주일 대예배 찬양 팀을 섬기다가, 최근에 임원 공백으로 인한 현장 수습으로 어쩔 수 없이 다른 자매님께 부탁하고 주일 성수를 하지 못했다. 그런데 다음날 의료 사역을 같이 다녀온 장로님께서 무슨 일이 있었냐며, 주일에 안 보여서 걱정된다고, 별일 없기를 바란다고 메시지를 주셨다. 너무나 감사했고, 내가 서야 할 시간, 있어야 할 자리에 바로 서야겠다는 생각 또한 하게 되었다.

부천 온누리교회 손태용장로님은 내과, 윤석우 장로님은 치과 원장님이신데 이번에 캄보디아 의료 사역을 같이 가면서 많은 은혜를 받게 한 분들이다. 우린 캄보디아 오지와 대학을 방문해 의료 사역을 했다. 특히 치과 치료는 처음 받아보는 사람들이어서, 진료소를 에워싸며 구경하고 놀라던 그곳 사람들이 아직 눈에 선하다. 밀려 있는 환자들의 진료로 인해 화장실도 가지 못하고, 불편한 의자에서 몇 날 며칠을 진료하셨다. 많이 힘드셨을 텐데도 전혀 내색하지 않고 오히려 우리를 격려하고 지원해주셨다. 권사님과 외국에 사는데 의료봉사 일정으로 입국해 같이 온 아들 또한 한 몸이 되어, 한 사람이라도 더 치료하기 위해 애쓰는 모습에 모두가 감동을 받았다. 혹시라도 가정을 꾸리게된다면 장로님들 같은 배우자를 만나고 싶다는 생각이 들었고, 그러한 믿음의 가정을 만들어야겠다는 소망도 생겼다.

40대를 맞이할 시점이 되니 합리화일 수도 있지만, 태권도를 수련하지 않았거나 경호원을 하지 않았으면, 혹은 민간 조사원을 하지 않았거나 경호경비 사업을 하지 않았다면…, 가정을 꾸리고 육아를 통해 다른 친구들처럼 가정의 울타리 안에서 든든한 신랑과 어르신들 표현을 빌려 눈에 넣어도 아프지 않을 2세가 함께하며 알콩 달콩 살아갈 수도 있었겠다는 생각을 해볼 때도 있다. 아주 가끔 엄마가 구박하실 때나 세상에 덩그러니 혼자 떨어져 있는 느낌이 들 때…. 그러나 다시 일터에 복귀하면 언제 그랬냐는 듯 일에 미쳐 사는 게 나의 성향인지라, 그래도 지금의 삶에 얼마나 감사한지 모른다.

그리고 또 하나의 감사한 경험은, 정당 활동을 하며 현실 정치를 알아가고 배울 수 있는 기회도 제공되었다는 것이다.

여성 경호원으로 살다 보니 전당대회나 선거에서 후보 사모님의 경호를 시작으로 하여, 전당대회 경호 전담이나 VIP 수행, 사전 투표함을 날 새며 지키는 업무도 진행했다. 이번 전당대회 때는 업무가 훨씬 수월해지긴 했다. 전자투표 시스템이 도입되어, 이전처럼 각 지역에서 오는 투표함들을 밤새 지키고 투표용지를 일일이 꺼내 개표하지 않게 발전되었다.

최초로 전당대회에서 여성 기수단장을 해볼 수 있었고, 정치대학원에서 사무국장을 맡아 활동도 해보고, 중앙과 경기도 당 청년위원회 부위원장, 그리고 대변인 역할도 하며 역량을 키울 수 있었다. 대의원으로서의 역할과 함께 발대식이나 위촉장 수여식 행사, 개소식 등에서 사회를 맡기도 하고, 지역 청년위원회 발대식에 강연자로 초청되어 강의할 수 있는 기회들도 있었다.

청년과 여성으로, 또 경제인으로 살아가면서, 억울하거나 차별받았던 일들이 참 많았다. 또한, 나이가 어리고 싱글이란 입장에선 어딘가에 포지셔닝 하기가 참 애매한 상황들도 있었다. 그리고 이러한 상황들에 대한 목소리를 내어 개선 방안을 찾는 과정에 정치인의 역할과 정치의 필요성 또한 많이 느끼며 살아간다.

유럽의 한 여성 정치인이 자신의 아이를 데리고 의회에 가서 의정 활동을 하는 사진을 본 적 있다. 우리나라는 아직도 여성 운전자에게 솥뚜껑 운전이나 하라며 얕보고, 결혼과 동시에 권고사직을 당하거나 아이를 맡길 곳이 없어 경력이 단절되는데 말이다. 그 유럽의 의원 아이는 아기 때부터 그런 환경에서 자라, 이제는 엄마와 같이 손을 들면서 의사표시를 하기도 한다는 기사를 접하며, 정치 환경이 참 다름을 비교할 수 있는 안목이 생기기도 했다.

대학생활을 하며 친구들과의 시간, 동아리 활동, 미팅, 소개팅의 경험과 시간을 갖진 못했지만, 대신에 너무나도 귀하고 소중한 경험과 배움을 얻을 수 있었다. **기회비용(포기한 것의 값)을 줄이고, 매몰비용(실제 지불한 것의 값)을 최대한 높이는 일….** 이 또한 삶을 살아가며 내 인생에게 미안하지 않고, 당당할 수 있는 멋진 일일 것이다. 앞으로도 좋은 경험을 통해 더욱 많은 얘기들을 전할 수 있는 내가 되기 위해 노력해야겠다.

황금알
MBN
황병서, 최룡해, 김양건
북한 실세 3인방과 함께
화제를 모은 경호원들
황금알 대통령을 경호하려면
기자부터 경계해라?
고은옥
국가의 중요한 일로
새누리당 시흥(을) 합동사무소 이전 개
일시 2015년 4월 9일 (목) 14:00
피플 INSIDE
ISSUE VVIP 상위 0.1% 세상
tvN
VVIP 경호 서비스 고객
1 연예인
2 정·재계 인사
3 정·재계 인사의 자녀
jtbc
고은옥 퍼스트그룹 대표
고은옥 대표 공연 안전·경비 업체
Q 경찰이나 자원봉사자, 도움 안되나?
PEOPLE INSIDE
with PAIK JIYEON
TV조선 LIVE
고은옥 퍼스트그룹 대표
역대 세 번째 방한…1989년 요한 바오로 2세 이후 25년 만
청와대, 프란치스코 교황 공식 환영
제복 입은
여자들
그녀들은 매일 아침 같은 옷을
입는다. 때로는 자신감에
몸마저 가뿐해지고, 때로는 책임감에
마음이 무거워지기도 한다.
같은 일을 하고 있다면 모두 같은
모습일 것임에도, 제복은 아이러니하게
그녀들을 가장 그녀답게 만드는
묘한 힘을 가지고 있다.
한나라당 중앙청년위원회 송년토론회
소통·공감·변화의 시작 청년을 論하다
답은 바로 청년이다!
주제 2040세대, 한나라당이 왜 싫은가
한나라당의 5대 청년정책의 검토와 제안
청년의 변화와 청년위원회의 역할
발제자
토론자

- 제1회 행복
아침 초청 강연
오세훈
국의 미래
회:부천행복포럼
문화특별시 부천! 시민어
◎ 장소: 부천시청어울마

내 인생의 하프타임, 2016년!

2016년이 시작되면서 주변 지인들의 덕담과 함께 많이 들었던 말이 "말띠가 올해 삼재 시작이니 조심해라. 게다가 넌 아홉수니까 특히 조심해야 해!"라는 것이었다. 추가로 부연설명까지 해주신 분들도 계셨다. 삼재 첫해는 들어오는 해라 좋은 일 안 좋은 일 다 들어오니, 좋은 것만 알아서 잘 받아들이라는 친절하기까지 한 걱정과 우려, 격려…. 주일 찬양 사역을 하며 신앙생활을 하는 크리스천임을 아는 분들이지만, 아끼고 위하는 마음에 그런 말씀을 해주시는 거라 생각하고 감사했다.

내 인생의 2016년! 30대를 보내는 마지막 시간들이다. 회사 식구들에게 늘 상 얘기해왔듯이, 경호 업무 20년차가 되면 현장 은퇴시켜달라고 조르던 해였다. 또 아빠가 돌아가신 후 내려놓았던 신앙생활을 20여년 만에 제대로 다시 시작하게 되어, 사실 올해는 스스로 정한 '안식년'이다.

일과 사람에 치이며 많은 힘든 시간들과 바닥으로 내쳐지는 듯한 넘어짐의 순간들을 겪은 후, 2014년 CEO 공동체에서 베트남 아웃리치를 떠나게 되었다. 그곳에서 하나님을 인격적으로 만난 후 선데이 크리스천이 아닌 예배 찬양 사역자와 온전한 신앙인으로서, 그리고 앞만 보고 달려온 20년의 세월을 스스로 보상해 주고 싶어 하나님께 시간을 드리고, 나 자신을 재충전 하겠다 다짐하며 시작한 한 해였다. 2016년을 돌아보니, 아래와 같이 생활하며 한 해 4분의 3의 시간들을 보내왔다.

1월: 동생 결혼식, 매경 골프 포 위민 인터뷰, 경기도 체육회장 감사패 수상.

2월: 아빠 차례 모신 후 두바이·터키 가족여행, 부동산 실전 경매 수료, '21세기 시큐리티 인재상' 주제발표와 연구원장 감사패 수상.

3월: 부천시 체육회 임원 워크숍 중국 일정, 주한 미국대사관 주최 한미 여성 리더십 포럼 수료.

4월: 전문인 선교학교 워크숍, 3개월 일대일 양육자 수료, 강원도 기업체 특강, 심리 상담사 자격 취득.

5월: 생일과 겹친 아빠 23주기 기일, 차세대 여성 리더, 아카데미 강원대 특강, 국가위기관리학회 토론자 발표, 학교폭력 예방 지도사 자격 취득.

6월: 중국 곡부 공자학교 초청 행사, 산둥 체육대학 및 직업전문학교 학생교류, 웅지세무대학특강, 베이직 QT 수료, 성남 수정서 피해자 멘토 위촉.

7월: 유콘 국제학교 졸업식 중창단으로 축하 공연, 옥타곤 FC 발대식(부대표), 여성가족부 멘토링 대표 멘토 위촉, 캄보디아 오지 의료봉사.

8월: 부산 영어 방송 라디오 인터뷰, 전당대회 업무 투입, FC 신인 선수 선발전, 한국 기독 실업인회 제주 전국대회 참석.

9월: 안산 경일관광경영고, 수원여대, 성신여대 특강, 6개월 전문인 선교학교 수료, 경기도 가족여성연구원 성주류 화 정책참여단 워크숍 및 모니터링, 한중일 스포츠 장관회의 행사 수행, 정비사업 전문 관리사 과정 시작.

안식년이라 재충전하기 위한 의미 있는 일들의 리스트인데, 손에 잡은 걸 내려놓겠다 했으나 나열하고 보니, 역시 사람 잡는 일정을 보냈다는 생각이 든다. 가만히 있으면 정체되고 도태되는 느낌으로 불안한 증상을 보이는 전형적인 일 중독자와 완벽주의 성향을 갖고 살아온 인생이었다. 그 인생의 방향 설정을 하는 원년으로 삼겠다고 안식년을 선포했는데, 사람 성향이 쉽게 바뀌는 건 절대 아닌 듯하다. 특히 초심을 되찾겠노라고 잦은 현장 업무에 투입하고, 조찬 일정, 불면증과 책 쓰기로 인한 수면 부족 현상…. 어느 날의 살인 일정을 정점으로 건강 상태가 안 좋아졌다. 어차피 탈고로 인해 해외 명절도피는 뒤로 미룬 상태긴 했지만, 에너지 방전, 번 아웃 증후군(에너지 완전 소진, 고갈 상태)으로 명절 내내 시체놀이와 지속적인 원고 수정으로 시간을 보냈다.

날씨가 워낙 더웠던 올여름, 유난히 조문 일정이 많았다. 친구 아버님 조문 후 새벽 귀가, 환복 후 충북 현장 오전 정리 후 세종시로 이동, 다음날 조찬부터 시작된 일정들의 연속 상태에서 9월 8일은 조찬으로 옥타곤 FC 총재 취임과 함께 부대표로 임명받은 후 오전 역삼동 미팅, 우면동 오찬, 신사동 미팅 계약 건 협의, 논현동 명절인사, 성남 수정경찰서 피해자 멘토 위원회 참석, 청담동 여성가족부 멘토 모임, 논현동 중국 업무 관련 일정 미팅으로 마무리! 강남 일대와 성남을 오가며 하루 8개의 일정을 소화했음에도, 6개월 수업과 해외 필드 오퍼레이션으로 마무리한 전문인 선교학교 수료식은 참석을 못 했다. 그런데 다음날 경기도 여성가족연구원 정책 참여단 워크숍과 모니터링 일정 참석 후, 캄보디아 아웃리치 같이 다녀온 대학 청년 팀이 리트릿 행사로 철야예배를 진행한다고 해서, 3시간 철야예배 후 토요일부터는 시체 모드로 전환되고 말았다.

바쁜 일정을 소화하는 사람임을 말씀드리고 싶은 게 아니다. 그즈음 신장 문제와 눈 떨림, 얼굴 경련, 편두통 증세도 있고 건망증, 그리고 오래 앉아 있다 보니 근육 파열이 있던 허벅지 저림 현상이 재발하였는데도 별생각 없이 지내온 상태였다. 희한하게도 그 당시는 보는 책마다 안식, 쉼, 휴 테크 등에 대해 말하고, 철야예배 때의 목사님 말씀 또한 손때 묻은 시간과 지금의 공간을 벗어나 안식을 취하라는 권고의 말씀이었다.

나는 솔직히 노는 법과 쉬는 법을 잘 모른다. 아무것도 안 하고 있는 것이 내겐 너무 큰 어려움으로 다가오는 사람 중 하나이다. 그런데 명절 전 비보를 접했다. 큰아이 유치원 다닐 때부터 아동수행을 하고 있는데, 그 아이가 초등학생이 되고 지금은 동생까지 맡겨 오랜 기간 연을 맺어온 아이들 어머니인 의뢰인의 아버님이 돌아가셨다고 했다. 명절이라 연락을 안 했다며, 이미 발인했다는 얘기를 실장에게 보고받았다. 연휴를 앞둔 시점에 우리 '순'의 장로님께서 갑자기 쓰러지셔서 뇌출혈 수술을 받으셨는데, 명절이 지난 지금까지 깨어나지 못한 채 중환자실에 계시는 상태이다. 특히 사모님이신 나소혜 권사님은 양육자의 입장에서 '생명 걸고 6개월 이상 가르칠 수 있는 한 사람'이라고 일컫는 동반자인 나를 오랜 기간 중보와 인내, 가르침으로 과정을 수료하게 해주신 나의 목자님이시다. 그날은 새벽 네 시 가까이까지 문자를 주고받으며, 기도와 함께 수술 종료를 확인하고 잠을 청했다. 워낙 믿음의 가정으로서 본이 되는 분들로 순장님, 장로님 같은 신실하고 진정성 있는 믿음의 배우자를 위해 기도하며 순 예배를 참석하곤 했다. 장로님을 뵈어오고, 조언을 구하고, 자문을 들으며 비슷한 성향의 동질감을 느끼던 내겐 더할 나위 없는 충격으로 다가왔고, 잠 못 이루며 간호하시는 권사님의 건강 또한 걱정되었다.

나 역시 이렇게 지내다간 쓰러지겠다 싶어 명절 연휴 동안 정말 원 없이 쉬었다. 아침에 TV 조선 뉴스 보고 나갔다가 저녁에 들어와서 YTN 뉴스로 하루를 마무리하던 일상을 접고, 명절 연휴 드라마에 빠졌다. 우리 대학 14학번이라는데, 그 드라마 처음 보면서 어찌나 멋있는지 '보검 앓이'를 하고, 가면 쓰고 노래하는 음악 프로그램의 '음악대장' 특집 편을 보면서 감탄하고…. 기존에 안 하던 휴식 시간을 보내며, 장로님의 깨어나심과 그 순간의 간증을 고대하며 명절을 보냈다. 하루속히 제자리로 돌아오셔서 매주 순 모임에서의 교제와 가르침을 전해주시길 기도드려본다. 무엇보다 중요한 건 '건강'이라는 사실을 다시금 깨우쳐준 시간들이다. 지인들 모두 늘 건강하시길 중보하며 살아야겠다.

2016년 내게 주어진 기회에 대해 말하려 했는데, 앞서서 많은 얘기들을 한 것 같다. 연초에 주한미국대사관에서 사무실로 전화가 왔다고 보고가 들어왔다. 여성 리더십 포럼이 있는 데 참석 요청 차 전화한 것이라고 했다. 그런데 처음엔 전화하는 사람이 자꾸 바뀌고 좀 이상하다는 전언을 들었고, 나중에 공문을 받고는 내용이 확인되었다. 나는 초청에 감사드린다며 우선순위로 시간을 빼서 1박 2일의 리더십 포럼 과정을 수료했는데, 아직도 어떤 절차에 의해 내가 초청된 건지는 모른다. 다만 김대영 전문위원님께서 내게 참석 요청하느라 힘들었다며, 공문까지 보낸 건 처음이라는 에피소드를 말씀하셨다. 우린 매월 각 계 각 층의 10년에 걸친 수료생들이 모여 여성 포럼을 통해 삶을 나누고, 서로에게 동반 성장할 수 있는 일들을 하고 있다.

1박 2일의 잊지 못할 한미 여성 리더십 세미나! 이 공간을 빌어 초대해주신 대사관 측과 집행부에 감사드린다. 10주년이라 더 의미 있었고, 워킹 맘들의 고충, 일과 가정의 양립, 경력단절 등 많은 대화와 세션을 통한 사례발표, 토의 등을 통해 배우고 동기부여 되는 시간이었다. 특히 리퍼트 여사님이 오셔서 멋진 강연을 해주셨다. 작년 리퍼트 대사 피습 당일 종편 출연 제의로 당일 행사 경호의 문제점을 언급하며, 열변을 토했었다. 또한 한국 뉴욕 주립대 강연 때 학교 요청으로 대사님 수행 시 여사님이 궁금했다. 그래서 서로 어떤 내조, 외조를 하는지, 어떤 마인드로 살아가시기에 그렇게 큰일을 당하고도 평안함을 유지할 수 있는지, 뉴욕 주립대 오셨을 때 대사의 모습 이면에 세준이 백일 축하 문구를 보고는 전형적인 아들바보 아빠의 모습이 보였는지, 한 달에 한 번 미국 출장을 가야 하는 워킹 맘으로서의 힘듦이 뭔지, 폭풍 질문을 했다. 한쪽의 영역만 구축하고 살아온 내겐 부러움과 궁금함의 대상이었다. 함께했던 원우들의 삶을 통해 간접 경험과 배움, 서로에게 디딤돌이 되어준 시간이라 더욱 감사한 기회의 장이었다.

대학생 시절 평화봉사단으로 한국에 왔던 기억을 떠올리며 몇십 년 전과 비교할 때 대한민국이 어떻게 변화되었는지, 여성의 지위가 어떻게 바뀌었는지를 말씀해주신 캐슬린 스티븐스 최초의 여성 주 한미 대사님. 참고로 1970년대 미국의 여성 외교관에게는 결혼금지 조항이 있었다고 한다.

카불과 아프가니스탄, 이라크 등 중동국가 근무 등의 화려한 경력 뒤에 너무나도 멋진 인간미가 있는 로빈 디알로 미 국무부 국장님. 한국 사람보다 더 한국어를 잘하는 미셸 아웃러 1등 서기관님! 외교관으로서의 활동에 신랑이 전업주부로 외조해 준다는 얘기에 모두들 부러움의 시선을 보냈다.

변호사이자 중재자이며 트레이너 겸 코치인 카타르 선생님! 그리고 유학파가 아님에도 불구하고 남들이 가지 않은 길을 멋지게 개척하신 김대영 전문위원님.

전국 각계각층 여성 리더들과의 멋진 1박 2일 세미나였다. 1인당 국민소득 3만 달러 달성을 위해서는 여성들의 경제활동이 증가되어야 한다는 예전의 보고를 떠올리며, 세상엔 참 멋진 여성들이 많다는 사실을 또다시 실감한 시간들!

"대한민국의 여성들이여, '파이팅'이지 말입니다!"

덕분에 3월을 멋지게 보냈다. 포럼에서의 인연은 5월 강원대 특강 일정인 차세대 여성 리더 아카데미에서 멘토링으로 이어졌다. 강원도 내 여대생들을 위한 멘토링 겸 특강의 자리에 한미 여성포럼의 멤버인 임혜순 대표님을 통해 강사로 초청을 받았다. 내게 더욱 의미 있는 자리였던 건 주최 측인 전문직여성연맹과의 오래

전 인연이 떠올랐기 때문이다. 2004년 창업 이듬해인 나는 전문직 여성한국연맹의 신입 회원으로 강원도 춘천 두산 리조트에서 진행된 전국 대회에 참여했다. 그리고 12년 후 그 단체에서 주관하는 멘토링 행사에 강사로 서게 되는 귀한 순간과 맞닿았고, 2004년 당시 연맹의 상징인 스카프를 둘러주신 분은 후에 송파구청장으로, 같이 신입 회원으로 참여했던, 이화여대 언론학과 졸업 예정이었던 똑똑하고 야무진 혜경 아우는 YTN 기자가 되어 다시 볼 수 있었다. **함께했던 지인들이 성공하고 성장하고 멋지게 사회에서 자리매김하는 모습들을 보며 동반 성장하는 일은 그 무엇보다 뿌듯하고 행복한 일이라고 생각하게 된다.**

스스로 안식년으로 삼은 2016년 상반기를 지나 하반기를 맞이하던 7월, 더할 나위 없이 멋지고 감사한 기회가 주어졌다. 10여 년 넘게 온·오프라인에서 멘토링 활동을 하던 여성가족부에서 전국 각 분야별 20명의 대표 멘토를 위촉하는데, 문화·예술·체육 분야의 대표 멘토로 선정되었다. 2006년 용인대학교 경호학과 여대생들을 멘토링하며 우수 사례로 선정되어 사례집에도 수록되고, 작년엔 연속 이달의 멘토로도 선정되어 활동은 했었다. 하지만 기존 사이버 멘토링의 틀을 벗어나 본격적으로 오프라인 멘토링 활동이 진행되면서 제도적으로 실시하게 되었는데, 체육 분야에선 내가 유일하게 대표 멘토로 선정된 것이다. 타 분야나 다른 학과에 비해 상대적으로 지원이 적고 소외된 체육학과 혹은 경호학과 여대생들에게 조금이나마 도움을 주고 길을 안내할 수 있는, 의미 있고 감사한 특별한 기회가 주어진 것이다.

멘토링 발대식 당일! 20명의 멘토와 200여 명의 전국 각지에서 합류한 각각의 전공을 한 여대생들이 모였다. 여성가족부 장관님의 축사와 위촉식, 멘티들과의 시간, 그리고 현재 진행되고 있는 온·오프라인에서의 활동들…. 특히 우리 팀은 유일하게 체육 분야에 있는 멘티들이다. 그 중엔 탈북 여성 경호원 1호로 자리매김하고 있는 혜은 멘티와 발대식 후 인천시 장애인체육회에 취업되어 멘토링 팀장 역할과 함께 사회생활을 멋지게 병행하고 있는 수정 멘티, 정구선수 출신으로 휘트니스 센터의 트레이너인 지희 멘티, 언니와 각각 활동하는 사회체육 전공의 수연 멘티(휴학 후 여러 나라를 다니며 많은 걸 보고 시야를 넓힐 준비를 하는 당찬 여대생이다), 체력 측정사인 지원 멘티, 경찰행정학을 전공하는 다영 멘티와 경찰경호학 전공의 현지 멘티, 비서행정학 전공자인 지하 멘티 등이 함께하고 있다.

각자 삶의 힘듦을 얘기하는 시간에는, 죽을 고비를 넘기며 탈북한 혜은 멘티의 이야기를 들으며 위로와 응원을 하고, 힘든 삶에 위안과 위로를 받게 되었다. 그녀의 행복한 소식은 든든한 군인 남자친구, 게다가 연하남을 만나 10월 예비신부가 된다. 가족들과 함께할 수 없는 현실이 안타깝지만, 축하할 일이다. 두만강을 건너게 해주는 데만 1인당 1,500만 원이 든다는 무거운 현실 앞에서도 가족들을 데려오겠다는 일념으로 혜은 멘티는 꿋꿋하게 여성 경호원으로 자리 잡아가고 있다. 북에서 군 생활도 했기에 남한에 와서 경호원을 하기 위해 나를 수소문했다고 한다. 일을 시작하며 주변에 많이 물어봤다는데, 나중에 얘기 들어보니 물어본 사람들이 모두 내 연락처를 아는 사람들인데도 연결시켜주지 않았음을 알게 되었다. 여성 경호원이 턱없이 부족한 현시점에서 사람들의 무심함에 섭섭함을 느꼈고, 일찍 만나지 못한 데 대한 하소연을 서로 많이 했다. 결국, 우리는 혜은 멘티가 내 페이스북에 메시지를 남겨 만나게 되었고, 그래서 더욱 반갑고 감사하다. 그녀가 이 만남처럼 남들을 통하거나 의지해서가 아닌, 그녀 스스로 멋지게 인생을 조각해 나가길 바란다. 그리고 중요한 건 지금 시점에 함께할 수 있다는 사실이다. 서로의 발전과 성장을 위해 힘을 모을 수 있다는 현실에 감사드린다.

멘토의 신분이긴 하지만, 때로는 멘티들을 통해 오히려 내가 멘티가 된 듯한 상황들이 더러 있다. 대학을 졸업한 지 15년이 다 되어가는 내게 그녀들은 현 대학생의 생생한 현실과 많은 정보들을 알려준다. 체육인 전문 취업 사이트, 바뀐 자격증 제도, 취업 전선에서의 문제점, 차별 사례 등을 들으며 그녀들에게 고마움을 느낀다. 하지만 이런 활동들을 하며 안타까운 현실들을 많이 접하고 속이 상하거나 분노가 치밀기도 한다. 여성 트레이너가 꽃이니 메이크업하고 다니라고 구박하면서도 하루에 11~12시간 근무를 시키고, 자기계발이나 휴식도 제대로 할 수 없는 상황과 여건, 주어진 업무 외에 잡다한 일들을 함께해야 하는 상황, 여성이기에 차별받는 인건비와 승진 누락, 잦은 이직률…. 체육회 이사 활동을 할 때 사무국 여직원을 통해, 이제야 출산·육아 휴직이 생겼고 여직원들은 승진에 제한이 있다는 현실적인 얘기를 듣고 여성 이사들이 분노한 적이 있었다. 비단 체육계 여직원들만의 문제는 아니겠지만, 이러한 활동들을 통해 멘티들에게 다양한 길을 제시하고, 우리가 겪었던 시행착오들을 그대로 답습하지 않게 도움이 되고 싶다는 강렬한 열정이 솟구쳐 오르는 나날들이다.

얼마 전 멘티들과 킨텍스에서 개최된 스포츠 산업 박람회에 갔다가 저녁에 식사하며 폭풍 수다 교제를 했다. 대학생활을 누리지 못했던 내게는 색다른 분위기였다. 마치 대학생으로 되돌아간 것 같은 느낌을 안겨준 우리 멘티들에게 고맙고, 번지점프나 마라톤 대회 동반 참석, 같이 영화 보기 등 그녀들이 하고 싶다는 버킷리스트들을 나눴다. 이 소중한 인연들이 오래 지속하길 바라고, 각자 멋지게 여성 리더로 자리매김할 수 있도록 밑거름이 되어주고 싶다.

발대식 후 난 캄보디아 오지로 의료 사역을 다녀왔다. 6년 전 내가 대회장으로 치른 종합무술대회에 출전했던 선수이자 친한 선배의 후배인 대표님의 제안으로 옥타곤 FC의 부대표를 맡게 되는 기회도 제공된 한 해이다. 실전에서 활동하는 유일한 여성 임원의 부담스러운 자리였지만 취지가 좋은 데다, 흥행 위주가 아니라 선수들을 위한 단체와 청소년 폭력예방에 앞장서자는 제안에 흔쾌히 수락했다. 그 후 현재 선수 선발전을 거쳐 첫 창립대회를 준비하고 있다. 여성 선수층은 얇고, 남녀를 떠나 대회 빈도수가 많지 않아 열악한 환경에 놓여 있는 선수들을 위해 새로운 장을 마련해줄 수 있는 단체가 될 수 있길 기대하며 준비해오고 있다.

안식년이라고는 하나 현장을 배제할 수 없는 사업 영역이기 때문에 꾸준히 현장을 다니고 있고, 기독 실업인 전국대회 제주에서 많은 걸 배우고 느끼며 뜨거운 여름을 보냈다. 날씨는 여전히 더우나 가을에 접어든 9월엔 고등학교와 대학교 강의, 경기도 가족여성연구원에서 위촉된 성 주류화 정책참여단으로 모니터링을 하고 있다. 양성평등을 실현하기 위한 모니터링과 정책 수립을 하게 되는 자리인데, 제안 정책이 잘 반영될 수 있길 바란다. 각 경기도 내 공기관 및 시설의 웹사이트 모니터링이 먼저 진행되고 있다. 모니터링을 하면서 웹사이트 내에서발견 되는 성차별상황들이 참 많았다. 예를 들어 체육관련 사이트에서는 남성들은 전문선수로, 여성들은 격려를 받는 대상 혹은 뒤에서 박수를 치며 응원하는 모습들로 비춰진 부분들이 많았고, 공기관이나 기타 사이트에서도 앵커, 의사 등은 남성으로 간호사나 환자는 여성으로 표출되는 경우가 많았고, 남성은 일로, 여성은 우아하게 커피마시며 여가를 보내는 삶의 모습들을 나타내는 부분이 많았다. 그리고 이러한 과정과 단원들을 통해 각자의 삶을 나누며 경기도내에서 양성평등을 이루어 나가는데 이바지한다는 사실에 뿌듯함을 느끼는 시간들이다.

많은 걸 내려놓고 안식년을 가져보자고 시작한 2016년. 그러나 내려놓은 자리만큼 무언가 또 채워지며 여전히 바쁜 나날을 보내고 있다. 세종창조경제혁신센터에서 전국 14개 여대생들을 위한 사업으로 시범 실시된 올해 '듣고 싶은 그 여자의 창업 이야기' 시간에 창업 스토리와 여성 인력 채용 관련 이야기를 해달라는 요청이 있었다. 이 역시 세종창조혁신센터에 근무하는 향희 언니를 통해 이루어진 일이다. 강의 요청이 있을 때면 우선순위로 달려가겠다는 약속이 있었기에 강원도 평창에서 개최된 '제1회 한·중·일 스포츠 장관회의' 행사 경호는 강원도 지사장에게 일임한 후 강의 자리에 임했다.

특히 강의 교안을 준비하다가 한동안 신기함에 멍한 상태로 시간을 보냈다. 강의 진행일은 9월 22일 수원여대, 28일 성신여대. 10월에 숭의여대 예정! 예전의 기억이 있어 사진을 찾다가 2006년

9월 22일 수원여대 특강 사진을 발견했다. 10년 전 그날과 10년 후 같은 날 같은 학교 학생들을 대상으로 하는 강의여서인지 만감이 교차하였다. 지나간 10년을 회상하는 귀한 시간이었다. 그들을 위해 축복하고 서로에게 귀한 시간과 동기부여의 순간, 전환점의 시간이 되어달라고 기도한 후 강단에 섰다. 10년의 비포·애프터, 창업 스토리, 대한민국 현 상황, 여성의 경제 활동과 리더십 등에 관해 아낌없이 강연을 진행했다. 그 순간 그 자리에 설 수 있음에 감사했다.

강의 후 바로 평창 행사장으로 가는 동선이 좋았지만 다시 강남으로 넘어가 중환자실에 계신 장로님을 뵈러 갔다. 깨어나지 못하신 장로님을 뵙고 가야 맘이 편할 듯했고, 권사님이 걱정되어 간 자리…. 기도실에 들렀다가 아무런 대답도 하지 않으시는 장로님을 뵙고 혼자 중얼거렸다. 기도도 하다가, 아직 해야 할 일이 많으신 장로님인데 원망도 하다가, 빨리 일어나시라고 애걸도 하다가 나왔다. 그렇게 나와서는 서러움에 복받쳐 권사님께 안겨 어린아이처럼 속 시원히 울고 말았다. 장로님과 권사님을 위한 중보와 위로가 필요한 상황에서도 권사님은 여전히 내게 목자셨다. 권사님의 건강이 걱정되어 가져간 건강식품은 내쳐두고 난 철없는 어린 양처럼 울었다. 아빠가 사고로 수술한 당일 난 뵙지 못했고, 수술 후 상황을 엄마 통해서 들었는데, 그때가 연상되어서인지, 아빠에게 느껴보지 못한 부정(父情)을 느끼며 많은 조언과 자문을 구했던 장로님이어서인지, 뭔지 모를 서러움과 슬픔이 가득했다. 아빠 수술 후 엄마는 계속 꿈에 비쳐서 한동안 잠을 못 이루셨다는 말씀을 하신 적이 있었다. 권사님 또한 다르지 않으실 텐데, 계속 옆에서 간호하시고 새벽기도를 다니신다. 장로님의 회복과 권사님 영육의 강건함을 위해 기도드리며, 다음날 행사를 위해 평창 알펜시아로 이동했다. 재산은 조금 잃는 것이고, 명예는 많이 잃는 것이며, 건강은 모든 것을 잃는 것이라는 말이 떠올랐다. 내일의 체력을 끌어다 쓰는 건 한계가 있기에 무리하지 말고 스트레스 받지 않는 건강한 삶을 살 수 있는 우리 모두가 되길 바란다.

스포츠 경기 중 하프타임은 지친 몸 상태를 회복하고, 선수 교체를 하며, 후반전 우승을 향한 전략을 수립하는 소중한 시간이다. 인생의 하프타임 역시 그 무엇보다 중요한 시간들이라고 생각한다.

밥 버포드의 『하프타임』이란 책의 내용을 빌리자면, **인생은 하프타임을 기점으로 성공을 추구하는 전반의 삶에서 의미의 삶으로 전환하는 후반의 삶을 살아야 한다고 한다.** 난 내 삶에서 지금의 시점이 그 순간이라고 생각한다. 주변과 뒤를 둘러볼 시간과 여유 없이 경주마처럼 달려온 20년의 삶 속에서 어느 순간 느낀 경주마 증후군. 앞만 보고 달려오느라 무심코 지나쳐 온 순간들과 일들이 많았고, 그 나이 때만 할 수 있거나 누릴 수 있는 소중한 것들을 놓치고 살아왔다. 그리고 이젠 잠시 멈춰서 의미 있는 인생 후반을 준비하는, 그래서 더욱 없어서는 안 될 시간들이기에 하루하루가 의미 있고 소중하다. 앞만 보고 달려온 삶에 잠깐의 브레이크를 밟고, 의미 있는 멋진 인생 후반을 준비해보려 한다. 기대하시라! 그리고 소비와 정체의 시간이 아닌 귀중한 하프타임을 통해 각자에게 주어진 멋진 후반전을 준비할 수 있길 권면해본다.

Equal Pay Day
HE 10TH
VOMEN'S
EADERSHIP
EMINAR
10회 한미여성리더십세미나
THE 10TH
WOMEN'S
"21세기 여성의 리더십"
주한미국대사관
WCO

(BPW) 한국연맹 전국대회
of BPW International
주최 : 전문직여성한국연맹 (BPW Korea)
10 OCTOBER 2016
Monday
Tuesday
Wednesday
Thursday
Friday
Saturday
성주류화 정책참여단 결과보고회
2016. 10. 28(금) 15:00~18:00

2016년 청년여성 멘토
각하기 좋은 날, 내 꿈을
일시 : 2016. 7. 19. (화) 15:30 ~ 18:00 장소 : 63 컨벤
주관 :
GENDER EQUALITY
한국양

CHOICE

선택

포기와 집중

남성 네일 아티스트 vs 여성 경호원

오지랖 태평양 탈출! NO와 OK 사이에서의 자유!

직업! 단순한 돈벌이 수단에서 탈출해야 할 우리의 의무

비주얼과 스펙… 그러나 인성!

머피와 샐리, 그리고 하인리히법칙

포기와 집중

실존주의 철학자 사르트르가 말하길 "**인생은 탄생**(Birth)**과 죽음**(Death) **사이의 선택**(Choice)**이다.**" 라고 했다. 나의 삶 속에도 수많은 선택의 순간이 있었고, 그 선택에 의해 지금의 내가 있다. 이런 말을 할 만큼 오랜 인생을 살아오진 않았지만, 적어도 누군가가 선택해놓은 길이나 강요된 길을 순순히 따르며 살아오진 않았기에, 감히 '선택'이란 어려운 단어에 관해 언급하고자 한다.

어린 나이지만 내 주관을 갖고 처음 선택한 건 태권도였다. 어린 시절 유치원을 다닐 형편은 아니었기에 원 없이 뛰어놀았고, 골목대장으로 커온 내 삶 가운데 초등학교 3학년 시절 태권도를 선택하게 되었는데, 그 선택은 내 삶의 나침반이 되었다. 계집애가 무슨 태권도를 배우냐며 나무라던 아빠의 말씀에도 아랑곳하지 않고, 그 당시 친구들이 많이 배웠던 피아노나 컴퓨터의 유혹에도 전혀 흔들리지 않았다. 처음으로 무언가를 배우러 갔던 게 태권도여서인지 삶의 방향을 잡기엔 충분했다. 물론 그 당시 체육관엔 다른 여학생 친구도 없었지만, 어린 시절부터 아들 역할을 해야겠다는 다짐과 너무도 부합되는 분야였고, 그 욕심은 자연스럽게 단증 취득과 태권도 고단자로서의 길을 가는 밑거름이 되었다.

중학생 시절 육상부에서 처음에는 단거리 선수였다가 추후 선생님의 권유로 투창으로 전환하게 되었는데, 경기 실적은 투창 종목에서 더 잘 나왔다. 고등학교 입학해서는 RCY 활동을 하며 헌혈 캠페인과 봉사를 다녔는데, 2학년 올라가면서 학교에 한별단이 창단되었다. 초등학생 시절 아람단이나 걸스카우트를 하고 싶었지만, 집에 부담을 주고 싶지 않아 못 했던 기억이 있어서, 창단 멤버로 들어가 학년단장을 했다. 대학 입학시험엔 다행히도 모두 합격한 영어영문, 경찰행정, 경영무역학부. 그중에서 내 의지는 경찰행정학과 학생이길 원했으나, 엄마의 권유로 경영무역을 전공하는 길을 택했다. 이러한 선택을 하며 스무 살이 되었고, 그만큼의 인생을 더 살아온 지금 시점에서 보니 선택과 집중을 잘하기 위해서는 선택의 결과물 이전에 포기를 잘해야 하는구나! 를 느끼게 되었다. 아니 포기보다는 내려놓는 일을 너무 어렵게 생각했고, 실행에 옮기지 못한 시간이었다.

잡고 있는 것과 이고 있는 것, 지고 있는 것과 보고 있는 것이 너무 많고, 생각하는 것과 품고 있는 것 또한 너무 많아 내 스스로를 너무 채찍질하며 살아왔다. 그러다 보니 20년의 삶 속에 떠오르는 장면들이 치열하게 지내온 일 중독자의 모습들이어서 씁쓸해진다. 물론 그런 성향 덕에 일 잘한다는 평가를 받으며 살아왔으나, 개인적인 삶의 기억들은 없다. 대학 시절 캠퍼스의 낭만이나 미팅, 소개팅해본 기억도 없고, 배낭여행이나 친구들과의 여행 경험도 없다. 여행 대신 거의 안 가본 곳 없이 경호 현장을 다녔고, 친구나 또래들의 모임 대신 업무 수주를 위해 PT를 준비하고 입찰 장소나 업무 미팅을 다니며 살아온 20년이었다.

2004년엔 대학원 경호학과 석사 과정을 밟으며, 하루 종일 9시간의 강의를 해야 하는 겸임교수직을 맡게 되었다. 그 당시 사업 초창기에는 종로에 있는 모델하우스에 20명이 넘는 여성 경호원이 장기로 업무 중이었다. 하루는 종일 대학원 수업이 있고, 겸임교수직을 맡은 학교는 지방이어서 저녁에 우등 고속버스를 타고 이동하여 새벽에 잠깐 교직원 숙소에 있다가, 오전·오후·저녁 각 3학점의 수업을 하고 새벽에 비행기로 이동해야 하는 동선과 일정이었다. 그러나 포항은 결항되는 경우가 종종 있어서, 저녁에 내려갔다가 다음날 종일 강의하고, 또다시 심야 우등 고속버스를 타고 산업 현장에 복귀하는 일정으로 살아가게 되었다. 게다가 내 나이 스물일곱에 기업인이자 교수로 교단에 서는데, 특히 야간 같은 경우는 계급이 있는 해병대 만학도 분들이 앉아 계셔서, 그들보다 더 많은 준비와 공부를 해야만 했다.

개강 첫 주엔 차를 가지고 내려갔다가, 올라오는 길에 3월인데도 폭설로 고속도로가 통제되어 밤새 혼자 고속도로에 갇혀 있었던 적이 있다. 휴게소까지는 거리가 있어서 추운데도 히터도 틀지 못한 채였다. 헬기로 빵이나 우유를 준다고 언론에는 나오는데 구경도 못 했다. 사람들은 차를 놓고 휴게소로 걸어갔고, 나중에 얘기 들으니 휴게소 물품과 음식이 동났다고 했다. 밤을 새우고 통제가 해제되었는데도 군데군데 차들만 덩그러니 서 있는 장면을 보며 혼자 운전해서 올라온 적이 있었다. 물론 그 이후론 절대 차를 가져가지 않았다. 또 한 번은 심야 우등 고속버스가 휴게소에 내려줬는데, 나와 보니 버스가 이미 출발해버렸다. 일단 버스회사와 휴게소 운영팀에 급히 연락을 취해 통화하니, 기사님이 내가 내리는 걸 체크하지 않아 출발했다고 했다. 그래서 택시를 타고 버스를 쫓아가 세워서 겨우 탑승하느라 많은 택시비를 지출한 적도 있다. 임기는 2년이었는데 그렇게 생활하던 중, 어느 시점에 현장 발주처 건설회사 전무님께서 호출을 하셨다. 그리고는 정말 호되게 혼이 났다. 전무님께는 감사함을, 그러나 창업 전 고르바초프 대통령 수행을 같이했던 인연으로 초창기 법인의 현장을 맡겨놓았던 여성 경호 실장에게는 더할 나위 없는 배신감을 느꼈다.

사업 초창기에 월 수천만 원의 매출이 발생하는 중요한 현장이었고, 기존 남성 경호원을 쓰던 관례에서 특이하게 여성 경호원을 세팅한 모델하우스 현장이었다. 위화감이 조성되는 분위기가 아니라, 서비스 마인드와 질서유지, 안내를 강조하고, 유니트나 기타 작은 소품들에 대한 분실 방지 및 이동 중개업소의 불법영업 통제 등의 업무에 있어 좋은 평가를 받고 있었다. 그러나 믿고 맡겨놓은 회사 실장이 회사를 비방하며, 본인이 회사 차릴 테니 계약권을 넘겨달라고 관계자들과 얘기가 오가고 직원들을 선동한다고 전해주셨다.

게다가 또 다른 직원은 처음에 계약 시 위반 사항이었던 건설사 직원과 교제를 하고 데이트를 하고 오다가 차량사고 발생으로 오픈이 되며 몇 백만 원의 위약금을 물게 하였다. 현장에서 개인감정들이 개입되면 일에 지장이 있기 때문에 계약 시 전무님께서 말씀하셨는데, 그 당시엔 대수롭지 않게 생각하고, 위약금의 단서조항 또한 그럴 일이 없을 거라고 생각해 크게 신경 쓰지 않은 부분이었다. 하지만 남녀가 좋은 감정이 있어 만나게 되었다는데, 사전에 알지도 못했고 말릴 수도 없는 일이어서 그 부분은 위약금으로 처리했고, 실장은 불러놓고 사실 확인 후 사직서를 받았다. 믿고 맡겨주신 전무님께는 너무 죄송했고, 믿고 현장을 맡겼던 실장에겐 큰 배신감이 느껴져 그대로 현장을 둘 수가 없었다. 선택과 결단을 내릴 시점이었다. 아니, 선택이 아닌 포기에 대해 절실히 생각해야 할 때였다. 우선 대학에서 1년 반을 휴학한 후 졸업한 경험이 있어 대학원은 휴학하고 싶지 않았고, 사업은 갓 창업한 상태였기에 더더욱 내려놓을 수가 없었다.

그러나 현실을 직시하며 생각해보니, 집중해야 할 사업을 소홀히 한 채, 어린 나이에 교수 타이틀이 좋았던 것 같다는 결론이 내려졌고, 1년 임기를 채운 후 정중하게 사임했다. 지금 생각해보면 너무나 잘한 포기의 선택이었다. 그 시점 사업에 매진하지 않았다면, 사업과 사람 모두를 잃을 뻔했다.

살아가면서 접하게 되는 작은 예일지 모르겠지만, 내게 있어 '선택'의 중요함을 뼈저리게 느끼게 해준 사건이었다. 실장이 사직한 후 근무자들을 면담했다. 그러자 아침부터 업무로 인해 피곤한데, 저녁엔 현장 업무가 끝나면 실장이 술을 먹으며 일종의 세뇌와 단합의 자리를 강제적으로 마련해서 힘들었다고 털어놓았다. 대표로서 내 스펙 쌓겠다고 현장 관리와 직원들을 챙기지 못했음에 미안했고, 세심한 관심을 쏟으며 가지치기를 하지 않는다면, 회사에서 소중한 인재들을 잃을 수도 있다는 소중한 교훈을 얻게 된 일이었다.

그리고 그 사건을 계기로 전무님은 내 인생의 소중한 멘토가 되어 많은 조언을 해주셨다. 그 당시 처음으로 여성전문 경호 법인 차려서 운영할 정도면 호랑이처럼 직원들 관리 잘할 줄 알았는데,

직원한테 다 뺏기게 생겼다며, 그딴 식으로 할 거면 때려치우고 시집이나 가라고 일침을 놓으셨다. 솔직히 살아오면서 누군가에게 그렇게까지 호되게 혼난 적이 없는 내게는 충격이었다. 하지만 아빠의 정을 모르고 자라온 삶에서 그당시 전무님은 내게 엄하고 든든한 아빠 같은 존재가 되어주셨다. 명절이나 애경사에 우선순위로 여기며, 연락은 자주 못 드리지만 늘 잘되시기를 중보하며 살아가고 있다. 늘 감사드리지만 글로써나마 그 마음을 더욱 전달드리고 싶다. 수많은 우여곡절과 험난한 삶 속에서도 멋지게 사업하고 계시는 이은규 회장님께 깊은 감사의 말씀과 건강, 건승을 기원 드린다.

"회장님! 12년 전 호되게 혼내주셨던 새내기 여성 사업가가 이제는 나름 제 영역에서 자리매김하며 잘 살아오고 있습니다. 그때의 꾸지람으로 큰 결정을 하고 지금의 자리에 있을 수 있게 됨을 감사드리고, 앞으로도 지켜봐 주시길 부탁드립니다. 건강 챙기세요! "

우리는 매순간 순간 '선택'의 상황과 그 선택에 따른 결과를 맞이하게 된다. 그리고 때로는 선택보다 내려놓음과 포기를 잘해야 더 좋은 일들을 맞이하게 되며, 더욱 합리적이고 유용한 결과물을 창출할 때도 있는 듯하다.

후회하지 않을 선택과 멋진 결과를 통해 하루하루 성장하는 우리가 될 수 있길 고대해본다.

고은옥
ELEPHANT
MADE IN KOREA
ELEPHANT

남성 네일 아티스트 vs 여성 경호원

2004년 '직업 크로스오버 성공시대'라는 타이틀로 남성 네일 아티스트와 함께 여성 경호원인 내가 신문에 게재된 적이 있었다. 그 때만 하더라도 성 역할이 분명한 시점이었던 것으로 기억하는데, 12년이 지난 지금은 오히려 남성 셰프들의 인기와 헤어 및 의상 디자이너들이 눈에 띄게 급부상하고 있는 반면에, 각 사관학교 수석, 차석은 여성들이 차지하며 두각을 나타내는 현 시대를 살고 있다.

대학 강의를 다니며 요즘 학생들을 볼 때면 안타까움과 대견함, 기특함, 안쓰러움 등의 만감이 교차하게 된다. 내가 대학에 입학할 때는 IMF를 겪으면서 어른, 학생, 기업인, 근로자 할 것 없이 모두가 힘든 상황에 처해 있던 시기였는데, 어찌 보면 금융 위기와 전 세계 불황 등으로 더 힘든 시기에 대학생활을 겪는 환경과 당사자들을 많이 접하게 된다.

물질만능주의와 외모지상주의로 인해 '페이스펙'(얼굴도 스펙이다), 의란성 쌍둥이(의사가 만들어준 쌍둥이), 버터페이스(But her face) 등의 신조어가 생기고, 스펙만 쌓으면 취업이 되었던 과거 '오스트랄로 스펙쿠스' 시기는 가고, 지금은 '호모 인턴스' 시기라고 한다. 또한,

인턴은 필수 과정이라 '부장 인턴' 그리고 '금턴-흙턴'으로 스스로의 등급을 분류하며 살아가는 청년들을 보게 된다. 인기 동아리 가입이 어려워 '동아리 고시'라는 말이 나오고, 졸업을 계속 미루는 '화석 선배'가 생겨났으며, 같이 어울리며 밥 먹는 시간조차 아까워 공부하며 혼자 식사하는 '혼밥'족과 '밥터디'라는 신조어를 들으며 씁쓸해지는 요즘 청년들의 현실을 보게 된다.

요즘 중학교 2학년은 외계인이라는 말을 들었다. 그래도 '중 2병'은 자신감과 자존감이 가득한 시점을 얘기해서 기대되는 단어이지만, 반면에 '대 2병'은 위축된 청년 세대의 실상을 여과 없이 대변하며, 대학 3학년은 '사망년'이라고 일컬어진다는 애기에 그들의 상실감이 느껴진다.

이 글을 쓰며 문득 '국민연금 포스터'와 '스티브 잡스'의 말이 생각났다. "65세 때 어느 손잡이를 잡으시렵니까?"라고 묻는 문구 상단엔 폐지가 놓여 있는 캐리어가 있고, 하단엔 여행용 캐리어가 같은 기울기로 자리 잡고 있다. 여행용 캐리어를 끌며 여유 있는 노년을 보내기 위해 지금의 청년 시기를 어떻게 보내야 할까! 하는 생각을 하게 된다. 또 "대학을 그만두는 결정은 당시엔 참 무서웠지만, 돌이켜보았을 때 인생 최고의 결정이었다."라고 말했던 스티브 잡스의 선택에, '과연 우리나라 사회가 대학을 그만두고 뭔가를 시도해보려는 청년에게 관대할까? 만약에 있을 실패를 포용하는 과정에서 그 당사자에게 상처를 주진 않을까?' 하는 생각이 들었다.

요즘 직장인들이 월급은 통장을 스칠 뿐이라며 하소연한다. 한 지인 청년의 스토리에서는 "할 수 있는 건 한숨 쉬는 것뿐이구나."

라는 글을 보았다. 많이들 알고 있겠지만, 우리가 하는 걱정의 96%는 쓸데없는 걱정이라고 한다. 절대로 발생하지 않을 사건에 대한 걱정이거나, 이미 일어나 지금 상황에서 되돌릴 수 없는 일들에 대한 걱정, 그다지 신경 쓸 일이 없는 아주 사소한 걱정, 혹은 우리 힘으로 바꿀 수 없는 불가항력의 걱정이 그 비중을 차지하고, 우리가 해결해야 할 진짜 사건에 대한 걱정은 고작 4%에 해당한다고 한다. 티베트 속담에 "걱정해서 걱정이 없어지면 걱정이 없겠네."라는 말이 있다. 어느 노래의 가사처럼 "한숨 대신 함성으로, 걱정 대신 열정으로" 살아가는 대한민국의 청년들이길 소망해 본다.

책을 쓰다 보니, 끝맺었던 단락의 글들인데 거기에 덧붙일 상황들이 자꾸 생겨 탈고 일정이 조금씩 늦어지고 있다. 2016 아시아 태평양 스타 어워즈에서 송중기 배우가 대상을 수상했다. 올해는 누구라도 다 예상했을 그 수상자의 자리에 당당하게 서 있는 그를 보며, 각자 자기만의 때와 선택에 대한 생각을 잠시 하게 되었다.

원래 '태양의 후예' 주인공은 송중기가 아니었다는 캐스팅 비화를 들은 적이 있다. 군인의 모습을 어필해야 함과 여배우와 호흡이 잘 맞을 만한 남자배우로 조인성과 원빈, 공유, 김우빈 씨가 차례로 거론되며 접촉이 되었다고 한다. 그런데 위험도 있는 장면들과 많은 현지 촬영, 각자의 스케줄들로 캐스팅이 거부되었고, 결국 그 당시 전역을 앞두고 있던 송중기 씨가 캐스팅되어 지금의 이 멋진 결과물이 창출되었다. 연출을 담당한 회사의 첫 작품이고, 130억 대형 프로젝트임을 감안했을 때 주변에선 모두들 안 된다고 우려했다는 연출자의 수상 소감도 전해졌다. 그렇게 갓 전역한 30대

초반의 수상자는 생애 최고의 해를 맞이하며 아시아태평양 톱스타가 되었다. 그 장면을 보며 캐스팅을 거부했던 다른 분들은 저 순간 어떤 생각을 했을까 하는 생각이 문득 스쳐 지나갔다. 누구에게나 자기만의 때가 있고, 그때에 오는 기회가 있는 것 같다. 적절한 때 최고의 기회를 내 것으로 만드는 우리의 인생사가 될 수 있길 기도해본다.

나의 인생에 찾아왔던 선택의 순간들로 인해 지금의 내 자리가 있다. 추신수 선수는 투수 경력을 포기하고 타자로 전향했고, 가수 장윤정 씨는 발라드 가수로 데뷔했으나 지금의 장르를 권유받고 오랜 무명 생활에서 벗어났다. 또 국민 MC 강호동 씨는 씨름을 포기하고 개그맨이 되어 온 국민의 사랑을 받으며 살고 있다. 우리는 늘 선택의 순간을 맞이하게 되고, 그 선택에 따라 다른 삶의 길을 가게 된다. 그리고 내려놓음과 포기 대신 분명히 얻는 것들이 있다. 삶의 순간순간 현명한 선택과 멋진 인생 지도를 잘 그려가는 우리가 되었으면 한다.

얼마 전 한 대학에 특강을 간 적이 있었다. 난 직업병인지 성향 탓인지, 외부 이동 시 두 개의 내비게이션을 동시에 작동시키며 다닌다. 물론 두 개 다 작동은 시키지만, 차량 내비게이션보다는 휴대폰 앱에서 실행되는 내비게이션을 좀 더 신뢰하는 편이다. 강의 30분 전 도착 일정으로 이동 하다가 목적지에 거의 왔을 무렵 전화가 왔다. 마침 신호대기 중이어서 다른 때와는 달리 폰을 들고 통화를 하게 되었다. 그러나 목적지에 여유 있게 다 온 상태에서의 잠깐의 방심은 30여 분을 돌고 돌아 강의 예정 시각 8분 후 도착하게 하였다. 그나마 다행스러운 건 주최 측에서 행사 배경을 설명하고 있던 시간이라 예정된 강의는 잘 마칠 수 있었다.

오는 과정에서 맘이 급해지니, 기계가 알려주는데도 불구하고 내 눈을 믿게 되었다. 분명히 이정표엔 다른 학교여서 지나쳤는데, 다시 내비게이션을 통해 돌아와 보니 이정표에 있던 학교 바로 옆 골목 안에 캠퍼스가 자리 잡고 있었다. 그날 여대생들에게 겪었던 일들을 얘기하며, 누구나 살면서 길을 잃을 때가 있다고 얘기해주었다. 하지만 내겐 조금 돌아왔어도, 혹은 예정 시간보다 조금 늦게 도착했지만 분명한 목적지가 있었고, 그 목적지에서 확실한 내 역할이 있었기에 잘 마무리 지을 수 있었다는 말로 끝맺었다.

20여 년이 넘은 학교생활을 마치고 사회에 나와 나의 자리를 찾아가는 과정! 그 과정은 순탄치 않을 수 있다. 그동안 살아오면서 원하는 만큼의 수능 성적이 안 나왔거나, 그래서 가고자 하는 대학에 못 가서 길을 잃었을 그 누군가도 있었을 테고, 공부한 만큼 평점이나 내신이 안 나와서 좌절했을 방황의 시간들이 있었을지도 모른다. 그리고 사회에서 나의 자리를 만들어주지 않는다고 불평할 수도 있을 것이다. 하지만 내게 없는 혈연과 지연, 학연을 탓하거나 금수저, 은수저가 아님을 불평하며 시간을 보내기에는 지금의 황금 같은 시간들이 너무 아깝지 않은가! 나치 독일 쪽의 장군이긴 하지만 인성과 실력을 겸비한 에르빈 롬멜 장군은 **"세상이 널 버렸다 생각하지 마라. 세상은 널 가진 적이 없다."**고 말했다. 정해진 운명과 세상에 순응하기보다는, 멋진 선택과 함께 운명을 개척하는 청년들의 모습과 나의 미래를 그려본다.

가장 빛나는 별은 아직 발견되지 않은 별이고,
인생 최고의 날은 아직 살지 않은 날들이다.

- 토머스 바샵 -

2004년 3월17일 (수요일) 모닝 SPECIAL 23

남과 여 편견을 버려!

직업 크로스오버 성공시대

손톱에 꽃무늬 연습 지하철 타고서 '아차'

네일아티스트 이 손씨

굳은 일 좋은 일 인생 상담역
손님들이 여자보다 더 찾아

네일아트란?

태권도 육상선수 출신 자격시험 거쳐 '탐정'

경호원 고은옥씨

'작업' 목적 경호요청 황당
섬세함이 일에 도움되기도

오지랖 태평양 탈출!
NO와 OK 사이에서의 자유!

나는 천성인지 환경 때문인지, 혹은 너무 씩씩해 보여서인지, 누군가의 부탁을 받는 일이 참 많은 사람 중 하나다. 게다가 사람을 참 잘 믿는다. 하지만 그동안 겪어보니 대부분의 사람들이 내 맘 같지 않다는 게 참 씁쓸한 현실임을 알게 되었다. 문제는 어릴 때부터 30대 중반에 이르기까지, 그 부탁에 거절을 잘 못 하며 살아왔다는 점이다. 그러다 보니 누군가가 힘들어하거나 난처한 상황에 처했을 때 그냥 지나치지 못해 입장이 곤란해지기도 하고, 금전 부탁이나 사업 제안으로 인해 사기를 당하거나 재정이 묶이는 일도 다반사였다. 또 돈 잃고 사람 잃은 적들도 있었으며, 대신 결제를 해주거나 많은 손해를 보고 보험을 해지하는 등, 살아오면서 많은 피해를 보고 살아왔다. 누군가가 나로 인해 문제 해결을 하고, 그로 인해 기뻐하거나 행복해하는 모습을 보는 게 참 좋고, 그러한 삶이 내 삶의 만족이자 보람이기도 해서 이 직업을 선택했는지도 모른다.

하지만 언제부터인가 사람들은 그런 나의 성향을 이용하듯 끊임없는 부탁들을 했고, 난 그러한 성향과 행동들이 어떠한 결과를 초래하게 될지도 모른 채, 나의 일을 제쳐두고서라도 타인의 일을 해결하느라 늘 정신없이 살았던 것 같다. 그러나 누군가의 억울함을 못 참아 발 벗고 나서거나, 대신 해결해주기 위해 다툼의 소지가 있는 곳에 자처해 다니는 등의 생활은 점점 나를 지쳐가게 하였다. 재정 손해와 에너지 소비, 육체와 정신적인 피로도도 높아지게 만들었다.

언젠가 엄마는 내가 돌아가신 아빠랑 똑같다고 하신 적이 있다. 아빠는 동네 반장을 하셨고, 동네 사람들 무슨 일만 생기면 먼저 달려가 경사나 초상을 다 치르셨다. 동네 청소는 물론 지나가는 사람들마다 다 집안에 들여 밥이든 술이든 먹고 가게 하셔서, 결혼 초기 엄마는 하루에도 몇 번씩 막걸리를 받으러 다니셨다고 한다. 어린 내 기억에도 집에 냉장고는 없었는데, 동네에서 전화를 제일 먼저 개통해 매일 이 집 저 집 전화 받으시라는 심부름을 많이 다녔다. 나도 어느 정도는 인정하나 분명히 다른 건 아빠처럼 집안을 방치한 상태에서 남을 우선으로 챙기진 않는다는 점이다. 늘 집안일과 가사, 양육, 게다가 경제활동까지 엄마의 몫인 게 불만이었다. 그래서 나는 어린 시절부터 돌아가신 아빠께는 죄송하지만 '생활력 없는 남자는 가족을 힘들게 만드는구나!'라는 생각이 지배적이었다. 딸들은 아빠를 보며 "우리 아빠 같은 사람이랑 결혼할 거야."라며 이성관이 자리 잡거나 이상형이 생긴다는데, 난 '생활력 강한 사람을 만나야지'가 아니라, 내가 스스로 생활력 강한 사람으로 살아가게 되었다. 그 점은 언니나 동생도 마찬가지인 듯하다.

그리고 내가 볼 땐 엄마도 만만치 않은 오지랖인데, 어찌나 나만 구박을 하시는지…. 집에 무언가 생기면 나눠주시기 바쁘고, 엄마 그동안 고생 많으셨으니 세 딸이 각출해서 도우미 이모가 오신지 꽤 되었는데도, 이모가 오시기 전에 쓰레기 치우고 빨래 돌리고…. 도우미 이모 가시기 전에 드려야 한다고 대부도 펜션에서 상추 뜯어 오시고.. 물론 어르신들의 말씀처럼 부모가 잘 베풀고 살면 자식 대에라도 복을 받는다는 말! 어쩌면 부모님의 나눔과 베풂의 덕으로 우리가 잘되어가는 것도 있다고 생각한다.

남들이 쉴 때 바쁘고 행사를 많이 하는 직업이라 명절, 연휴, 크리스마스에 거의 쉬는 날이 없었다. 누군가가 업무 교대를 요청하면, 특별히 주말이나 휴일에 하는 게 없으니 아무렇지 않게 교대를 해주었고, 그러다 보니 어느새 그 호의를 당연한 처사로 여기는 사람도 있었던 것 같다. 오래전 회사 동료 중 친분은 없지만 퇴직 후 생명보험 회사로 이직한 사람이 있었다. 부탁을 하기에 적금으로 해달라며 내 것뿐 아니라 언니 것, 형부 것까지 다 들어주었는데, 나중에 알고 보니 38년 납입 후 내가 죽어야 보험금이 나오는 상품이었다. 난 그렇게 설명을 들은 적이 없었다. 20대 초반 월 50만 원의 보험금이었는데, 바쁜 어느 날 와서 사인 3개를 받아간 적은 있었다. 해지를 요구했지만 안 된다고 했고, 얼마 지나지 않아 그 담당자는 퇴사했다고 했다. 몇 년을 계속 납입했지만 의미 없는 부분이고 괘씸한 생각에 500만 원이 넘는 손해를 떠안고 해지해버렸다. 그뿐만 아니라 전화로 가입한 상품들도 몇 개 있었다. 전화를 거절 못 하고 수도 없이 걸려와 길어지는 통화에 그냥 가입하고 말았다. 그래도 지금은 없어진 상품들이고, 이제는 납입이 끝났거나 혜택 보는 시점들이라 조건이 좋으니 갖고 있으라고 해서 그냥 두고 있는 보험들이긴 하다.

이런 사례는 극히 작은 부분이다. 업무 거절을 하지 않아 업무는 다 해놓고 결제를 아예 못 받는 경우도 있고, 발주처가 야반도주하거나 흑자 부도를 내며 계산서는 사전에 끊고, 결제는 못 받고, 일한 근무자들은 다 해결해주고…, 이중으로 손해를 보는 일들도 많았다. 또 계약을 위한 보증금, 사업투자, 동업 제안, 단기 프로젝트 참여, 심지어는 각종 다단계를 하시는 지인들의 부탁으로 자금을 넣고, 상조회사에 오너로 참여하시는 병원장님의 부탁으로 상조 일시불 납입했다가 상조회사가 부도나 손해를 보기도 했다. 한번은 월 6천만 원에 가까운 매출이 발생한다는 인천공항 근처 레지던스 호텔의 관리권 계약을 해야 하는데, 기존 업체의 보증금이 있으니 빼준 후 2개월 안에 돌려주겠다고 해서 1억 원을 넣었던 현장은 결국 사기가 되어 고소한 적도 있었다. 너무나도 어이없이 월 6천만 원은 우리 회사가 견적서를 못 뽑을 것 같아 샘플로 보여줬다는 거짓말과 함께 여러 상황들이 발각되어, 법정 구속으로 10개월의 징역형을 받았다. 물론 합의를 요청해 일부는 복구되었지만, 아직 해결되지 않은 채 그나마 월 1백만 원씩 변제받고 있는 현장도 있다.

오래된 거래처이기에 선금을 받지 않고 업무를 진행해 잘 마무리해주었는데, 결국 경매로 넘어가며 시행사는 폐업하고, 당사는 유치권이 인정되지 않아 1억1천만 원의 매출 중 9천만 원가량이 미수금으로 남아 있는 상태에서 세금과 인건비를 직접 다 부담해야 하는 경우도 있었다. 인천에 동업 건으로 몇천, 리조트 사업 이동식 가구 납품 건 몇 천, 미술관에 청소 및 용역 발주로 인해 자금을 빌려주어 묶이고, 못 받은 인건비로 소송을 건 사건들만 해도 꽤 된다. 심지어는 이자를 많이 준다는 말에 돈을 빌려주어 그대로 손실이 난 경우도 있다. 어린 나이에 공증을 받으면 돈을 돌려받을 수 있는 제도적인 장치라 생각하고 금전을 빌려주기도 했는데, 지금 생각하면 참 어리숙했다. 엄마는 융통성 없고 내가 하는 일 외에는 할 줄 아는 것도 없는 나를 참 많이 걱정하신다. 내가 생각해도 지인들의 말처럼 사기당하기 딱 좋은 스타일이었다. 이러한 자금들이 쌓여 10억 단위가 되고, 나는 여러 소송으로 피폐해져갔으며, 초창기 잘 일구어 나가던 사업엔 재정난이 겹쳐왔다.

그 과정에서 배운 건, 내가 모르는 분야에 절대로 투자하거나 동업하지 말자는 교훈이었다. 생각해보니 그렇게 좋은 조건이면 이미 그들이 다 차지했겠지, 내 차례까지 오지도 않을뿐더러, 그 분야에 전문가가 아닌 상태에서 말만 믿고 진행했다가는 주식에서 개미 투자자들의 결과를 초래하기 딱 좋은 상황이었다. 그냥 알면 좋았을 텐데, 크나큰 수업료와 정신적인 고통, 사람들에 대한 실망을 겪은 후 하나하나 배워온 시간들이었다. 그 덕분에 내용증명, 고소장 작성 등의 법적 절차와 채권 추심, 채무 불이행자 등록, 주민등록 말소 등 여러 가지를 많이 배워, 지금은 법무사 사무장까지는 아니더라도 작은 채권 관련 소송은 스스로 하고, 민간조사 업무를 하는 데 있어서도 도움이 된다는 사실에 위안을 삼기도 한다.

내 성향에 인건비를 안 주거나 줘야 할 대금들을 안 주고 버티는 상황들은 용납이 안 되어, 없어진 발주처, 경매로 못 받은 자금, 장기 미수 현장이라도 결제할 부분은 다 처리했다. 그러나 이러한 수없는 실수로 인하여 회사는 자금난으로 이어졌다. 여성전문 경호 법인인 '퍼스트레이디'가 여성 경호원만의 이미지를 탈피하고자 따로 설립한 독립 법인의 담당자들은 매출과 거래처를 빼돌려 퇴사하는 등, 악재가 겹치며 정신없이 한 달 한 달을 메꿔가는 삶을 살아야 했다. 어찌나 급여일은 빨리 돌아오는지, 카드에서 자금을 빼 돌려막기라는 것도 해보고, 명절 등엔 법인카드로 상품권을 많이 사서 현금으로 전환할 수 있는 방법까지도 알게 되었다.

지금 생각해보면 5% 정도 되는 수수료를 공제하고 상품권을 현금으로 바꾼 게 얼마나 아까운지…. 그리고 그렇게 금전을 잃은 것보단 사람들을 잃었다는 사실이 더 큰 손실이자 슬픈 현실이었다. 내게 손해를 끼친 사람들은 자연스럽게 나와 연락을 끊었다. 미안해서인지 본인들의 상황이 안 좋아져서인지는 모르겠지만, 그런 상황이 나를 더 힘들게 했다. 70세가 넘어서도 마라톤을 완주할 정도로 체력 관리와 인생을 멋지게 사시던 병원장님은 상조회사에 지분자로 참여하며 건당 400여만 원이 좀 안 되는 한 건은 일시불로, 한 건은 월납으로 참여해주었는데, 상조회사가 도산하자 그러한 사실조차 알려주지 않은 채 연락을 끊으셨다. 본인만 믿고 하라고 하더니, 그 이후 전화를 받지 않으셨다. 건설 회사를 하던 대표는 리조트 사업에 납품 건으로 몇 천만 원을 빌려 가더니, 계약서만 써주고 약속을 이행하지 않았고, 중간에 연결한 박사님 또한 나 몰라라 하셨다. 업체 대표는 친분이 있는 사람이 아닌지라 고소했고, 승소 판결을 받았다. 그럼에도 불구하고 연락이 두절되어, 아내가 대표였기에 부부를 채무 불이행자로 등록했으나, 아내는 파산을 사유로 면책은 받았지만 남편을 많이 원망했다. 그 와중에 대표는 주가 조작으로 감옥에 갔다는 얘기를 들어, 나오면 해결하겠지 하는 마음으로 기다려주었다. 그러나 남에겐 악하게 하면서 그 사람들은 강변이 보이는 아파트에 살고 있었고, 보안이 잘되어 있는 상태라 어느 때는 들어가 보지도 못하고 다시 돌아와야만 했다. 돈은 만져보고 준다 해도 절대 주지 말라! 보증 서지 말아라! '돈을 줄 때는 앉아서 주고, 나중엔 서서도 못 돌려 받는다.'라는 어르신들의 말씀이 뼈저리게 다가오는 순간들이었다.

집에 찾아가니 부부는 주소를 달리해 놓았다. 그리고 또 시간이 흘러 판결문을 갖고 서류를 발급해보니, 어느새 다른 아파트로 이사해 같이 살고 있었다. 연락을 아무리 해도 받지 않고 놀리는 듯한 괘씸함에 집을 압류하여 소위 말하는 빨간 딱지를 붙여놓았는데, 나 역시 맘은 편하진 않다. 솔직히 당사자에겐 미안한 마음이 없으나, 아내와 아이에겐 법원에서 붙여놓은 딱지를 보며 살게 한다는 게 마음에 걸리긴 한다. 그 상태인데도 대표는 연락이 없고, 최근에 강제집행 촉구 서류가 법원에서 온 상태라 경매를 앞두고 있으나 집행결정은 못 내린 상태이다.

스스로 나를 이토록 힘들게 한 원인을 생각해보니, 타인의 부탁에 거절할 줄 몰랐고, 세상적인 욕심과, 내 노력에 의한 결과라는 자만, 그리고 사람을 무조건적으로 잘 믿었던 언행들로 초래하게 된 이유였다. 나의 과오를 이렇게 나열하는 이유는, 이러한 사례들을 알고 이 글을 읽는 분들은 나와 같은 실수나 시행착오를 겪지 않으셨으면 하는 마음이 간절해서이다. 그로 인한 육체적, 정신적 피해가 얼마나 힘든지, 스트레스를 이겨 나가는 과정이 얼마나 힘겹고 긴 시간들인지를 알기 때문이다. 물론 이러한 과정을 겪으면서 배우는 게 있을 것이고 역경지수가 높아질 수는 있겠지만, 굳이 일부러 겪을 일은 절대 아니라고 강조하고 싶다.

내가 대학을 입학했을 때 IMF가 터졌다. 명예퇴직을 한 사람들은 퇴직금으로 너도나도 남의 말을 듣고 치킨집과 PC방을 차렸다가 도산하는 과정들을 지켜봤다. 그 당시 선생님이나 공무원을 오래 한 명퇴자들의 리스트는 고가로 팔린다는 얘기들이 나돌았다. 사회 물정을 몰라 사기 치기 좋은 대상으로 이미 물망에 올라 있다는 것이다. 누군가의 제안이나 부탁을 거절하지 못해 발생하는 많은 일들, 특히나 그 사람들이 상사나 윗사람, 혹은 '갑'의 위치에 있는 대상이라면 더욱 거절하기 힘들 것이다. 그래서 심리상담 공부를 하며, 혹은 책이나 웹상에 있는 자료 등을 통해 정리해 보았다.

정중하게 거절하는 법!

○ 부탁한 용무에 대해 한 단계 낮은 방법을 찾아 조금 도와주며 상대방의 이해 구하기

○ 무성의하거나 바빠서라는 이유가 아닌, 거절할 수밖에 없는 이유 회신하기

○ 내가 부탁하는 쪽이 되어 부탁에 대한 거절을 겪어보고, 그 상황이 단절이나 반감의 결과가 아님을 확인하며 거절에 대한 죄책감 줄이기

○ 거절 직후 침묵을 유지하여 재부탁의 상황 만들지 않기

○ 거절보다 거절하는 사람의 태도에 민감하므로, 무시나 경멸의 태도 주의하기

○ 바로 거절하지 못하는 경우, 거절하기 전에 시간을 만들어보기

수많은 일들을 겪고 나니 이제는 예전처럼 양적으로 인간관계를 늘리지도 않을 뿐더러, 금전적인 부탁에는 지금 당장 서운할지 몰라도 돈 잃고 사람 잃는 일 다시 겪고 싶지 않다고 분명하게 말을 해준다. 물론 상대방이 자존심 상하거나 기분 나쁘지 않을 선에서 말이다. 대신 맛 집에서 식사하며 분위기를 전환하는 삶의 노하우가 생겼다. 과연 수업료를 통한 배움은 있는 듯하다.

한 번은 통신 다단계를 하는 지인이었는데, 전화기 개통해주는 건 어려운 일이 아니니 가입해드렸다. 그런데 그 이후에 나를 통해 가입한 내 라인이 커지니, 욕심을 부리며 말을 바꾸고 이상한 편법을 쓰려 했다. 초창기인지라 대표를 만나서 난 전화만 쓰겠다고 통

보하고, 그 라인 모두를 다른 지인에게 넘겨주었다. 또 수차례 이런저런 다단계를 소개하는 친구가 있어서, 널 믿으니 가입비는 내지만 원금 보존하라는 조건으로 가입을 해주곤 했다. 여러 차례 같은 일을 반복하더니, 두 차례 정도 원금 보존을 하고는 이후 친구도 그 사업은 스스로 거절을 했다.

그래도 경영학도 출신이니 다단계라는 어휘보다는 네트워크 사업이라고 호칭하는 편이 낫겠다는 생각이 든다. '앞으로의 창업 대세는 솔로몬'이라는 강의를 들은 적이 있다. '소셜, 로컬, 모바일, 네트워크'. 잠깐 삼천포로 빠지긴 했지만, 어느 해인가 새해 계획 중 '오지랖 대마왕 탈출하기!'라고 작정한 한 해가 있었다. 그와 함께 정중하게 거절하는 법을 알게 되니 NO와 OK 사이에서 자유로워짐을 느낄 수 있었다.

사람은 서로 기대어 살아가는 존재이다. 누군가의 부탁을 무조건 거절하라고 얘기하는 것이 아니라, 혹시 지금 이 순간 누군가의 부탁으로 본인의 삶을 허비하고 있는 분들이 있다면, 나의 시행착오를 통해서라도 NO와 OK 사이에서 자유로워지길 권해본다.

직업! 단순한 돈벌이 수단에서 탈출해야 할 우리의 의무

직장인 57%가 '현재 직업은 그저 돈벌이'로 생각한다는 설문 결과를 본 적이 있다. 직장인 절반 이상의 수치였고, 자아실현을 위해 일한다는 사람은 18.8%, 하물며 왜 일하는지 모르겠다는 답변도 5.1%나 되었다. 이유는 다양했다. 낮은 연봉, 열악한 근무 환경, 지나친 업무량, 심신 피로, 입사할 때 생각한 업무가 아니라는 응답들이 있었다. 선택의 키워드에 이 부분을 넣은 건, 각자의 삶의 위치와 직업이 누군가의 강요나 억압에 의해서라기보다는, 자신들의 선택에 따른 결과물들이라는 판단에서이다.

물론 대한민국의 교육 체계상 19세까지는 거의 대부분이 학생 신분으로 살아갈 수밖에 없다. 내가 요즘 청소년들의 직업체험 및 진로 특강 혹은 청년들의 멘토링 등에 열을 올리는 이유와 계기가 있다. 그것은 몇 년 전 '대구 고교생 자살 7시간 전'이라는 타이틀로 올라온 사진 한 장이었다. 많이들 봤을 거라고 생각한다. 2012년 난 내 생애 최악의 한 해를 보내는 시간이었고, 한 학생은 학교폭력과 집단 따돌림을 견디다 못해 스스로 투신자살을 한 시간이었다. 그 자살 7시간 전에 엘리베이터 안에 쭈그려 앉아 혼자 울고 있는 대구의 한 남학생…. 그러나 가해 학생은 3년 동안이나 피해

학생을 괴롭혀놓고 괴롭힌 적이 없다고 했다. 또 그동안 빼앗아간 옷과 물건 등은 깨끗하게 빨아 돌려주려고 지금까지 못 주고 갖고 있었고 욕한 적이 없다고 말해, 더욱 국민들의 분노를 샀다. 더욱 어처구니없는 상황은 그 가해 학생 부모가 애 정신 상태 불안하니 조사하지 말라며, 피해자 장례식장에 조문 가거나 사과의 말을 하기는커녕, 가해 학생을 병원에 입원시켜 조사를 차일피일 미루게 하여 원성을 샀다. 어떤 행동을 하고 누군가에게 어떤 피해를 주었든 내 자식만 중요한 세상….

네가 손해를 좀 보더라도 정당한 일과 위치에 서라고 강조하시고, 예의 없이 행동하면 아빠 없이 커서 그렇다고 인지하니 그런 소리 듣지 말라며, 대학교 1학년 처음으로 12시 통금을 넘어 귀가한 스무 살 나를 대나무 죽도로 거침없이 때리시던 우리 엄마와는 너무 대조적인 어른이었다. 난 그날 죽도를 버리려다가, 검도는 해야 해서 학교 동아리방에 갖다놓았고, 그때의 기억이 19년 전인데도 생생하다.

내가 감사한 건, 대학교 등록금 벌기 위해 아르바이트로 시작한 경호원 생활과 그 경호 사업을 통해, 지금의 멘토링과 청소년을 위한 사역을 감당할 수 있게 되었다는 사실이다. 직업의 특성상 학교폭력과 집단 따돌림의 피해자, 부유한 집안의 자제들 등·하교를 위한 경호원 파견, 혹은 이혼으로 인한 법원 동행이나 스토킹 피해자, 가정폭력, 성폭력 피해자들을 접하게 되는 일들이 많다. 현장에 있을 땐 때로는 그들의 언니, 누나로서 부모님에게 말하지 못하는 피해 상황들을 들으며 가해자, 피해자 간 떡볶이 화해의 장을 만들기도 하고, 그들의 친구가 되거나 카운슬러 역할을 하기도 한다. 단순한 신변보호 역할에서 그치지 않기에 법을 공부하고, 심리상담사 자격을 취득하고, 스토커나 폭력 가해자의 접근금지 명령을 받기 위한 증언을 하기도 한다. 물론 누군가에게 도움이 되어 보람을 느끼는 직업이기도 하지만, 부모의 이혼 문제로 학교에 갓 입학한 아이의 교실에서 마치 아이를 소유물 다루듯 내 것, 네 것을 따지거나 위자료 문제로 싸우는 부모들을 보며 속이 상할 때도 있다. 그래도 수많은 의뢰인들을 만나고, 각종 경호경비 현장을 다니며 나 역시 많이 성장했고, 그 경험들을 토대로 '멘토'라는 귀한 자리에서 섬김의 역할을 하고 있음에 자부심을 느낀다.

한국인이 존경하는 직업 1위는 소방관이라고 한다. 위험한 불구덩이 속 현장에서 'FIRST IN, LAST OUT'을 지켜가며 국민의 생명을 살리고 본인들을 희생하는 직업! 그러나 현실은 외상 후 스트레스 장애로 순직보다 자살하는 경우가 더 많고, 끼니는 30분 내에 해결하며, 일하다가 병을 얻게 되더라도 업무 환경으로 인한 인과 관계를 본인이 증명하지 못하면 국가 보상을 받지 못하는 게 현실이라고 한다. 최근엔 비켜주지 않는 차량들 사이로 응급실을 향한 급한 마음에 사고를 낸 소방관들이 본인들도 다친 상태에서 환자에게 응급처치를 했지만 사망사고가 있었고, 운전한 소방관은 신호위반의 형사처벌을 받을 수밖에 없는 상황에 처했다는 뉴스를 접하기도 했다.그런데 이런 분들 앞에서 우리 각자의 직업을 단순한 돈벌이 수단으로 전락시킨다는 건 너무 무책임하고, 가슴 아픈 일이 아닐까 하는 생각이 든다.

올여름 캄보디아 의료봉사를 떠나기 이틀 전, 귀 안에 신경 쓰이는 작은 뾰루지가 있어 면봉으로 전쟁을 치렀더니 완전히 부어

올랐다. 출국해야 하는 상황이라 이비인후과를 찾아갔는데, 의사 선생님께서 보자마자 대학병원 가서 수술해야 한다며 소견서를 써주고 약을 처방해주었다. 나는 5분이 지난 6시인데 야간 진료비를 내고 급하게 나와야했다. 출국을 앞둔 상황에 갑작스러운 대학병원 수술이라니…. 맘이 무거웠고, 저녁이 되어 뭔가 할 수 있는 상황이 아니었다. 그런데 센터 사우나에서 지인 원장님 언니를 만나 상황 얘기를 했더니, 너무 아무렇지 않게 "어! 그거 째고 항생제 먹으면 되니 내일 병원으로 와!" 이렇게 얘기해주었다. 이 한마디에 그 무거웠던 마음이 얼마나 속 시원하게 가벼워졌던지, 지금도 생생히 기억난다. 전문가의 말 한마디는 사람의 인생을 바꾸기도 한다.

영국의 한 남자는 의사의 오진으로 휠체어에 의존해 살다가 43년 후 의사의 실수로 근이영양증(근육이 점차 약해져 결국 호흡까지 조절하기 어려워지는 희귀병)이 아니라 근무력증이라는 것을 알게 된 후, 재활을 거쳐 1년 뒤 스스로 걷게 되었다고 한다. 그러나 휠체어에 의존했던 43년의 세월은 누가 어떻게 책임지거나 보상해줄 수 있는 문제가 아니다. 의사의 말 한마디가 한 사람의 인생을 43년간 휠체어에 앉아 있게 만드는 결과를 초래했다.

나는 다음날 언니네 병원을 다녀왔고, 항생제 처방을 받아 무사히 의료 봉사지로 떠날 수 있었다. 그 언니는 부천시 원미시장 주치의로 불리는 김서영 원장님이다. 언니가 미국으로 가면서 몇 년 연락이 끊겼다가 스포츠 센터에서 다시 만나게 되었는데, 예나 지금이나 남을 위해 살아가고 있다. 미국에서 중국 교수님을 만나 사상의학까지 공부한 언니는 태어난 생시를 물어보며 그에 맞는 삶의 조언도 아끼지 않는다. 내과, 피부과에서 사주 얘기하며 삶을 나누는 기묘한 병원, 아니 병원이라기보다는 시장 어르신들의 육체와 정신을 치유해주는 회복의 공간 겸 하소연의 장이라는 표현이 더 맞는 것 같기도 한다. 힘든 분들께 용돈을 드리고 식사도 챙겨드리고 무료로 진료해주는 것은 다반사다. 어르신들은 딸을 찾듯이 반찬 등을 싸오신다. 요즘 세상에서 찾아보기 드문 희한한 병원이기도 하다. 목감기나 기침으로 병원에 가서 약 처방을 받더라도, 서영 원장님이 처방해주는 약은 아침, 점심, 저녁 약이 모두 다르다. 세심한 배려와 꼼꼼한 손길을 느낄 수 있고, 일반 병원의 주사를 떠올리기에 앞서 '정'이라는 표현이 더 잘 어울리는, 멋진 공간이다. 남만 너무 챙기지 말고 언니 스스로의 건강도 잘 돌보며 오래오래 함께할 수 있기를 소망해 본다.

많이들 알고 있을 김귀옥 부장판사님의 판결…. 성폭행 피해를 당한 후 방황하던 학생에게 처벌 대신 외치기를 통해 자존감을 높여주는 쪽을 택했다. 딸의 공연을 보러 간 이재용 부회장님에게 질문을 건넨 기자에게 핸드폰이 자사 제품이 아니라 답변을 못 하겠다는 대답과 함께 통신사와 색상, 기종을 물어본 후 핸드폰을 선물했다는 기사들을 접하며, 느끼고 배울 점들을 찾게 된다. 높은 위치와 사회적 강자, 가진 자이기에 가능하다는 평가가 아니라, 그들의 마인드와 자부심을 각자가 가진 달란트와 직업에도 적용했으면 하는 마음이다.

내가 다니는 스포츠 센터는 11시 30분까지인데, 죄송하게도 난 민폐쟁이일 때가 더러 있다. 11시에 가서 사우나만 하고 마지막으로 나오는 회원…. 그럼에도 불구하고 우리 센터의 미화 주임님은 늘 반갑고 밝게 맞아주신다. 왜 이렇게 오랜만에 왔는지 묻고, 운동 좀 하라고 꾸짖기도 하며, 내일은 쉬는 날이니 헛걸음하지 말라고 말씀해주시곤 한다. 늦어서 허둥지둥 나가려 할 때면 "늦어도 물기는 잘 닦고 가야지." 하며 등을 닦아주기도 하신다. 마지막에 나가는 일들이 많은 가운데 주임님을 뵐 때면 누가 보든 안 보든 늘 한결같이 열심이고, 닦은 거울임에도 물기가 있으면 다시 가서 마무리하시는 모습을 그간 보아왔다. 피곤하실 텐데도 힘든 내색 한 번 없이 늘 밝은 기운을 주셔서 감사할 때가 많다. 어떤 일을 하느냐가 아니라, 그 일을 어떻게 해나가고, 해내는 지가 중요하다는 생각을 하게 만드는 분이다.

직업에 관한 얘기를 꺼내다 보니 얘기하고픈 주변 지인들이 너무 많이 생각난다.

먼저 간 동생과의 약속을 지키기 위해 30여 년간 민중의 지팡이로 약자의 입장을 대변해 오신 김양기 지도사님. 가난하고 몸이 약했던 어린 시절 신문 배달로 다져진 체력으로 경찰이 되셨고, 어렵고 궂은일을 도맡아 해오셨음에도 늘 웃음을 잃지 않으신다. 퇴직 후에도 수많은 자격증 취득으로 끊임없이 노력하시는 모습을 뵈며 많이 배우게 되었다. 너무 열심히 사시는 모습에 경비지도사협회 이사님으로 추천해 드려, 현재는 같이 협회 활동을 하며 서로의 업무에 동반 성장을 위한 노력을 하고 있다.

한국기독실업인회(CBMC) 세계로 지회에서 섬기고 있는 탈북 청소년 대안학교인 '다음학교'가 있다. 미국에서 오신 전존 교장 선생님과 전사라 교감 선생님 부부가 통일 세대를 위해 자비로 시작한 탈북 청소년 학교에 CBMC 세계로 지회의 신치호 회장님과 우리 회원들, 그리고 BMW 코리아에서 지하 공연 공간을, 다락방 도서관은 이어령 전 장관께서 후원해주시며 통일을 준비하는 멋진 분들도 계신다. 만나게 될 사람들은 언젠가 꼭 만남의 인연이 생기는 것 같다. 여성벤처협회 활동을 같이 했던 민경언니가 몇 년 전부터 초대를 하려던 모임이 있었는데 계속 일정들이 맞지 않았다. 작년엔 몽골 아웃리치 가느라 무주 전국대회도 참석 못하고, 대신 신기하게 25년 지기 친구 해성이가 먼저 합류하게 되었다. 군인친구인데 민경언니와 같이 국정원모임에서 이동한 백령도 워크숍 가는 배안에서 만나게 되어 서로 알고 지내다가 그 친구가 먼저 모임에 합류했고, 올 여름 해성이 어머님이 돌아가신 장례식장에서 모임 분들을 뵙게 되었다. 기독실업인회의 세계로지회이고, 크리스천 기업인의 롤모델인 신치호 회장님을 통해 배려와 섬김, 나눔, 귀한 리더십을 배워나가며 폭풍감동을 하는 나날이다. 큰 사업을 운영하시는 바쁜 분임에도 모임 한사람 한사람을 귀하게 섬기며 각자의 자리를 세워주시는 모습과 각 회원을 위로하고 격려하며 성원해오며 지회 11년 동안 회장을 역임하고 계신다. 이번엔 탈북 청소년 대안학교인 다음 학교 후원을 위한 펀딩행사에 우린 중창을 하고 웅장한 곡 뒤에 태권도를 전공하고 현재 군복무를 하고 있는 친구 해성이와 난 송판격파와 발차기를 시범보일 예정이다. 2016년 귀한 만남의 축복에 감사하고, 한 해 멋진 결실을 맺을 수 있는 충분한 이유가 되는 섬김의 자리에 함께여서 감사한 마음이다.

어린 시절 미국 양어머니의 월 15달러 도움을 받으며 성장하셨고, 지금은 교수와 아시아태평양 에이즈 최고의 권위자가 되셔서, 에이즈 퇴치를 선언하여 도움 받았던 월 15달러를 73조로 갚겠다는 건국대 조명환 교수님 등, 주변에 각자에게 주신 달란트로 남다르게 삶을 일구어 나가는 많은 분들을 뵈며 존경과 감사, 경의를 표하며 배워 나가고 있다. 나 역시 누군가에게 본이 되는 사람으로, 선한 영향력을 끼칠 수 있는 기업인으로 살아갈 것을 다시금 다짐하게 되는 새벽 미명의 시간이다.

"탈북청소년들은 친자식 같습니다"

느헤미야코리아다음학교 운영하는 전존, 전사라 부부

서빙고공동체 성도들에게 보낸 편지

"받은 사랑 꼭 갚겠습니다"

대구 고교생 자살 7시간前 '눈물의 엘리베이터'… 혼자 얼마나 아팠을까

비주얼과 스펙… 그러나 인성!

100대 기업에서 21세기 인재상에 대해 조사한 결과가 있다. 덕목의 순위는 도전정신, 주인의식, 전문성, 창의성, 도덕성 순이다. 업종별로 원하는 인재상의 상위 덕목은 조금 달랐지만, 대부분 동일한 역량을 갖춘 인재들을 원했다. 그리고 중요한 건, 신입사원 채용 시 97%의 기업에서 인성 평가를 실시한다고 답했고, 인성 부적합자를 탈락시킨 경험은 86%를 차지했다.

사업 초창기 내가 시행착오를 겪은 부분도 이 영역이었다. 경호회사! 게다가 최초의 여성전문 경호경비 법인이라는 타이틀로 시작한 법인 구성원들의 비주얼과 스펙은 업계에서 뿐 만 아니라 거래처에서도 모두 인정할 만큼 화려했다. 대부분 170cm 이상의 신장과 각 격기 종목 유단자, 707 여군 특전사 출신, 경호학을 전공한 학사·석사들로 구성되어, 법인 설립하기도 전에 방송 촬영 일정에 정신없었고, 최초로 진행한 홈쇼핑 방송에 직접 출연들도 했다. 방송 요청이 있어 일본 방송국 초청으로 촬영하기도 했다. 여성 경호회사도 없었고 여성 경호원이란 직업군 자체가 제대로 정립되지 않은 시점이었기에 더욱 희소성이 있었다.

그러나 경력이 쌓이면서 구성원들은 달라졌다. 이렇다 할 절차나 명분 없이 퇴사하며, 회사의 매출과 거래처가 분산되는 일들을 겪어야 했다. 물론 우리 업계에서만의 일은 아닌 듯하다. 주변의 지인 대표님들과 교류하다 보면, 이와 관련하여 공감하며 서로 위로의 대상이 될 때가 있다. 결국, 중요한 건 능력이 아니라 인성임을 인정하지 않을 수 없다. 때로는 옛 어르신들의 말씀처럼 검은 머리 짐승 거두는 게 아니라는 말로 위로를 주고받으며, 고용주의 힘듦을 공유하고 위안을 삼게 되기도 한다.

가정에서 인성 교육을 하지 않으니 이기적인 아이로 자라고, 학교 또한 인성보다 성적을 중시하는 풍조가 있다 보니 학교폭력의 피해를 줄이기 위한 노력이 크게 적용되지 않는 사례들을 보게 된다. 자연스럽게 청소년의 자살률이 높아지고, 그렇게 사회에 진출하면 강자에겐 약하고 약자에겐 강하게 군림하려는 성향을 보이는 사람들이 생겨나는 연쇄 현상들이 있는 것 같다. 우리 어릴 때만 하더라도 과학자나 대통령을 꿈꿔온 친구들이 많았다. 그런데 안정을 추구하고 물질 만능주의와 외모 지상주의가 만연한 지금 세대들은 너도나도 공무원, 연예인을 꿈꾼다. 심지어 초등학생들조차 조물주 위에 건물주라는 씁쓸한 얘기를 반영하듯, 건물주가 꿈이라고 표현하는 친구들도 꽤 있는 현실에 우리는 살고 있다.

10여 년 전 고용노동부가 발표한 고용 증가가 예상되는 직업군들은 앞으로 로봇이나 인공지능에 의해 없어질 직업군으로 분류되고 있다. 매년 최저임금을 크게 높이라는 노동자 입장과, 생산성은 늘리고 지출은 줄일 수 있는 방법론을 모색하는 고용주의 상반된 입장에서, 어떤 게 최선이고 옳고 그름을 어떻게 판단해야 하는지는 모르겠다. 하지만 지금 현실을 보면 미국에서 시간당 최저임금 15달러를 요구하며 시위하는 패스트푸드점 노동자 대신 36,000달러짜리 기계가 사람보다 더 정확하고 빨리 햄버거를 만드는 뉴스가 보도되고 있다. 또 일본 회전 초밥 체인점의 로봇은 한 시간에 3,600개의 초밥을 만들어 셰프보다 몇 배 빠른 속도로 결과물들을 창출하고 있다. 간병 로봇과 무인 택시의 비중도 점점 늘어가고 있다.

경제성장은 있으나, 고용증가는 없거나 더딘 게 현대사회를 살아가는 사람들이 주목해야 할 상황이다. 가장 높은 경제성장률을 보이는 지역에서 가장 많은 실업자가 존재하는 아이러니한 상황, 인간과 로봇의 바둑 대결 결과의 충격을 받은 우리는 스포츠 영역에서도, 일자리 영역에서도 로봇에 의한 충격과 일자리 상실의 통보를 받고 절망할 날들이 있을지도 모르겠다. 이토록 삭막해져가는 사회에서 인간미 있게 상호 협동하며 알콩달콩 살아갈 수 있는 올바른 인성을 갖춘 사회인들이 많았으면 하는 바람이다.

마트에서 일하는 서비스직 근로자를 보며 자신의 아이에게 "공부 안 하면 저렇게 된다." 라든가, 혹은 무언가를 물어야 하는 상황에서 "저 사람은 영어 몰라!"라며 은연중에 누군가를 무시하며 살아오진 않았는지, 한 번쯤은 생각해볼 수 있는 시간이길 바라며 이 글을 써내려가고 있다. 예전에 인터넷에 떠돌던 급훈 하나가 생각났다. "대학 가서 미팅할래, 공장 가서 미싱 할래?" 이 급훈을 읽으며 어떤 생각이 드는지 궁금하다.

사업을 시작하기 전 프리랜서 경호원 활동을 할 때 최악의 의뢰인에 대한 얘기를 잠깐 하고자 한다. 경호원의 불문율 하나. '보고,

듣고, 말하지 않는다.' 그러나 그 불문율보다 앞서 '갑'의 위치에 있다 하더라도, 올바른 인성을 갖춘 사람과 일을 하고 싶은 인간의 마음에서 그때의 기억을 떠올려본다.

업계 지인의 부탁으로 제주도 2박 3일 일정에 아이들 보호 건으로 업무 요청을 받은 적이 있었다. 아이들의 엄마와 아이 둘, 그리고 모 배우의 어머니가 경호 대상자였다. 지인의 부탁이라 구체적인 업무나 상황들에 대한 사전 파악을 하진 않았다. 그러나 도착하는 시점부터 그 현장 투입에 대해 후회하기 시작했다. 2박 3일 일정에 많은 명품 가방과 아이들의 보모. 아이들은 일정 내내 보모가 돌봤다. 요청과는 달리 난 아이들의 엄마를 경호 대상자로 하여 업무가 이루어졌다. 요청했던 남성 경호원은 아이들과 관광을 다녔고, 난 올바른 인성이나 인격이라고는 찾아볼 수 없는 그 의뢰인과의 지옥 같은 시간을 보내게 되었다.

기업인 같진 않으나 부를 소유한 그 의뢰인은 종일 전화 통화를 하며 돈 자랑을 했고, 알 만한 누군가의 이름이 뜨는 전화는 마치 나를 고정비서인 것처럼 여기게 하며 전화를 받게 하였다. 제주도 특급 호텔 스위트룸에서 숙박을 했고, 난 그 옆 숙소를 썼는데, 그 숙소가 드라마 '올인'의 출연배우가 묵었다는 방이라며 생색을 냈다.

게다가 호텔 내 수영장에 몇 명이 있었는데 관리자를 부르더니 "내가 ○○○인데 저 사람들 내보내주세요." 하는 요청을 아무렇지도 않게 했다. 저녁에는 다른 남성들을 불러 술자리를 가졌는데, 거기에 새벽까지 나를 세워뒀다. 어이없었지만 지인을 봐서 참았는데, 다음 날 할 일 없이 둘이 앉아 있다가 거의 대부분의 시간을 전화 통화를 하는 의뢰인에게 "바쁘신 것 같습니다."라고 말을 건넸다. 내심 아이들은 보모와 남성 경호원에게 방치하는 듯해서 꺼낸 말이었는데, 대뜸 한다는 대답이 "어! 안 그럼 너네들 처럼 살아야 하잖아!"였다. 경호원이기 이전에 사람인지라 인내심의 한계가 와서, 당장 지인을 불러 대놓고 얘기했다. "당신 수중에 돈 떨어져도 주변 사람들이 이렇게 대하는지 겪어보라는 얘기와 함께, 이렇게 살지 말라."고 했다. 그리고는 "인건비 됐고, 이따위 일 못 하니까 철수한다."라고 통보한 후 자비로 비행기 타고 올라와버렸다. 20년 경호원 생활 중 처음이자 마지막으로 업무 중간에 철수한 사건이었다.

그래도 분이 풀리지 않아 이 상황을 동료들에게 얘기했더니, 이미 여성 경호원들 사이에 블랙리스트로 올라가 있는 사람이었다. '그래서 내게 그렇게 부탁을 했구나!' 하는 생각이 들었는데, 더욱 기막힌 내용들을 들었다. 우선 화장실을 가면 비서가 담배를 하나 챙겨주고, 나오면 티슈 들고 대기한다는 얘기, 아이들의 아빠가 다르다는 얘기, 그 연예인의 모친 앞에서는 요조숙녀가 된다는 얘기 등을 포함해서, 그들이 겪은 스토리들과 함께 절대 일 같이 못 할 사람이라는 결과…. 그리고 그냥 하나의 안 좋은 에피소드로 생각하며, 나중에 돈을 많이 벌어도 절대 저렇게는 살지 말아야겠다는 다짐과 배움을 얻었다. 그런데 얼마 후 그녀가 사기로 구속되었다는 소식을 들었다. 솔직히 사람인지라 자업자득이란 생각이 들었고, 같은 제주도 현장이었지만 고르바초프 전 대통령과 따님을 수행했을 때와 너무 상반된 모습이 더욱 비교되었다. 우리를 수행원이 아니라 좋은 친구처럼 대해 준 고르바초프 전 대통령의 배려와 인자함, 그 인격이 더욱 빛나게 느껴지는 순간이었다.

지도자나 리더의 상황판단과 말은 굉장히 중요하다. 1950년대 중국의 지도자 마오쩌둥은 곡식 낟알을 먹은 참새를 해로운 새로 여겨 참새박멸운동을 시행하게 된다. 그러나 낟알뿐만 아니라 해충도 잡아먹는 참새들의 죽음으로 그 이듬해는 해로운 해충들이 번식하여 대흉년을 맞이하게 되고, 공식발표는 1,000만 명, 그러나 최대 4,000만 명이 아사하게 되는 대참사를 맞이한 적이 있다. 지도자의 말 한마디가 얼마나 중요한 지 단적으로 보여주는 사례일 것이다.

그 일 이후로 나 역시 말 한마디와 행동에 더욱 신경을 쓰기 시작했다. 은연중에 상대방을 배려하지 못하거나 무시하진 않는지, 나의 말로 인해 타인이 상처받진 않을지 등에 대해서…. 물론 늘 온화하거나 평화로운 사람으로 살고 있진 않다. 워낙 호불호가 강하고, 불합리하거나 정당치 못한 일에 대해서 짚고 넘어가야 하며, 전투적으로 따지거나 들이대는 성격인지라 손해도 많이 보고, 그로 인해 일을 스스로 접기도 한다. 하지만 이유나 명분 없이 안하무인인 사람은 아니다.

로봇만큼 정확하거나 빠를 수 없이 발전해가는 사회에서 스펙을 쌓고, 그 스펙을 통해 사회적 우위에 자리매김하느라 인간성을 버리는 일은 없었으면 좋겠다고 생각한다. 요즘 안 그래도 법조인들의 부조리, 비리, 사회 지도층들의 부도덕함과 양심 없는 언행, 미국 대선 후보의 막말과 상대방을 비하하는 뉴스들로 가득 찬 사회에서 고(故) '안치범' 씨와 같은 초인종 의인의 소식이 얼마나 소중하고 감사한지 모른다. 어느 마라톤대회에서 1등으로 달리던 한

케냐선수가 손이 없는 장애인 선수에게 물을 건네주느라 우승과 1만 달러의 우승 상금을 놓친 기사를 본 적이 있다. 세상적인 결과론에서 우승은 못했지만, 그녀는 이 시대에 진정한 승자로 기억될 것이다.

머피와 샐리, 그리고 하인리히 법칙

하인리히 법칙. 1:29:300이라고도 불리는 이 법칙은 여러 산업 재해가 일어날 때마다 회자되는 단어이기도 하다. 대형사고가 발생하기 전에 그와 관련된 수많은 경미한 사고와 징후들이 반드시 존재한다는 것을 밝힌 법칙이다(네이버 지식백과). 큰 대형사고가 나기 전 29번의 작은 재해나 사고들이, 그 이전엔 300번의 전조 증상들이 있다는 것이다.

성수대교가 무너질 때도, 삼풍백화점이 무너질 때도, 이런 증상들이 있었다고 한다. 다만 그랬는데도 안전 불감증에 사로잡혀 원인을 파악하지 않았고, 개선하지 않았으며, 시정하지 않았다. 그래서 이러한 산업 재해들이 크게 일어난다.

2년 전 환풍구 추락사고 이후 인터뷰에서 우리나라 사람들은 늘 소 잃고 외양간 고치는 격을 반복한다고 지적하면서 그나마 외양간을 고치면 다행인데, 자꾸 소만 잃어간다고도 얘기한 적이 있다. 우리 업계는 세월호 참사를 겪은 이후 법이 강화되었고, 그 당시 세월호와 메르스, 미 대사 피습 사건, 판교 환풍구 추락사건 등을 겪으며 많은 업계 피해자가 발생했다.

가령 예를 들어 총회나 행사장에 30명이 근무해야 하는 일정이 생기면, 우선 48시간 전에 관할 경찰서에 배치 신고를 하게 된다. 근무자와 주민등록번호, 그들이 이수한 경비원 신임교육 이수번호를 기재해 신고하면, 관할 경찰서장이 배치 허가서를 내주게 되어 있다. 그 과정에서 넣어야 하는 서류는 각 근무자의 이수증 사본과 배치신고 허가서, 복장 신고서, 양면의 서식인 경비원명부 등 명부를 단면 출력 시 100여 장의 A4 용지가 소비된다. 업계뿐만 아니라 담당하는 경관 분들은 한 명 한 명 주민등록번호 조회를 일일이 다 해야 한다. 주말이든 저녁이든 신고가 들어오면 처리해야 할 업무가 가중되고 있는 게 현실이다. 지인 경관님은 법이 바뀐 후 하루에 13시간 이 업무에 매달리는 상황이라고 전하기도 했다.

물론 불법적인 이권이나 물리적인 마찰 소지가 있는 현장, 다툼이 예견되는 듯한 분쟁 소지가 있는 현장이라면 이해하지만 콘서트나 일반 행사, 지역 행사 및 축제 등, 어느 정도 인원이 모이는 현장이라면 이 법에 적용이 돼야 하고, 혹시라도 신고 시간이 늦어지거나 하면 바로 과태료 및 행정처분 대상이 되며 양벌규정이 적용되어, 회사와 법인 대표에게 피해가 가해진다. 이 시점 이후 업계는 경비업 허가증을 자진 반납하거나 업종전환 혹은 폐업을 하는 경우가 많아졌다. 현장 상황을 인지하지 못한 채 법이나 제도만 강화해서 될 일은 아닌 듯한데 말이다.

세월호 충격이 아직 가시지 않은 지금의 우리는 얼마 전 경주 지진을 겪었다. 그때도 어디서 많이 들어본 듯한 동일 현상이 벌어졌다고 한다. 학생들은 학교에서 지시가 떨어질 때까지 교실에 가만히 기다리라는 통보를 받았는데, 교장 선생님은 이미 그 자리를 떠난 상황이었으며, 교감 선생님 또한 떠나려는 걸 학생들이

목격했다고 한다. 학생들은 대부분 운동장으로 나왔고, 그 학생들의 인터뷰를 보며 참 씁쓸했다.

"선생님 말 듣다가 오늘 죽는 것보다는 선생님한테 내일 죽는 게 낫겠다 생각이 들어서 그냥 나갔어요." 한 학생의 인터뷰인데, 이 글을 읽는 어른들은 어떤 생각이 들지 궁금하다. 이뿐만 아니라 울산에서 일어난 관광버스 화재사고.. 운전자는 가장먼저 탈출했고, 버스 안에는 유리창을 깨는 망치도 제대로 구비되지 않아 부부동반의 여정은 이별여행이 되어버렸다.

올해 초에는 독일 열차가 정면충돌한 사건이 있었다. 그 사건으로 10명이 사망하고 100여 명이 부상을 당했으며, 사진과 뉴스를 통해 본 사건 현장은 참혹하고 끔찍했다. 그러나 더 끔찍한 건, 이 사고의 원인이 신호제어 시스템을 관리해야 할 당시 근무자가 스마트폰 게임을 하느라 상황을 파악하지 못한 데서 발생했다는 점이다. 독일 철도 당국은 업무 중에 휴대폰 전원을 켜지 못하도록 규정하고 있으나, 현장 철도 배차원이 이행하지 않은 것이다.

우리 업 또한 현장에서 이루어지는 일이 대부분이다 보니, 각 현장 근무자들에 대한 교육과 훈련, 마인드가 굉장히 중요하다. 앞서 언급한 스포츠 센터 미화 주임님은 누가 관리나 지시를 하지 않아도 그 담당 업무에 있어서는 철저하리만큼 그분의 역할을 하신다. 어떤 때엔 피곤해도 그분을 보면 즐겁고 기운이 생겨 꼭 들러서 사우나를 하고 귀가하기도 한다. 물론 그분에겐 끝날 때쯤 오는 민폐 쟁이 회원일 수도 있겠지만….

교육이 안 된 근무자가 현장에 배치되면 팬들에게 욕을 하거나 폭행하는 일이 생기기도 하고, 헹가래를 치는 상황에 연예인을 끌고 나오다가 관객을 폭행해 관객이 안와골절이 되는 상황이 발생하기도 한다. 엑소 뉴욕 콘서트에서는 관객에게 폭행하고도 SNS에 "남들처럼 줄 지켜서 있었으면 안 맞았을 텐데 앞으론 질서를 잘 지키라."며 오히려 팬을 나무라기까지 하는 일도 있었다. 올바른 직업관이 형성되지 않은 사람들로 인해, 업계에서는 며느리가 경호원을 대동해 시어머니를 폭행하는 일도 있었고, 근무자의 잘못은 아니지만 경비원이 회칼에 상해를 입는 일이 생기기도 했다. 회장님의 갑질, 그리고 주민들의 하대로 인해 분신자살하는 경비원도 있었을 만큼 끊이지 않고 사건 사고가 발생하는 요즘이다. 비단 우리 업계의 문제만은 아니라고 본다. 어떤 영역이나 업계든 작은 전조 증상이나 소형 사고를 무시하면서 발생하는 큰 사고들을 접할 수 있는데 이에 대비한 안전대책 및 사전예방이 절실히 필요할 듯하다. 하인리히 법칙은 산업 현장에서만 발생하는 건 아닌 듯하다. 가끔 강의 도중 작은 현상이지만 나의 경우를 얘기하며, 개인들이 개선해 나가야 할 습관들을 고쳐 큰 사고를 미연에 방지하라고 전하기도 한다.

나는 일정을 좀 빠듯하게 많이 소화하려는 경향이 있다 보니 정신 줄이 가출하는 경우가 종종 있어서, 물건을 잃어버리거나 잘 떨어뜨리거나 한다. 물론 성향 탓도 있는 듯하다. 나를 좀 파악해야겠다 싶어 심리 상담사 자격 취득을 하면서, 애니어그램이나 MBTI, 디스크(DISC) 검사 등을 해 봤다. 외향적인 사업가형, 혹은 주도형(Dominance), 사교형(Influence)이 집중적으로 나오는 성향의 사람이기도 해서, 뒤보단 거의 앞만 보고 달리는 사람 중 한 명이다. 정신없이 손에 들고 다니는 게 많을 때도 있는데 최근에는 물건 사러 가면서 이미 산 물건을 들고 다니다 잃어버릴까봐 평상시 쓰지도 않던 보관함을 이용했으나 결국 보관함 키를 잃어버려 변상하고 물건을 꺼내올 수 있었다. 몇 년 전에는 자꾸 폰을 떨어뜨려 폰 케이스를 좀 사야겠다 계속 생각하고 있었는데, 바쁘다는 핑계로, 그리고 그다지 중요한 일이 아니어서 미루고 있다가, 결국 떨어뜨려 액정이 깨져버렸다. 그것도 하필이면 베트남 출장 가기 전날 깨져 그 상태로 해외출장을 다녀온 후 액정 교체를 하며 바로 케이스를 구입했다. 살아가면서 때로는 중요하지 않다고 생각되는 일을 하지 않아서 결국 그로 인해 중요한 걸 잃어버리게 되거나 손실을 보고, 일을 망치는 결과를 발생시키기도 하는 것 같다.

몇 년 전 업계 친한 지인이 울산에서 결혼식을 했다. 화환으로는 미리 축하했지만, 직접 가서 축하해주고 싶어 사전에 비행기 예약을 했고, 기존 경험상 탑승 후 한참 기다리는 게 싫어 시간에 맞춰 도착했는데, 탑승 시간이 마감되었다고 해서 탑승을 못 한 적이 있었다. 결국, 다음 비행기를 타고 내려가야 했고, 결혼식도 못 보고 사진도 못 찍은 채 폐백 때 축의금을 전하며 축하 인사를 하게 되었다. 후에 공항 근무했던 분에게 여담으로 들은 얘기지만, 아마 대기자들을 탑승시켜 좌석이 없어서일 수도 있다고 했지만, 규정을 지키지 못한 책임과 손해는 전적으로 당사자에게 귀속될 수밖에 없다.

한동안 행사나 모임에서 코리안 타임으로 인해 보통 30분 정도 거의 대부분 행사가 늦게 시작하는 걸 감안하여 그 시간에 맞춰 다닌 적이 있었다. 그러다 보니 허둥지둥 입장하게 되고 때로는 소중한 지인들의 시간을 잡아먹는 일들도 발생했다. 그래서 이젠 되도록 행사나 모임에 먼저 도착하는 사람으로 자리매김하려 하고 있다.

각자 가진 달란트가 있는 반면에, 고쳐야 할 안 좋은 습관들이 있을 것이다. 늘 미루거나, 말만 하거나, 실없는 행동 등으로 신뢰를 무너뜨리는 등…. 어떠한 부분이든 큰 피해를 보기 전에, 그로 인해 일생일대 최대의 실수를 하기 전에 고치길 권면한다.

요즘엔 구직 서류가 들어와 면접 일정을 잡으면, 오히려 면접 보는 구직자가 안 오는 경우들이 종종 있다. 게다가 사전 연락은커녕 전화기를 꺼놓거나 전화를 받지 않는 청년들을 겪으며 많은 생각을 하게 된다. 각자가 가진 여러 가지 상황과 사건, 입장들이 있겠지만, 습관을 바꾸면 결국 운명이 바뀐다 하지 않는가! 멋지게 운명 개척을 하는 존귀한 분들이 되시길 소망한다.

토스트는 늘 버터 바른 쪽이 땅에 떨어진다. 그리고 일이 잘 풀리지 않고 안 좋게 될 만하다고 생각되는 일은 반드시 안 좋은 결과를 낳거나 우려하는 쪽으로 일이 발생하는 '머피의 법칙'을 알고 있을 것이다. 반면 **우연이든 필연이든 늘 자신에게 유리하게 일이 지속하는 '샐리의 법칙'**을 경험하는 사람들이 있다. 개인적인 견해로는 늘 어떠한 일에 원인을 분석하고 준비하며, 사건·사고를 예방하는 개개인의 습관에 따라 갈리는 게 아닐까 한다. '하인리히 법칙'은 각 개인이나 기업 구성원의 책임과 역할 수행 여부에 따라 발생하기도 하지만, 겪지 않고 안전하게 잘 지낼 수도 있다고 생각한다.

늘 주장하는 바이지만 사건, 사고는 사후처리가 아니라 사전에 방이 중요하다. '머피의 법칙' 보다는 '샐리의 법칙'을 경험하며 살아가는 우리들의 삶을 기대해 본다.

너의 생각에 유념하라, 그것은 말이 된다.
너의 말에 유념하라, 그것은 행동이 된다.
너의 행동에 유념하라, 그것은 습관이 된다.
너의 습관에 유념하라, 그것은 성격이 된다.
너의 성격에 유념하라, 그것은 운명이 된다.

- 노자 -

CRISIS

위기

네가 고아야?

배따지 칼 빵? & 유리천장

여성 경호원 없는 여성전문 경호경비 법인

이 또한 지나가리라

함부로 인연을 맺지 마라!

떠나는 이의 뒷모습은 아름다워야 한다

네가 고아야?

나는 참 재미없게 사는 사람이라는 얘기를 주변을 통해 많이 듣는 편이다. 그러고 보니 그간 읽었던 책들 거의 대부분이 경영 서적이거나 자기 계발서, 최근엔 사역이나 선교 관련 종교 서적이 많음을 발견하게 되었고, TV 채널은 뉴스에 고정되어 있다. 그래도 한동안은 '슈퍼맨이 돌아왔다'라는 프로그램을 자주 시청했다. 일요일 가족들이 모이는 시간이어서 늘 같이 시청했는데, 여러 생각을 하며 어린 시절 그렇게 지내지 못했던 삶에 대한 위로와 대리만족을 느끼는 시간이었던 것 같다. 어린 시절 아빠와 어딘가를 간 기억은 명절에 큰집 몇 번 간 것이 전부이고, 가더라도 아빠는 큰집 세 명의 오빠를 더 챙겨서 서운했다. 지금 와서 아쉬운 건 아빠와 찍은 사진 한 장조차 없다는 현실이다.

1993년 갑작스러운 아빠의 부고 소식은 엄마에겐 원래 가장 역할을 해오셨지만 표면적이고 실질적인 가장 역할까지 해야 할 현실을 맞은 사건이었을 것이다. 그리고 언니에겐 장녀의 책임감을, 내게는 가족을 지켜야겠다는 다짐과 사명감을 심어주었다. 동생은 그 당시 일을 기억조차 못 한다는 짧은 답변을 들은 적이 있는데, 초등학생이라 어떤 마음이었을지 잘 모르겠다. 그랬던 막둥이가 올해 결혼을 했고 내년 초 '축복이' 엄마가 되니, 시간이 참 빠르긴 하다.

장례를 치르고 오니 친가 쪽 친척들이 이미 다 정리해버려 집안에 아빠 유품이라고는 찾아볼 수 없고, 수술 직 후 돌아가셔서 유언조차 들을 수 없었다. 아빠는 그렇게 하늘나라로 가시고, 아빠의 역할과 책임은 고스란히 엄마에게 지워졌다.

그런 상황을 알기에 우리 세 자매는 일찍 생활 전선에 뛰어들었다. 각자의 삶을 조각해 나가면서 철저하리만큼 네 모녀는 똘똘 뭉쳐 살아왔다.

그러던 중 내가 경호원 생활을 시작한 지 몇 년 되지 않아 현장에서 사고가 있었다. 차에 협착 되었고, 다행히 손만 다치긴 했는데, 손가락이 분쇄골절 되어 현장 인근 병원에서 바로 분쇄된 뼈들을 정리하여 핀을 박는 수술을 해야 했다. 그리곤 걱정하실까 봐 말씀을 못 드리고, 현장이 늦어져 당일 못 들어갈 것 같다고 하고는 병원에 있었다. 마취가 깨니 통증이 심해졌고, 외지에서 혼자 병원에 있다는 게 참 서럽긴 했다. 다음 날 집에 가서 자초지종을 말씀드리려 했으나 병원에서 퇴원을 시켜주지 않아 다시 연락을 드려 현장 일이 마무리 안 되어 늦어진다고 했다가, 솔직히 조금 다쳤다고 말씀을 드렸다. 엄마는 유선 상으로 뼈는 이상 없냐고 물으셨고, 난 괜찮다고 했다. 그러고 나서 엄마를 뵙게 되었는데, 보자마자 엄청나게 혼났다. 엄마의 첫마디는 "네가 고아야?"라는 물음이었다. 다쳤으면 얘기를 해야지 왜 혼자 이러고 있냐면서, 가뜩이나 아픈 나를 엄청 혼내셨다. 내 딴엔 걱정하실까 봐 그런 건데 말이다. 섭섭한 감정은 있었지만, 엄마 마음을 알기에 아픈 가운데 혼냄과 꾸중을 다 듣고 집 근처 병원으로 옮겼다.

엄마의 마음만큼은 못하겠지만, 나 역시 우리 가족들이 무슨 불합리한 일을 당하면 앞장서서 일 처리를 하며 살아왔기에, 때로는 쌈닭 같다는 얘기도 들었다. 어릴 때 동생을 큰 애들이 괴롭히면, 그날 당장 가서 앞으로 그러지 말라며 때려주고 왔고, 언니가 돈을 빌려주고 못 받으면, 그곳에 직접 찾아가서 경찰이 와도 아랑곳하지 않고 회수했다. 누군가가 우리 가족을 무시하는 언행을 하면 사람들이 많은 곳에서라도 다신 절대 그러지 못하게 망신을 주기도 하며 살아왔다. 그러니 대략 그 당시 엄마 마음이 어떤지는 짐작할 수 있었다.

사업을 시작하면서 회사 식구들에게도 그런 성향은 동일하게 적용되었다. 업계든 거래처든, 어떤 상황이든 어떤 현장이든 간에, "내 새끼들 건드리지 마라!"며 눈에 불을 켜고 살아왔다.

혼이 난 후 어찌 되었든 난 부천으로 병원을 옮겨 한 달 후 양쪽에 박았던 핀을 뽑았다. 뼈들은 자리를 잡았으나 주변 살들이 부족하고, 기능들을 하지 못하는 상황이라 손바닥의 생살을 도려내 이식하는 수술을 한 번 더 받아야 했고, 또 수술 후엔 도려내진 손바닥에 계속 피가 흘러, 드라이기로 파인 부분을 한참 말려야 했다.

그러나 그런 상황에서도 감사했던 건, 병원에서 내가 제일 정상에 가까운 환자였다는 것이다. 다른 환자분들은 기계에 손가락이 절단되거나, 어떤 사유인지 대부분 잘려나가 배에 손을 심은 상태로 입원 중이었다. 난 병원에서도 직업병이 도져 한 손만 쓰시는 환자분들 배식을 하고, 식사 후 다시 가져다 놓거나 보호자가 없는 환자분들 머리를 감겨드리는 등, 분주하게 지냈던 기억이 있다. 다행히 이식한 부분은 잘 아물고 복원이 잘되었지만, 그로 인해 손가락은 짧아지고 신경은 끊긴 상태라 구부러지지 않는다. 하지만 왼손이라 지장 없이 잘 살아오고 있다. 다만 비가 오려 할 때 도려냈던 손바닥이 가렵거나, 겨울엔 신경 끊긴 부분만 빨갛게 부어오르는 후유증은 남은 상태로 지낸다. 공교롭게도 일에 미쳐 1년 반의 휴학 후 졸업을 앞둔 시점에 일어난 사고라, 대학교 졸업식 사진 한 손 엔 붕대의 추억이 남아 있긴 하다.

2004년 초엔 근무자가 많이 투입된 한 현장에서 발주처 업체 대표가 여성 경호원들을 두고 성 폭언과 성 비하 발언을 했다는 얘기를 들었다. 지방에 있는 업계 대표였는데, 삼자대면과 확인 차 갔다가 안 그래도 언행이 자꾸 거슬려 벼르고 있던 참에, 적반하장으로 나와 관계사와 업계 몇 백 명이 있는 앞에서 있는 힘껏 뺨을 때렸다. 지금 같으면 바로 벌금형에 처하거나 보복이 있을 법도 한 예상치 못한 행동이었을 텐데, 그 당시 그 대표는 바로 차를 몰고 그 자리를 피해버렸고, 나는 근무자들을 데리고 회식을 시켰다. 그리고는 추운 겨울이어서인지, 아니면 직원들을 괴롭혔기에 악에 받친 상태에서의 일이어서인지, 손자국 때문에 그 대표는 다음 날 안 나왔다고 전해 들었다. 워낙 수많은 근무자 사이에서 악평이 나 있던 사람이라 그 상황이 어쩌면 당연하게 받아들여지고, 지인들의 묵시적 동의가 이루어졌는지도 몰랐다. 어찌 되었든 그 일 이후로 퍼스트 여성 경호원들에게 함부로 농담하거나 쉽게 대하진 않았다는 얘기를 들어, 나름의 성과를 보긴 했다.

내 성향이 누군가에게 부탁하거나 폐 끼치는 것도 너무 싫어하고, 내 사람들에게 피해를 주는 누군가나 상황들도 극도로 싫어하다 보니, 내 사람들만 너무 챙긴다는 시각으로 바라볼 수 있다고 생각한다. 하지만 모두에게 다 좋은 사람이기보다는, 나의 공동체와 조직, 가족들과 가까운 지인에게 특별히 좋은 사람이고 싶다는 생각은 변함없다. 그래도 이런 일들을 겪어오며 가족 간의 사랑을 다시금 확인할 수 있는 시간들이 있었고, 지인들이나 공동체 내에서 더 끈끈하게 결속력이 다져져 감사하게 생각한다. 앞으로도 변함없이 이렇게 지낼 더 좋은 미래를 꿈꾸며 살아갈 것이다. 나와 관계된 그 누군가가 '고아'라는 느낌이나 생각을 갖지 않도록….

배따지 칼 빵? & 유리천장

법인 설립을 하자마자 감사하게도 업무 수주가 잇달았다. 내겐 호재였으나, 남성 영역에 진출한 여성 CEO와 여성전문 경호 법인은 동종업계 시각에선 눈엣가시가 될 수 있구나! 하는 생각을 하게 해준 사건이 있었다.

2005년 초 근무자 500명이 투입된 건설현장 수주를 맡게 되었다. 워낙 부지가 넓고 아파트 공사해야 할 부지에 펜스 설치도 안 되어 있던 현장이라서, 일일이 근무자들이 현장에 배치되어야 했다. 하루하루 매출 각 1억이 발생하는 현장에 직접 관리를 하며 근무를 하던 중 발신번호가 4444라고 찍힌 문자를 한 통 받게 되었다. "배따지 칼 빵 나고 싶지 않으면 현장에서 당장 나가."라는 내용이었다. 발신인이 누군지 모르는 상태에서 어이가 없었지만, 그냥 넘어갈 수 없는 일이라는 판단이 들었다. 다행히 2000년대 초반부터 민간 조사원 교육을 받고 외국이나 변호사의 위임을 받아 업무 수행을 하고 있던 상황이었고, 10여년의 업무경험을 토대로 상황판단이나 대처능력 등이 배양된 것과 오기가 발동된 듯하다. 발신인을 확인 후 누구에게도 얘기하지 않은 채 그 발신자에게 전화를 했다.

"협박으로 고소할거니까, 나머지 일이나 처벌은 경찰서 가서 처리 받으시기 바랍니다."라고 얘기하고 전화를 끊었다. 그랬더니 얼마 후 그 발신인이 사무실로 찾아와서 바로 사과하는데, 참 씁쓸한 생각이 들었다. 나보다 나이도 많은 사람이었고, 법인 없이 이 업계에서 근무하는 프리 팀 팀장이었다. 시행사나 시공사가 아닌, 개발 계획을 알고 현장에 들어온, 소위 말해 알 박기를 한 사람과 더 많은 보상을 위해 반대하는 일부 주민에게 업무 발주를 받고 들어와 있는데, 우리 회사 때문에 업무를 할 수 없게 되자 홧김에 문자를 보냈다는 것이다. 물론 그 발신인의 답변은 내 앞에서 자신의 입장을 합리화해서 말한 것이었고, 주변을 통해 들은 내용은 '나이 어린 계집애가 경호경비 현장에서 돈 벌어가는 게 재수없었다'는 게 동기였다고 한다. 그래서 그 주변인들 사이에서 보란 듯이 남긴 객기였다. 그 상황을 미리 전해 들었던 터라, 고소는 안 할 테니 사유서 하나 쓰고 신분증 복사해놓고 가라고 얘기하자 그 팀장은 그대로 이행한 후 돌아갔다.

물론 현장은 잘 마무리 지었고, 지금은 아파트가 건축되어 동네가 형성되었고, 가끔 지나면서 그때를 회상하기도 한다. 솔직히 당시 그 협박문자 발신인에게 사유서나 신분증 같은 건 안 받았어도 그만이다. 하지만 개인적으로 여성 경호원들의 활동 분야를 넓히고 열심히 일해 보겠다고 창업자금까지 받으며 설립한 법인이었는데, 업계에서 환영은 못 받을망정, 누가 정해놓은 것도 아닌데 남성들의 영역이란 텃새에 대한 섭섭함과 서운함이 그렇게 표출된 것 같다. 그 이후로 난 더 악착같이 일하며 도태되지 않기 위해 열심히 활동했고, 일에 매달려 살아올 수밖에 없었다.

대한민국 여성의 경제활동 인구는 2013년 기준 겨우 50%를 넘어섰다. 게다가 성별 임금 격차는 OECD 국가 중 거의 최상위인 남성 100을 기준으로 62.5% 수준밖에 되지 않는 게 현실이다. 반면에 12년 전인 2004년 조사 결과, OECD 주요국의 여성 경제활동 참가율은 아이슬란드 81.8%를 시작으로 스웨덴, 덴마크, 노르웨이, 캐나다 등 모두 70% 이상의 비율을 차지하고 있다. 대한민국 국민소득 3만 달러 시대를 맞이하려면 여성의 경제활동이 활성화되어야 하고, 참여 인구도 늘어야 한다는 목소리는 많이 들을 수 있지만, 현실은 보이지 않는 유리 천장, 아니 어쩌면 대놓고 보이는 유리 천장이 너무나도 두껍게 자리 잡고 있는 듯하다.

난 2010년에 사업이 아닌 대외 활동을 통해서 유리 천장을 제대로 실감했던 경험이 있다. '한국 청년회의소' JC(Junior Chamber)라고 불리는 청년단체 활동을 다년간 했었는데 지인이 있어서도 아니고, 자발적으로 내 고향 부천 JC 소속 일원이었다. 어르신들이 보기엔 로터리나 라이온스 같은 단체인데, 만 42세로 제한된 청년단체로서 현재는 만 45세로 바뀌었다. 문제는 이 조직 또한 남성 중심의 단체문화이고, 의전 문화나 지역사회 봉사, 자기 계발 하는 영역은 좋지만, 술 문화가 너무 발달한 공동체이기도 하다.

어찌 되었든 회원을 거쳐 국제 분과위원장을 하며 아시아태평양 대회도 다녀왔고, 외형적인 성향인지라 외무부 회장을 맡아 활동하던 2010년, 회장을 가야 하는 상임부회장 자리가 공석이었고, 내무부회장님은 한의원 원장이셔서, 내게 후년도 회장을 가라는 말씀이 있었다. 어르신들이 가라니까 그래야 하는 줄 알고 준비를 했다. 3단계 연수를 가서 전국 360여 개 로컬에서 회장단(회장, 각 부회장, 감사)을 가려고 모인 자리에서, 부 학생회장을 하며 중앙회장 표창을 받기도 했다.

그러나 막상 가려니 3년을 활동하지 않던 선배님이 밀실 정치를 하기 시작했다. 그리고 급기야는 시집도 못 간 애가 이런 조직을 어떻게 이끌겠느냐며, 회원들 한 명 한 명을 만나 술자리에서 설득하고 있다는 얘기를 들었다. 그 와중에 역대 회장님과 다른 회장님이 얘기 좀 하자더니, 아는 곳인 듯한 룸살롱으로 자리를 잡고 양주를 시키셨다. 특별히 회장 가는 건에 대한 현안에 대한 얘기는 없고, 두 분이 술을 많이 드시더니 너무나 어이없는 부탁을 하는 게 아닌가!

회장 가는 건 둘째고, 그분들께 크게 실망하여 그냥 자리를 박차고 나갔다. 그런데 다음 날 가게에서 결제가 안 되었다고 전화가 왔고 어처구니없어 직원한테 카드 줘서 결제를 한 후, 그분들과는 인연을 끊었다. 어차피 갈사람 없다고 등 떠밀어서 가려 했던 것인데, 선배가 회장을 가고자 한다면 남자답게 3년 쉬었지만 열심히 한 번 해보겠다며 얘기하면 그만인 것을. 난 그 당시 나이도 어렸고, 그 조직 내에서 더 많은 경험을 쌓아야 하는 상황이기도 했다. 그렇게 정이 떨어지며 중앙에서 국제 분과활동을 하려 하는데, 이번에 또 그 역대 회장님이 나서더니 로컬을 두고 왜 중앙을 가냐고 완력 행사를 하셨다는 얘기를 전해 들었다.

남자답지 못한 사람들의 면모를 너무 적나라하게 본 실망감에 난 그 조직을 탈퇴해 버렸다. 그리고 그해에 회장을 간 선배는 모시던 역대 회장님의 웨딩홀에서 일하던 실장이었는데, 회장님을 배신하고 다른 곳에 웨딩홀을 오픈했으나 사기로 도피하다가, 구속 수감되었다는 소식을 후에 전해 들었다.

그 당시엔 '내 시간과 재정과 열정을 투자해 활동하면서 왜 이런 대우를 받고 맘고생을 해야 하지!' 하는 생각이 앞섰다. 그러면서 사업도 아닌 외부 활동에서도 이렇게 유리 천장이 존재하고, 그로 인해 맘고생과 재정적인 손해가 생길 수 있구나 하는 것을 뼈저리게 느낀 시간이었다.

참고로 유리천장에 대한 언급을 하다 보니 불가피하게 위에 내용들을 언급했지만 악의도 없고, 실제적으로 청년회의소는 세계적인 공동체로, 청년 시절에 경험할 수 있는 많은 활동과 기회들을 제공해주는 단체이며, 훌륭한 선배님들 또한 멋지게 자리매김하고 계신다. 내가 겪었던 상황과 상관없이 기회가 된다면 각 소속 지역에서 활동해보며 많은 걸 배우고 성장할 수 있었으면 하는 바람도 전해 본다.

비단 나의 경우뿐만 아니라 여성 CEO들과 교류하다 보면 각자의 영역에서 치열하게 경쟁해온 자취들을 많이 볼 수 있다. 그러한 의미에서 올해 여성가족부 20명의 대표 멘토들을 만난 건 개인적으로도 참 감사하고 행복한 일로 여겨진다. 공 기관에서 자리잡은 고위 공무원, 대기업과 금융업계 임원, 변호사, 성우, 작가, PD, 뷰티 산업을 이끄는 기업인과 아티스트, 셰프에 이르기까지 행복한 만남을 이어가고 있다.

나는 유일하게 체육학과 출신의 여대생들과 멘토링을 진행하고 있는데 여대생이거나 사회 초년생인 그녀들에게도 이미 유리 천장에 대한 경험들이 있어서 마음이 편치 않았다. 체육계 공 기관 혹은 준 공공기관 내에서 여직원들은 어느 정도 직급 이상 진급하기 힘든 게 현실이다. 또 휘트니스 센터의 트레이너인 한 멘티는 트레이너이기 이전에 여성을 상품화하는 듯한 언행에 기분 나쁜 조직생활을 한 경험을 털어놓기도 했다. 트레이너는 센터의 꽃이니 메이크업 화사하게 하고 복장도 몸매가 잘 드러나는 운동복을 입으라고 은근히 요구한다는 것이다. 요즘 상사로부터 성추행을 당하고 퇴사를 강요받는다거나 결혼으로 인해 사직을 권고 받는 등의 기사를 접할 때면 더 착잡해지기도 한다.

올해 경기도 가족여성연구원에서 성 주류화 정책 참여단으로 활동하고 있는데, 우리가 무심코 지나치는 상황들에 대해 모니터링하면서 많은 걸 느끼고 배웠다. 우리는 각 공공기관 웹사이트나 브로셔를 통해 모니터링을 실시했다. 모니터링을 하면서 대부분 비슷한 상황들을 확인할 수 있었다.

가령 인터뷰하는 장면에서 전문가를 연상시키는 인터뷰는 남성이 대부분이었고, 여성은 주부 인터뷰가 많았다. 등장인물의 남녀비율을 살펴볼 때 스포츠 관련 단체에서 전문 선수는 남성이, 여성은 뒤에서 관람하거나 응원하는 장면들이 많고, 앵커 분야에서도 중요한 보도는 남성이 대부분이고 주요 시간대엔 여성의 비중이 작았다. 있다 하더라도 40대 이상의 앵커는 찾아볼 수 없고, 역할의 차이가 분명했다. 대부분 전문가 대 보조자의 역할로 표출되었으며, 등장인물의 다양성도 확보되지 않는다. 노인과 장애인, 외국인들보다 일반적으로 단란한 4인 가족으로 연출된 내용이 대부분이었다.

성 역할에 대한 고정관념이 많이 해소되었다고 생각했지만, 대부분 의사는 남성으로, 간호사는 여성으로 표현되고, 같은 의사라 하더라도 대형 병원 의사는 남성이, 보건소 의사는 여성으로 표출되었다. 책임감 있는 남성 옆에는 보호받는 아름다운 여성의 모습이 자리를 차지했고, 행복한 보금자리를 나타내는 아파트 광고에서도 남성은 일꾼으로, 여성은 우아하게 커피를 마시며 여가 생활을 대변하는 모습으로 표현되는 경우가 많았다.

얼마 전 섬마을 여교사가 동네 남성들에 의해 성폭행당한 사건이 있었는데, 동네 주민들의 반응과 몇몇 네티즌들의 반응에 놀라움을 금치 못했다. 동네 어르신들의 입장은 '남자들이 그럴 수도 있지'라며 감싸는 분위기였다. 실질적으로 그 사건이 일어났을 때 사건을 은폐하려다 피해자의 남자친구가 인터넷에 올린 글을 통해 세상에 알려졌다. 몇몇 네티즌들은 여성이 술을 먹은 게 잘못이라며 지탄하기도 했다. 물론 원인 제공을 해서는 안 되겠지만, 피해자에겐 더 큰 상처가 될 수 있음을 인지하는 네티즌들이 되면 좋겠다.

난 사회생활을 하며 워킹 맘과 일·가정 양립을 잘하는 여성 기업인 및 선배들을 존경한다. 한쪽의 영역만을 구축하며 살아오기도 이렇게 힘든 세상인데, 일과 사업을 하며 가정을 꾸리고, 출산과 양육을 멋지게 해낸 우리의 슈퍼우먼 엄마들이 있어 대한민국이 발전하고, 지금의 우리가 있는 게 아닌가?

난 대학 시절부터 강연 들으러 다니는 것을 워낙 좋아했다. 경호원 활동과 학교생활을 병행하면서, 현장이 없는 주말이나 휴일엔 강연을 들으러 발품을 많이 팔았었고, 그중 김성주 회장님의 강연을 들은 후 회장님이 내 다이어리에 친필로 남겨준 글이 있다. “Girl’s be ambitious!”

멋진 글귀였고, 그처럼 야망을 갖고 당차게 살아온 이삼십 대였다. 힘차게 도약하는 대한민국의 여성들을 응원하며, 시원하게 유리 천장을 깰 수 있는 여성 리더들이 될 수 있길 소망한다.

여성 경호원 없는 여성전문 경호경비 법인

2003년 법인 설립 후 주말·휴일·명절 없는 기업인이자 경호원으로서의 삶이 계속되었다. 그러는 사이에 개인적으론 겸임교수도 하고 대학원도 졸업하며 사업에 더욱 매진할 수 있는 여건이 되어갔다. 그 무렵 최초의 여성전문 경호경비 법인 타이틀로 지속적으로 언론과 방송에 보도되던 회사에 마치 '앙꼬 없는 찐빵' 같은 상황을 맞이할 일이 있었다. 여성전문 경호 회사에 여성 경호원이 한 명도 없게 된 현실! 지금에 와서는 이렇게 말이라도 할 수 있지만, 그 당시에는 막연하고 마냥 서러웠다.

같은 운동인 태권도를 했고 나이도 동갑이라 허물없이 지냈던 과장이 퇴사한 지 한 달 만에 법인을 오픈했다. 같이 고생도 많이 하고 사람들로 인한 상처도 같이 극복해 나가면서, 1년 365일 거의 붙어살다시피 한 동역자여서 충격은 더욱 컸다. 같이 현장을 가고 지방 출장을 다니고 야근을 하고, 주말엔 우리 집에서 같이 자고 엄마가 해주시는 밥을 먹은 후 영화를 보기도 했다. 그렇게 늘 상 붙어 다녀 우리는 레즈비언으로 오해를 받을 정도였다. 그러던 어느 날 외부에 있는데 갑자기 사무실에서 전화가 왔다. 과장이 사직서와 함께 타고 다니던 내 차 키를 놓고 갔다고 했다. 그리곤 얼마 후 법인 설립을 하고 개업식을 한다는 소식이 들렸다.

당시 마음은 아프지만 화환을 보냈는데, 주변에선 속도 없냐고 핀잔을 줬다. 그런데 주변에서 들리는 얘기들과 상황이 날 더 화나고 슬프게 만들었다. 우리 거래처가 있는 건물에 회사를 오픈했고, 그 거래처와 같은 이니셜의 법인을 설립했다. 그리고 법인 임원도 대기업 건설회사 출신인 우리 의뢰인이었다. 그리고 법인이 설립되자 그 친구가 관리하던 모든 여성 경호원 직원들이 그 회사로 이직을 해버렸다. 이미 모델 하우스에서 여성실장에게 겪은 바 있었고, 남자 임원 또한 미수금까지 갖고 나가 퇴사하면서 그 자금을 개인이 다 받아썼던 전례도 있었다. 그랬기에 충격이 덜할 줄 알았는데, 한 명이 아닌 여성 경호원 모두의 이직이 정말 큰 충격이었다. 당장의 대책이 마련되지 않는 상황이었고, 그때나 지금이나 내 장점이자 단점은 사람을 너무 믿는데, 한 사람만을 유독 믿고 다 맡긴다는 점이다. 늘 겪어오면서도 고쳐지지 않는 이상한 성향….

그 해는 유난히 여성 경호원을 필요로 하는 주요 사건이 많았다. 2006년 월드컵이 있던 해라 토고 전을 시작으로 지속적인 행사가 많았고, 새만금과 평택 미군기지 이전으로 인해 부족한 여성 경찰 인력이 감당하지 못하는 업무들은 사설 업체 여성 경호원들로 대체시켜 업무를 진행해야 할 건들이 많았다.

그런데 막상 그 상황이 되니, 주변 사람들의 반응이 날 더 상처받게 만든 것 같다. 정작 당사자인 그 친구가 밉진 않았다. 같이 고생을 많이 했고, 많은 추억들이 있었으며, 그냥 편하게 여기까지가 인연인가보다 생각하고 수습하려 했다. 그런데 이 사람 저 사람이 나를 가만두지 않았다. 동갑인데 왜 고 대표 밑에 있느냐며 누가 부추겼다고 이실직고하는 사람, 독립해서 어이없는 단가 덤핑으로 행사현장 업무에 투입해 있다는, 굳이 안 해도 될 보고를 하는 사람, 우리 거래처 어디 어디와 이미 얘기되어 '독립하면 다 도와주겠다' 고 서로 사전에 공모가 있었다고 알려주는 사람, 게다가 어느 현장에서 그 친구가 본인들한테 무례하게 했다고 이르는 사람까지, 별 얘기들을 다 들어야 했다.

그러면서 난 그 친구가 사전에 공모했다는 거래처들과 거래를 다 끊고, 쌓인 미수금도 정산 안 받고 정리해버리고는 귀를 막았다. 같이 협력했던 우리 거래처들은 당사에 미수금이 있어 그 친구의 독립을 부추긴 사실도 서운하고 화가 났지만, 흔들린 그 친구에 대한 서운함도 분명히 있었다. 나는 당장의 현실을 직시하고 대처해 나가야 했다. 그 무렵 새만금 업무 수주 건이 있어 7명의 여성 팀장급이 세팅되었고, 친언니도 현장에 합류하여 장기 업무를 잘 마무리할 수 있었다. 새만금 현장에서 탈출(?)한 우리는 그 안에서의 일들과 에피소드, 현장 상황들을 얘기하며 회식자리를 통해 제대로 회포를 풀었다.

지금 와서 생각하면, 이직했던 그 여성 경호원들과는 그래도 많은 추억이 있었다. 지인 회장님이 추대되는 UDT 50주년 창설 기념행사에 참석하기 위해 밤새 운전하며 진해까지도 가고, 부산에 리조트를 잡아 여행도 다니고, 모두 블랙슈트를 입고 같이 이동하는 데 어디 나이트냐는 질문도 받아보고, 그녀들끼리 회식하다 다른 사람과 싸움이 붙었다고 해서 새벽에 경찰서 가서 신원보증을 해준 적도 있었다. 그런데 그 이후 입사한 직원들과는 사석이나 사적인 교류가 거의 없이 서로 업무에만 집중했던 것 같다. 이제 와서 보니 그 친구들에게 미안한 생각이 든다.

나간 지 얼마 지나지 않아 같이 나갔던 일원은 와해되어 퇴사했다는 얘기를 전해 듣기도 하고, 누군가는 결혼해서 일을 하지 않는다는 소식도 들었다. 하지만 난 여전히 내 자리에서 열심히 사업에 전념하며 살았다. 그리곤 절대 다시 안 볼 거라고 다짐했던 그 친구들을 6년이 지나 한 자리에서 만났다. 대표가 아닌 언니로서 자리를 마련해 식사를 하며 생일파티도 하고, 오래전의 회포도 풀었다. 물론 지금은 거의 대부분이 결혼했거나 아이들의 엄마가 되어 옛 추억을 떠올리는 관계가 되었고, 각자의 경조사를 챙기며 잘살길 바라는 사이로 지내고 있다.

얼마 전 아시아태평양 스타 시상식에서 한 일본 명배우의 말이 떠올랐다. 인연이라는 것은 '운명으로 이끌린 만남'이라는 말. 그 시작은 한 편의 영화였고, 그 영화를 통해 감독과 배우 등 많은 사람들과의 인연을 맺게 되었으며, 그로 인해 '무한도전'에 출연도 하게 되고, 이 큰 상을 받았노라고…. 그의 말에서 연륜과 인생관이 확고하게 묻어남을 느낄 수 있었다. 사람들과의 인연을 이익과 상황에 따라 맺고 끊는 게 아니라, 소중하게 이어갈 수 있는 우리가 되었으면 한다.

이 또한 지나가리라

승리에 도취하여 기쁨을 억제하지 못할 때 조절하고, 절망에 빠져 있을 때 용기를 낼 수 있도록 힘을 주는 다윗 왕 반지에 새긴 글귀. '이것 또한 지나가리라'.

내 인생의 2012년은 30대 중반을 맞이하며 혹독한 시험대에 올랐다. 일 년 내내 사건 사고를 수습하고, 사람들에게 실망하며, 재정·에너지·건강·사업 모두가 위기에 처한 최악의 한 해였다. 정말 기억하고 싶지도 않은 나날들이었다.

1/4분기에 명의도용 때문에 경기도 법인의 경비업 면허가 취소되면서, 소송으로 인해 에너지 고갈 상태를 경험했고, 2/4분기에는 일에 지쳐 있던 가운데 사람에게 사기를 당했다. 3/4분기엔 앞서 얘기했듯이 10년을 함께한 이사와 동역자들에게 철저히 배신당한 상태에서, 4/4분기에 이르러 한 해를 드디어 마무리하나 싶더니, 12월에 연달아 교통사고를 두 번 당하며 정신없이 길고 긴 한 해를 마감했다.

계열사 대표는 매출을 편취하고, 본인이 근무시켰던 근무자들에겐 위증을 강요해, 일면식도 없고 근무자들 연락처도 없는 내 지시를 받았다고 거짓 증언을 하며 난 졸지에 경비업법을 위반한 법인의 대표가 되었다.

교정 작업을 하며 그 해에 일어난 일련의 사건들을 상세하게 언급했던 내용들을 대부분 삭제하고 있다. 그 때를 회상하며 글을 쓰다 보니 내가 생각해도 완곡한 표현이 절실히 필요할 만큼 그 때에 피해를 줬던 사람들과 상황들이 여과 없이 글로 표현이 되어 있었다. 이 과정을 겪으며 또 한 가지를 배운다. 사람이 마음먹기에 따라 글도 달라지고, 행동뿐만 아니라 선한 마음을 통해 앞으로의 미래도 바꿀 수 있다는 확신이 들었다.

중요한 건 그 사람들이 내게 금전적인 손실을 안겼고, 거짓말로 일관하며 진정성 없이 다가와 사기를 쳤어도 이제와 생각해보니 결국 나의 판단 부족에 따른 결과였고, 시행착오였다. 어찌되었든 그 해엔 명의도용으로 인해 매출은 빼돌려진 상태에서, 법적 책임은 지게 되고 진정성 없는 사람에 대한 실망과 전국 저축은행 건을 믿고 연결만 하며 몇 억의 매출손실과 스토킹 피해까지 있었다. 또한 동역의 의미는 온데간데없이 해외업무와 10년을 함께한 이사에게 연결한 관계 지인들까지 배신으로 인해 인간관계를 끊어버렸다.

하늘이 장차 그 사람에게 큰 사명을 주려할 때는 반드시 먼저 그의 마음과 뜻을 흔들어 고통스럽게 하고, 그 힘줄과 뼈를 굶주리게 하여 궁핍하게 만들어 그가 하고자 하는 일을 흔들고 어지럽게 하나니, 그것은 타고난 작고 못난 성품을 인내로써 담금질하여 하늘의 사명을 능히 감당할 만하도록 그 기국과 역량을 키워주기 위함이다. - 맹자 -

그 당시엔 성경 '욥기'와 '시편' 말씀, 그리고 위에 글이 얼마나 위안이 되었는지 모른다. 지금 생각해보면 20년 동안 살아오면서 삶의 공백도, 시간적인 여유도 없었고, 2세에 대한 계획도, 그럴만한 10개월의 공백조차 없이 앞만 보고 살아왔다. 엄마는 지금도 "세상에 태어났으면 흔적은 남겨야지!" 하시며 2세는 있어야 한다고 강조하신다. 그나마 다행인 건 동생의 결혼과 임신으로 내년 드디어 18년 만에 둘째 조카가 태어난다. 지금도 가족들은 축복이를 위해 뭘 해줄까 고심하고 딸이라는데 난 벌써 태권도를 가르치겠노라고 선언해놓은 상태이다. 물론 엄마에게 피아노를 먼저 배우게 될 테지만….

우리 일이 사무직이 아닌데다가 활동이 많아 경력 단절이 싫어 출산을 생각해보진 못했다. 그런데 막상 생각해보면 육아는 잘할 수 있을 것 같다는 생각이 든다. 자녀를 대리만족 삼아 욕심을 내세우는 부모님들을 많이 봐왔고, 나 역시 그런 사람 중 한 명일 순 있겠으나, 내 자식이 어디 가서 예의 바르지 않게, 혹은 똘똘하지 못한 행동을 하거나 무시당하는 건 못 참을 것 같다. 그런 성향 탓인지, 세상에 태어난 첫 조카와 정말 많은 것들을 했다. 아니, 나뿐만 아니라 우리 가족 모두는 손자이자 아들이며 조카인 윤태와 많은 것들을 함께했다. 난 어릴 때부터 해외를 많이 데리고 다니고, 현장학습 체험 계획서를 제출한 후 어린이 명예 경찰단 캠프를 데리고 가기도 했으며, 밀리터리룩 패션과 내 기준에 필요 것들을 공급했다. 바쁜 언니를 대신해 엄마는 거의 낳자마자 맡겨진 손자를 아예 도맡아 키우셨고, 마치 아들 없는 집이란 소리를 들었던 과거를 보상받듯이, 우리 세 딸을 키울 때보다 더 지극 정성으로 사랑을 아끼지 않으셨다.

언니와 형부야 자식이니 말할 것도 없고, 동생은 준비물이며 간식뿐만 아니라, 워낙 어릴 때부터 교회 교사와 피아노 반주자와 선생님으로 살아왔기에 정신적인 교육과 훈계 등을 담당했다. 물론 이런 가족의 기대가 우리 조카에겐 부담이었을지 모른다는 생각을 이제 와서 하게 된다. 하지만 초등학교 졸업 후 바로 중국 국제학교에 진학한 조카는 현재 영어와 중국어를 구사하며 중국에 있는 대학을 준비하는 어엿한 고등학교 2학년 학생이 되었다. 엄마는 미래도 좋지만 어릴 적부터 혼자 떨어져 생활하는 손자를 마냥 안타까워하시고, 우리가족은 하나밖에 없는 손자와 아들이자 조카인 윤태를 위한 뒷바라지를 아끼지 않고 있다. 또 동생과 나는 조카가 오는 방학이면 열 일 제치고 집중하는 생활을 지속하고 있다.

다시 그 때의 시점을 돌이켜 얘기한다면, 난 지금도 스토킹 관련 의뢰가 들어오면 직접 상담을 하고, 현장에 나가 고충을 파악하고, 24시간 같이 상주하며 해결하려 한다. 동병상련이라고, 스토킹 피해를 경험하며 정신적 고통과 스트레스를 경험했기에, 가능하면 스토킹 피해자만큼은 내가 조금이라도 도움을 주고 싶다는 생각이 간절하다.

어찌 되었든 짧은 시간 동안 허가 취소로 인한 손실과 악연으로 인한 현장 매출 손실 및 정신적인 피해 때문에 대외 활동을 거의 중단했다. 그리고 피해 복구와 소송에 대비한 나날을 보냈다.

그리고 나서 시작된 가을엔 전과는 차원이 다르게 복합적인 배신을 겪고, 프로젝트가 빼돌려져 일은 무산되고, 이사에게 연결한 지인들까지 다 잃고 말았다. 정말 어떻게 갔는지 모르게 정신없이 피폐해진 시간들이었다. 12월엔 강의하러 가다가 눈길에 멈추면서 앞 택시의 뒤범퍼가 닿았는데, 강의 일정이 있어 명함만 주고 이동했고, 강의 후 연락했더니 뒤범퍼를 교체한다기에 보험 접수 처리를 해주었다. 그런데 다음 날 연락 오더니 왜 대인 접수는 안 하느냐면서, 본인은 병원에 입원했다고 전화가 왔다. 충돌이 있었던 것도 아니고 부딪친 것도 아닌데 정말 어이가 없었지만, 이미 몸도 맘도 지쳐 있던 터라 대인 접수까지 다 해주고 말았다.

내 차는 티도 안 나서 타고 다니던 중, 현장 갔다 오는 길에 맨 앞에서 좌회전 신호를 받고 진입하는데, 과속하며 직진하던 차가 와서 바로 받아버렸다. 다행히 조수석 쪽이어서 크게 다치지는 않았지만, 차는 충돌 부위가 다 손상되었다. 그렇게 12월 한 달에 두 번 교통사고를 치르고 한 해를 마감했다. 세상 사람들이 말하는 액땜? 그 액땜이란 것을 톡톡히 치르고, 30대 중반을 꺾은 것이다.

정말 뭘 어떻게 해야 할지 모르는 상황에서 소송은 그 이후로도 2년간 지속되어 4년이란 시간을 허비했다. 그 소송뿐만 아니라 인건비 못 받은 건, 투자 건, 보증금 넣거나 지인 소개로 프랜차이즈 비용 넣은 건 등의 일로 경찰서와 법원, 검찰 등을 다니며 고소와 진술, 법정 출석을 하며 진이 빠져버렸다. 그러면서 인연 정리를 하게 되었고, 검증되지 않거나 잘 알지도 못하는 사람들을 무분별하게 사업과 연계시켜 피해 본 일들이 많았음을 깨닫게 되었다. 그리곤 2013년 초심의 한 해를 만들면서, 그 당시 큰 힘이 되었던 가족과 신앙생활, 퍼스트 식구들에게 집중하게 되는 계기가 만들어졌다.

어떻게 보면 지금 와서 할 수 있는 얘기지만, 그 고난들을 통해 지금의 내가 있다고 생각한다. 난 원래 병원을 잘 가지 않는 사람인데, 속이 너무 아파 위염으로 아픈 몸을 이끌고 병원을 찾아다니고, 금요 철야나 새벽기도도 다녔다. 그 당시에는 '사람이 이래서 죽는구나!' 하는 생각이 들 정도였다. 생각할수록 분하고, 억울하고, '내가 어떻게 일궈온 사업장인데,' 하는 생각과 '10년을 함께해오면서 가족처럼 지냈는데 어떻게 나한테 이럴 수 있지?' 하는 분노와 함께 사람들을 보는 게 싫어져서 대인기피 현상까지 이어졌다. 만사 다 귀찮고 싫었던 그 시간. 그래서 혼자 있는 시간을 통해 나를 돌아볼 수 있었다. 그동안의 시행착오를 객관적으로 판단할 수 있었으며, 내 사람이라 생각하는 사람에게 간, 쓸개 다 빼주는 나의 성향도 좀 고쳐야겠다고 다짐했다.

물론 천성인지 아직도 잘 고쳐지진 않는다. 그리고 어르신들께서 인력 사업하는 사람은 사람에게 상처받는 거에 익숙해져야 하고, 어쩌면 업종 선택에 따른 숙명이라고들 하셨다. 지인 회장님 한 분은 크게 종합건설을 운영하신다. 뵙기에 너무 인자하고 편안한 인상이어서 마치 목회자나 교수님을 연상시키는 비주얼이신데, 친한 친구에게 배신당해 백억 대의 피해를 입고 신용 불량자가 되셨다고 한다. 그래서 명의를 20년 지기 친구에게 맡기고 건물을 지었는데, 그 20년 지기가 건물을 갖고 또 배신했다고 한다. 인간사에 비일비재한 이런 일들…. 솔직히 다시 겪긴 싫지만, 그로 인해 사람을 보는 안목과 그런 사람을 대하는 태도 등을 아주 큰 수업료를 내고 배울 수 있었다.

언젠가 김창옥 교수님의 '그래! 여기까지 잘 왔다'라는 짧은 강연을 접한 적이 있었다. 너무 많은 공감을 했고, 동시에 나 자신에게 너무 미안하단 생각이 들었다. 나는 노는 법과 쉬는 법을 몰랐고, 스케줄이 비어 있으면 늘 불안해했다. 늘 나 자신을 들들 볶았고, 안주하면 도태된다는 강박관념에 사로잡혀 나 자신을 업그레이드하는 데 연연했고, 스펙 쌓기에 너무 치중하며 살아왔다. 강연을 들으며 그런 내 삶이 스쳐 지나갔다.

〈창세기〉 말씀에 안식에 대한 언급이 있다. 쉬는 날엔 쉬어야 하는데, 무언가를 하지 않고 그냥 쉬는 일이 내겐 너무나도 어려운 일이었다. 그래서 새로운 모임에 갔다가 동업 제안을 받아 재정 손실을 겪기도 했고, 쉬지 않고 있다가 지인의 권유로 모르는 분야에 투자하거나 사업 진행을 계획해 손해 본 적도 많았다. 그래도 이제는 재테크와 시테크보다 '쉼테크'가 중요하다는 걸 이론적으로나마 알게 되었다. 이론뿐만 아니라 실행에 옮겨야 함에도, 한 번에 한 가지만 하는 일상에 만족하지 못하고 성에 차지 않아, 사업하면서도 뭔가를 배우러 다니고, 자격증을 따야 하고, 휴일에 맞춰 나 자신의 가치를 높일 만한 뭔가를 해야 하는 사람이다.

파스칼이 말하기를, '모든 불행의 근원은 한 가지! 인간에게는 조용히 홀로 자신의 방에 머물 수 있는 능력이 없다는 것'이라고 했다. 내가 정말 그런 사람이었다. 그러나 지금 시점에 알게 된 건, 시간을 사는 것이 아니라, '때'를 찾고 그때를 기다리는 것도 삶의 지혜일 수 있다는 것이다.

2012년 난 엄마와 둘이 장가계, 원가계를 다녀왔다. 아바타 촬영지이기도 하고, 평생 꼭 가볼 만한 여행지로 선정된 곳이라 무작정 출발했다. 엄마와 많은 대화를 했고, 광활하고 기이한 자연을 접하며 위대함을 느끼고, 나 자신을 돌아볼 수 있는 귀한 시간이었다.

그중에 천문산이라고 하는 999개의 계단이 있었다. 엄마는 워낙 산을 잘 타고 운동을 많이 하셔서 체력이 좋으시다. 그런데 그것 또한 나중에 알고 보니, 혹시나 쓰러지거나 해서 우리에게 폐를 끼치거나 피해 주는 일 없도록 건강관리를 해 오신 까닭이었다. 엄마를 따라 999계단을 힘들게 올라갔는데, 막상 올라가 보니 가운데 공간이 뚫려 있었다. 그곳은 하늘로 올라가는 문이라고 칭한다 했다. 정말 고생해서 올라갔는데, 올라가서는 너무 실망하고 허무했다. 심지어 엄마는 "에이! 아무것도 없네!" 하며 바로 내려가 버리셨다. 난 안 올라가려다가 엄마 때문에 따라간 거였는데, 같이 사진 한 장도 안 찍고 넘 시크하게 그냥 내려가 버리셨다.

엄마도 나도 감정표현을 잘 못 하는 성향의 사람이지만, 억새고 꿋꿋하게 살아왔다. 가족들이 내 이런 성향이 딱 엄마 닮았다는데, 엄마만 부정하신다. 돌이켜보면, 엄마의 성향이 그러니 40대에 혼자되셨어도 꿋꿋하게 우리 세 자매 이렇게 키울 수 있었을 거란 생각이 들어 더 존경스럽다. 스트레스 중 가장 큰 게 배우자를 잃는 사건이라고 들은 적 있다. 그 당시 엄마는 배우자를 잃었을 뿐 아니라, 남겨진 어린 세 딸에 대한 책임감으로 엄청 마음이 무거웠을 것이다. 그런 엄마의 고생에 대한 보답이라도 하듯 우린 각자의 영역을 잘 개척해서 지금의 자리에 있다. 어렸을 적 동네에서 아들 있다고 은근히 우리 엄마를 측은히 여겼던 분들이 지금은 엄마 팔자가 제일 좋은 것 같다며 부러워하신다.

엄마는 60대 후반에 운전 면허증을 취득하고, 영어와 컴퓨터를 배우러 다니기도 하며, 우리들처럼 스마트폰 기능들을 잘 사용하신다. 늘 그 자리에 멈춰 있지 않고 도전의 삶을 사셨고, 우린 그런 엄마를 보며 자라왔다. 여성으로의 삶은 포기하다시피 하고 엄마로서의 삶으로만 만족해야 했지만, 지금도 만일 우리가 없었으면 어떡할 뻔했냐며, "두 명 정도를 더 낳을걸." 하신다. 우린 서로 엄마를 차지하기 위해 각자 엄마와의 일정들을 잡고, 가족들과 함께하는 시간이 참 많다. 특히 매년 5월 우린 가정 파산의 달! 올해 5월엔 내 생일과 아빠 23주기 기일이 겹친 5일을 시작으로 어버이날, 스승의 날, 엄마 생신, 언니 생일, 가족여행 등의 일정이 있었고, 일주일 뒤엔 동생 생일 파티를 했다.

한 지인 정신과 원장님이 조언을 해주셨는데, 가족 간의 유대관계가 너무 좋은 것이 싱글 탈출을 못 하는 원인이라며, 가족과 거리를 좀 두라고 하셨다. 심지어는 이모가 엄마한테 말씀하시길, 가족들과 늘 같이 있고 뭔가를 같이 하니까 외롭고 아쉬운 것도 없어서 사람 만날 생각도 안 하는 거라며, 날 집에서 쫓아내라 하셨다고 한다. 모두가 웃고 넘겼지만, 아직도 엄마는 내가 걱정되시나 보다. 요즘 들어 부쩍 "넌 엄마 없으면 어떻게 살래?" 이렇게 협박하시면서도 대부도 펜션을 가시면 잘 안 오신다. 게다가 최근에 이모까지 이사 오셔서 완전히 방치당하며 살고 있다. 물론 그래도 요즘의 삶이 너무 행복하고 감사하다.

2012년 최악의 한 해를 보내며 바닥을 쳤지만, 나를 사랑해주는 가족이 있고, 믿고 의지하는 신앙생활이 있으며, 함께 가는 동역자들이 있다. 이 순간 조정민 목사님의 말씀이 생각난다. **사람은 믿고 의지하는 대상이 아니라, 그저 배려하고 사랑하는 대상이라는 것.** 사람으로 인해 많은 상처를 받았고, 그로 인해 더할 나위 없이 많이 힘든 순간들을 보냈지만, 분명한 건 반지에 새겨진 말처럼 된다. '이것 또한 지나가리라.' 그리고 지금 난 힘들었지만 잘 지나왔고, 앞으로 펼쳐질 멋진 인생 설계를 위한 도전의 시간과 순간에 설레는 나날을 보내고 있다.

2014년 베트남 아웃리치를 다녀와서 그 해 12월 크리스마스 이브까지 2박3일을 '샤이닝글로리'라는 영성훈련을 다녀온 적이 있었다. 가자마자 전화기와 시계를 반납하라는 말에 난 시계만 제출하고 전화기는 갖고 있다가 저녁에 적발(?)되어 늦었지만 규정에 순종했다. 사실 그 때까지만 하더라도 1996년 휴대전화를 쓴 시점부터 단 한 번도 전화기를 떼어놓고 살아본 적이 없었다. 해외출장을 가더라도 늘 항상 휴대를 했었기에 전화기가 없는 삶이 불안하게 느껴졌었다. 하지만 반납 후에 느낀 자유, 그리고 프로그램에 집중할 수 있었다. 사실 크리스마스 시즌이라 정해진 행사 말고는 바쁜 일도 없고 연락 올 곳도 없는 시점이긴 했다. 그 동안의 삶을 돌아볼 수 있는 귀한 2박3일의 시간이었고, 앞으로의 삶의 방향과 목적을 재정립할 수 있는 시점이었다. 수료 후 들은 얘기인데 정장 착용 공지를 받아 늘 상 하고 다니듯이 블랙슈트에 이니셜 넣은맞춤 셔츠, 커프스, 롱코트 차림을 보고는 프로그램 참여 안한 채 제일먼저 박차고 나갈 것이라 생각했다는 전언을 들었다. 보여지는 외관만으로 사람을 평가하면 안 되는데…. 이래 봬도 부드러운 여성이라는 거, 아니 그런 여성이길 원하는 건지도….

조금은 와전된 스토리일 진 모르나 하버드대학에 기부를 하러 갔다가 남루한 행색으로 무시 받아 직접 설립하게 되었다는 스탠포드 대학의 일화도 사람을 비주얼로만 판단해서는 안된다는 교훈을 준다.

지금 무언가로 인해 너무나도 절망적이고 힘든 상황을 보내고 있는가? 걱정하지 말자! 지금의 이 순간은 분명 지나갈 것이고, 이 순간은 밑거름되어 그대 인생의 멋진 디딤돌과 마스터키가 되어줄 것이다.

좋은 노래 제목처럼 '그대여, 아무 걱정 하지 말아요!'

함부로 인연을 맺지 마라!

책을 쓰다 보니 유난히 글이 잘 써지는 날이 있는 것 같다. 물론 시간대는 새벽! 사실 생각이나 글보다는 행동이 앞서는 사람이다 보니, 글 쓰는 일이 이토록 에너지가 필요하고 힘든 일인지 미처 몰랐다. 글 쓰는 분들에 대한 존경심이 생기는 요즘이다.

유난히 쓰기 싫어 미뤄오던 '위기(Crisis)' 장이고, 그러다가 그간 집필을 위해 모아온 사진 600여 장을 손실했다. 그 부분에 대한 글을 쓰려니 그때의 힘듦과 속상함과 스트레스가 다시 기억되어 차일피일 미루다가, 휴대폰 저장 공간이 부족해 SD카드 구입 후 파일을 옮기던 중, 그간의 이런저런 상황과 인터넷을 통해 '캡처'해 온 많은 사진들이 유실됐다. 복원이 안 된다고 해서 몇 날 며칠 상심했지만, 다시 다잡아가는 나날들이다. 난 사람들을 참 좋아하지만, 20년의 사회생활을 통해 느끼고 배운 소중한 자산은, 함부로 인연을 맺지 말아야겠다는 다짐과 결론을 내리게 되는 요즘이다.

사업 초창기엔 사람을 많이 알아가야 하고, 배워야 할 부분이 많다고 생각해서, 새벽 조찬부터 시작해서 양적으로 팽창된 모임과 인간관계를 맺어왔다. 그러다가 사업이 어느 정도 안정되고 자리를 잡아가면서 초창기의 적극적인 모임 참석은 줄었지만 사업을 같이 해보자는 제안이나 투자 현장, 같이 일하고 싶다는 사람과 지인의 부탁으로 소개 받아 입사한 구성원들은 점점 많아졌다. 그러다 보니 입찰을 담당하겠다던 경력직의 상무님은 입찰 받은 현장의 실적만 남긴 채 수익을 본인에게 귀속시키며 회사에 이런저런 손해를 끼쳤고, 또 비주얼 좋고 군 장교 출신에 석사를 마친, 업계 엘리트로 인정받을 만한 본부장은 일을 배우겠다며 와서는 맡겨놓은 현장들을 빼돌려 법인을 설립했다. 그래놓고 SNS에 기존 우리 현장의 주주총회 업무 투입한 사진을 버젓이 올리며, 업무 실적으로 자랑하기까지 했었다. 또 고등학교 후배이자 한별단 후배로서 무척 아끼고, JC 입회비를 내주며 같이 활동하고, 자격증 시험 준비를 위해 배려하여 건물관리 주야간 급여를 책정해 공부할 시간을 주기도 했던 팀장이 있었다. 그는 열심히 공부해서 경비지도사 자격증을 취득했고, 군대에 가야 하는데 석사 과정에 진학하면 미룰 수 있어서 대학원 진학 과정을 연계해주고, 20대 중반에 결혼할 땐 은사님께 부탁드려 친히 주례까지 서게 해준 많은 일들이 있었다. 내 사람이라 생각하면 올 인하는 이 성향을 예전엔 장점이라고 생각했다. 하지만 20년의 경호원 생활과 13년의 사업을 통해 겪어온바, 결과적으로는 사실 단점에 가까운 장점이자 단점으로 작용했다.

그렇게까지 했던 이 후배와의 끝은, JC에서는 술에 많이 취해 본인이 먼저 입회했다는 이유로 훨씬 형님인 사무국장을 폭행하고, 또 술에 취해 공무원을 폭행한 사건들이 있었다. 고등학교 후배에 부천이라는 동향, 대학원 동일 학과 후배라 더 신경 쓰며 은사님께 주례까지 부탁했는데 이혼을 했고, 게다가 회사 내부 실장 및 현장 외부 실장과 연합하여 하도급 현장을 빼돌린 일로 퇴사하며 차라리 인연을 맺지 않았으면 더 좋았을 관계로 전락되고 말았다.

여군 출신 사격 선수였던 동생의 남편이라 해서 채용한 실장은 PC도 잘 다루고 웹사이트를 직접 만들 정도의 실력이라 내부 행정을 맡기고, 도의원 선거 시 파견을 보냈다. 그런데 그쪽 직원으로 매수되려던 과정이 있었고, 외부 실장에게 사전보고 없이 계약서를 반출하여 매출을 누락시켰으며, 다른 현장은 사고로 이어져 결국 법인의 경비업 허가가 취소되는 극단의 결과를 초래하며 퇴사하고 말았다. 이미 많은 상처를 받은 상태였는데, 외부에서 현장 일을 하던 실장은 이미 회사와 연을 끊은 상태에서도, 갖고 있던 계약서로 기존에 담당하던 현장에 재투입 했고, 명의를 무단도용 후 단가덤핑을 하여 현장 업무를 하다가, 관할 경찰서 생활안전계 연락을 통해 발각되었다. 초창기엔 관리 법인의 시설 경비로 들어가던 큰 건물의 현장이었는데, 나중엔 관리권으로 인한 분쟁으로 재요청했던 모양이다. 직접 하겠다는 욕심에 인 단가를 덤핑하여 계약을 체결했고, 그 과정에서 폭력 사태가 발생했다는 것이다. 너무 괘씸하고 분해서 일단 무허가 경비업과 사문서위조로 고소장을 제출했다. 무허가 경비업은 3년 이하의 징역과 3천만 원 이하의 벌금이 부과되는, 업계에선 가장 큰 처분인데, 그 부분은 적용이 안 되고 사문서위조에 대한 벌금만 부과되고, 오히려 법인에 행정 처분이 떨어졌다. 당 사 계약서가 들어갔고, 기존에 우리 법인 현장이라는 결론으로 그들끼리 조사를 마쳤고, 그에 의해 경기도 법인의 경비업 허가가 취소되었다.

나중에 알고 보니 그 현장은 이미 여러 업체가 편파적인 부분으로 피해를 보았고, 예전에 업무 진행했을 때의 일반 시설경비 현장이 아니었다. 계약서에 찍힌 도장도 법인 도장이 아니었다. 그 현장 미팅이 어떻게 이루어졌는지, 언제부터 업무가 진행되었는지도 모르게, 하루아침에 우리 법인은 허가가 취소되었다. 허가 취소 당시 법인 대표는 몇 년간 법인 대표로 있을 수가 없어서, 그 당시 대표로 있던 다른 법인의 대표직도 내려놓게 되었다. 양벌규정이 적용되어 대표에게도 경비업법 위반이라는 꼬리표가 붙었다. 게다가 허가 취소는 행정적인 부분이고, 형사 재판이 병합으로 이루어져 분쟁이 있는 관리업체와 용역 법인들 입주자 대표회장 간에 몇 년에 걸친 재판이 지속되었다. 허가는 이미 취소된 상태였고, 난 행위 주체자가 아님을 증명하기 위해 명의 도용한 실장을 위증 등으로 또 고소하고 재판 과정에 임했다.

5명이 병합재판을 하는 과정에서 장애인과 단체들 수십 명을 고용해 폭력과 영업 방해를 일삼으며, 기존 관리업체의 업무를 빼앗은 업체는 이미 병합재판에서 제외되었다. 그리고 그쪽에서 고용한 용역업체 대표는 소위 말해 바지사장이라 일컫는 사람으로, 이미 간암 수술을 하고 요양을 하고 있었는데, 그러한 상황들이 인정되었다. 원래 관리를 하던 업체 대표는 어떤 상황이었는지 법정 구속, 입주자 대표회장은 벌금형과 집행유예, 내게도 경비업법 위반의 결과가 내려졌다.

현장매출의 거의 대부분이 계열사에 귀속되었는데, 문제는 우리 법인을 거쳐서 간 부분이었고, 증인들 또한 계열사 대표에게 지시받아 위증으로 대처했다. 그렇게 1심이 끝나고 2심에 변호사를 선임했으나, 사건 결과는 바뀌지 않았다. 난 실장을 위증으로 고소하여 거짓된 증언들을 바로잡으려 했으나, 그 또한 실장에게 벌금형만으로 종료되었다. 어차피 3심은 서류로 진행되기에, 수백 장 되는 사건 기록을 일일이 복사해 와서 연일 날을 새가며 줄을 치고, 내용을 확인해가며 증거자료가 되는 페이지를 찾고, 사진 자료들을 다 복사해 그 자료만 160페이지 정도가 나왔다. 그럼에도 불구하고 상고 역시도 받아들여지지 않았다. 이렇게 난 인생 최대의 위기 상황을 겪어야만 했다.

그리고 관리권을 빼앗으려는 업체 측에서 한 말이 떠올랐다. 이미 결과는 나와 있고, 경찰이든 검찰이든 가봤자 너희만 처벌받을 것이라고 공공연하게 내비치며, 재판 과정 중에도 폭력과 악행을 일삼았다. 물론 구체적으로 관여된 사람이나 말들을 다 언급할 순 없지만, 이미 그 얘기를 들었던 터인 데다가, 그 당시 박경감이란 분이 우리 업계 사람들에게 본인이 우리 회사 경비업 취소했다며 자랑했다는 얘기를 들은 바 있었다. 그래서 따지러 갔더니, 한 번은 근무시간에 자고 있었고, 한번은 책상에 다리를 올린 채 있다가 본척만척하더니, 잡상인 취급을 하며 부하 경관들에 의해 제지당하게 하였다.

이런 상황을 직접 겪고 나니 어디 하소연할 곳도 없고, 그간의 노력이나 삶이 물거품으로 돌아가는 듯한 상실감에 빠졌다. 잘 꾸려가던 경기도 법인의 경비업은 운영할 수 없는 행정상의 상황이 되었고, 경비업이 취소된 법인은 상관없지만, 경비업을 운영하는 법인의 대표는 결격사유에 해당하여 지속할 수 없었다. 정말 막막한 상황이었다.

최근에 거래처 대표님이 누명으로 인해 1년의 징역 생활을 했는데, 그 안에서 일일이 자료를 다 찾아 내역을 파악하여 억울함을 벗고 나오셨다. 그러나 1년의 부재로 인한 사업 손실과 스트레스로 인한 심장 수술을 해야만 했는데, 정부에서는 하루에 일당 얼마 정산해서 보상해주면 그만이라고 한다. 지인 중 한 분은 범죄를 일으킨 가해자에게 너무 시달리고 괴로워서, 혹은 괘씸함에 자수했는데, 검거 형식이 되어 법정 구속되는 일도 있었다. 리조트 건으로 투자했던 대표 중 한명은 투자금 반환을 이행하지 않아 사기로 고소를 했는데, 그 당시 엉뚱하게도 주가 조작으로 구속이 되는 일이 있었다. 결국 사무실만 빌려준 것이라는 결과가 입증되어 출소했지만 아직도 투자한 자금은 묶인 상태이다. 그분 또한 억울함이 밝혀져 나오셨는데, 진행하던 대형 프로젝트 리조트 건은 이미 날아갔고, 바닥에서 다시 재기를 준비해야 하는 상황이어서, 투자한 자금에 대한 회수 독촉도 못 하는 상태이다.

그 상황에서 10년을 함께한 이사님과 팀으로 연계시켜놓았던 지인들의 사건이 일어난 것이다. 그 해에 해외 용병 사업과 해상보안 관련 프로젝트를 준비하고 있었다. 그래서 중국 경호원을 양성하기 위해 교관으로 같이 파견되었던 육사 출신의 본부장과 이라크 사업을 하시는 기업인, UDT 출신의 그 당시 JC 후배를 이사님께 연결시키고 프로젝트를 준비하던 시점이었다. 지속적인 회의와 미팅을 해야 했으나, 난 법원 재판 건으로 그쪽에 매진해야 했다. 이사님을 믿었기에 전반적으로 위임한 상태였지만 신의는 같이해온 날들과 지나온 시간에 정비례하지 않는다는 걸 절실하게 깨우치게 되었다.

어느 날인가는 외부에서 미팅이 있어 커피숍을 갔는데, 본부장님과 이사님, 후배가 있어 만났다. 난 반가워하며 사무실에 회의실 두고 왜 시끄러운 데 있느냐고, 편하게 가서 얘기하라며 지나쳤다. 그게 역적모의일지 까마득하게 모른 채 말이다.

알게 된 스토리가 실은 더 기 막힌다. 내가 진행하려고 했던 프로젝트와 사업명 그대로 그들은 500만 원 자본금의 법인을 설립했고, 서로가 함구한 채 일이 진행되었다고 한다. 난 그때 500만 원으로도 법인 설립이 된다는 걸 처음 알았다. 자본금 제도가 없어진 때였고, 3명은 40대 후반에서 50대, 후배라고 부르고 싶지도 않지만, 그 후배는 20대! 원래 내 계획은 후배가 UDT 출신이니 용병의 자원을 채용하고 양성하는 역할을 맡기려 했다. 그리고 그들은 우리 법인과 연계된 중국 회사에 여러 차례 다녀왔고, 이사는 '고 대표 인맥을 이용해야 하니 말하지 말라'는 입장으로, 후배는 '선배인 내가 우리 중국 회사 간 것 모르니 비밀로 해 달라'며 그들끼리의 암묵적인 관계가 지속되다가, 막상 법인을 설립하니 그 후배가 토사구팽 당했다. 그러자 내게 와 그간의 상황들을 다 이실직고했다.

중국 회사에 출장 갈 때 이사와 실장 대동을 했고, 마카오 오픈식과 주해 훈련기지 오픈식에도 같이 출장을 갔었다. 그때 이사님과 비슷한 연령대의 조선족 부사장과 업무를 진행했다. 그 당시 우리가 워커힐 클럽 행사를 전담했는데, 실장이 중국 부사장을 카지노에서 봤다는 보고가 그제야 생각났다. 이런 무딘 촉으로 어떻게 그동안 사업을 했을까 생각될 정도로 나 자신이 한심스러웠다.

그러나 그럴 수 있었던 배경은 10년이라는 세월을 함께한 이사님에 대한 신뢰였다. 이사님 아버님이 돌아가셨을 때 지방에 있는 관련 지인들까지 다 불러 조의를 표하고, 조카 중국에 유학 갈 때 이사님 아들을 같이 보내서 온 가족들과도 잘 지내던 분이셨다. 사업을 시작하기도 전에 민간조사협회 일원으로서, 기수는 내가 선배지만 이런저런 많은 조언을 주셨던 분이기도 했다. 뻔뻔하게도 그런 사실을 몰랐을 때 내가 대회장으로 개최하는 종합무술연합회 대회에 해상보안 교육기관 외국 대표님과 다 같이 왔었다. 난 아무 생각 없이 이런저런 안내를 하고 사진을 같이 찍고, 해외 손님 불편하지 않게 잘해드려야 하지 않냐고 배려를 했다. 그런데 그 과정들이 모두 배신을 위한 준비 기간이었다고 생각하니 밤잠이 오지 않았다. 당시의 법적인 판결과 사람으로 인한 배신감으로 인해 신경성 위염과 장염, 탈모, 불면증 등의 고통을 겪었다. 정신적인 피해와 함께 건강 또한 최악의 상태였다.

후배의 얘기를 듣고 당장 모두 호출했고, 날을 잡아 전체에게 통보했는데, 이사님은 오지 않았다. 그때의 상황은 아마 얘기하지 않아도 짐작이 갈 거라고 생각한다. 모두 한입으로 책임과 잘못을 이사님께 떠넘겼고, 난 모두가 보는 앞에서 소리 질러가며 배신감과 실망감을 표현했다. '할 말이 없으니 못 왔겠지.' 하는 생각이 더 서글프게 만들었다. 그리곤 셰익스피어의 말을 떠올리며 스스로를 위로했다. **"배반당한 사람은 배반 때문에 상처 입지만, 배반한 사람은 한층 더 비참한 상태에 놓인다." 그 말과 더불어 "전쟁은 하나님께 속한 것"이라는 말씀이 얼마나 위안이 됐는지 모른다.**

그 일 이후로 알아본 상황이 더 실망스럽긴 했다. 육사 출신의 본부장은 해외에서 군수물자를 빼돌리다가 불명예로 전역한 사람이었고, 그들과 외국의 기관이 우리와 연계된 중국 회사와 계약을 했는데, 결국엔 국제소송으로 번졌다고 한다. 그들끼리도 흩어졌다는 얘기를 들었는데, 난 그 시점 이후로 이사님의 전화번호를 삭제하고 연락처를 수신 거부 해놓은 채, 한 번도 본 적이 없다. 솔직히 앞으로도 보고 싶지 않은 사람으로 분류한다. 솔직히 이러한 일들이 내 인생의 오점일 수도 있고, 시행착오를 드러내는 일이 유쾌하진 않다. 하지만 분명히 말하고 싶은 건 아무나, 누구하고나 쉽게 함부로 인연을 맺고, 피해를 당하거나 상처 입지 않았으면 하는 간절한 바람을 갖고 있다. 종교를 떠나 법정 스님의 말씀처럼, 인연을 맺을 때 대부분 피해는 진실 없는 사람에게 진실을 쏟아 부은 대가로 받는 벌이라고 한다.

가끔 업무 미팅을 하고 나면 다른 지인을 통해서 누가 나를 좀 알아봐 달라고 했다는 얘기들을 듣곤 한다. 그래서 어릴 때부터 열심히 잘사는 사람이라고 전해줬다고 하면서 연락을 주신다. 뒤로 알아보는 것이 때로는 불쾌한 일이지만, 남에게 폐 끼치지 않고 열심히 살아왔음을 자부하기에, 차라리 그렇게 해서라도 만남의 축복이 있는 사람들과만 교류하며 살고 싶다는 생각을 하기도 한다.

난 개인적으로 남자든 여자든 의리 있는 사람이 좋다. 몇 년 전 건물관리 현장을 담당하던 실장이 있었는데, 처음에는 계약이 파기된 관리업체 직원이었다. 그런데 어느 순간 우리가 계약하면서 우리 회사 식구로 있다가 분양 팀으로 옮기더니, 시행사로 갔다가 시공사로 갔다가 신탁 소속으로 일을 보더니, 어느 순간 공매 낙찰된 회사의 직원이 되어 있었다. 순간순간의 이익에 따라 움직이고, 그전에 있었던 회사의 약점을 잡아서 본인의 강점으로 삼아, 이익이 되는 조직에 몸담던 직원이었다. 결국, 어떤 일인지는 모르겠지만, 사람들에 둘러싸여 몰매를 맞는 황당한 사건을 겪은 뒤 자취를 감췄다. 어린 친구가 왜 사는 법을 저렇게 배웠을까 안쓰럽긴 했지만, 다시 상종하고 싶진 않다.

나라는 사람이 글을 전문적으로 쓰는 사람이 아닌 상태에서 그 때의 감정들이 배가되어 극단적인 표현들이 있는 것 같기도 한데, 이럴 정도로 그 당시의 상황은 최악이었다. 그리고는 결국 사람이 전부인데 진실을 쏟아 부을 대상을 잘 살피고, 귀하게 맺은 인연들과 소중하게 그 인연들을 지속하고 싶은 마음이 간절하다. 새벽 4시가 넘었다. 새벽 미명의 시간에 이러한 마음들이 잘 전달될 수 있기를 바라며, 그때의 기억들도 접으려 한다.

함부로 인연을 맺지 마라. - 법정스님 -

진정한 인연과 스쳐가는 인연은 구분해서 인연을 맺어야 한다. 진정한 인연이라면 최선을 다해서 좋은 인연을 맺도록 노력하고, 스쳐가는 인연이라면 무심코 지나쳐버려야 한다.

그것을 구분하지 못하고 만나는 모든 사람들과 헤프게 인연을 맺어놓으면 쓸 만한 인연을 만나지 못하는 대신에 어설픈 인연만 만나게 되어 그들에 의해 삶이 침해되는 고통을 받아야 한다.

인연을 맺음에 너무 헤퍼서는 안 된다.

옷깃을 한번 스친 사람들까지 인연을 맺으려고 하는 것은 불필요한 소모적인 일이다.

수많은 사람들과 접촉하고 살아가고 있는 우리지만 인간적인 필요에서 접촉하며 살아가는 사람들은 주위에 몇몇 사람들에 불과하고, 그들만이라도 진실한 인연을 맺어 놓으면 좋은 삶을 마련하는 데는 부족함이 없다.

진실은, 진실된 사람에게만 투자해야 한다. 그래야 그것이 좋은 일로 결실을 맺는다. 아무에게나 진실을 투자하는 건 위험한 일이다.
그것은 상대방에게 내가 쥔 화투패를 일방적으로 보여 주는 것과 다름없는 어리석음이다.

우리는 인연을 맺음으로써 도움을 받기도 하지만
그에 못지않게 피해도 많이 당하는데 대부분의 피해는 진실 없는 사람에게 진실을 쏟아 부은 대가로 받는 벌이다.

떠나는 이의 뒷모습은 아름다워야 한다

처음 출발한 곳에서의 마음을 잃어버리면
다시 돌아갈 곳이 없어진다. - 김제동 -

2016년 7월 초 여성가족부 대표 멘토들과의 만남에서 큰 도전을 받고, 2005년 첫 옴니버스 형식의 책 출간 이후 10여 년 동안 잡아온 뼈대에 본격적으로 살을 붙이는 글쓰기 작업이 시작되었다. 그래서 유난히 더웠던 올여름 캄보디아 의료 사역 외에는 햇빛 받을 일이 거의 없었다.

그리고 어김없이 본연의 임무와 자리에서 크게 든 작게 든 이탈의 조짐이 생길 때 나타나는 현상…. 강연 때마다 외치는 하인리히 법칙! 소 잃고 외양간 고친다는데, 외양간도 안 고치고 매번 소만 잃어간다며 성토하는 나 역시 늘 같은 부류의 사건으로 힘들어하고 상처받는 미숙한 사람이다. 물론 한편으로는 감사해야 할 사건일 수도 있다. 이런 사건이 일어나고 나면 다시금 초심을 잡고, 정신을 차리고, 재정비하는 수순을 밟아왔기 때문이다.

우물에 침을 뱉고 간 사람… 다시 마실 일 없을 거란 생각이었겠지만 결국 목이 마르면 그 우물을 다시 찾게 되어 있다. 그간 그러한 사람들로 인해 이미 많은 상처를 받았고, 그로 인해 더 다져지고 단단해진 시간이었다.

회사에서 담당하던 현장 일을 몰래 하다 발각되기도 하고, 매출이 빼돌려지기도 했으며, 간 크게 명의도용을 한 외부실장도 있었다. 사업초창기에 회사 차량은 관리가 안 되어 엔진이 달라붙고, 숙소는 보증금은 다 차감된 채 전기세 등 공과금이 밀린 상태로 정리된 일들도 있었다. 또한 회사의 거래처 관계자들과 같이 회사를 차리거나, 프로젝트를 빼돌려 나간 사람도 있었다. 더 이상 얘기한다는 게 점점 내 얼굴에 침 뱉기인 상황인지라 일단 믿는다는 전제 조건하에 관리부실이었고, 같은 실수를 여러 번 겪는다는 건 나의 문제가 있을 것이다.

그래도 어르신들이 말씀하시는 '집 나간 고양이'는 같이 나간 그들끼리의 와해든, 순간의 실수든 다시 합류시키지 않았다. 남아있는 식구들에 대한 예의라 생각했고, 남자든 여자든 의리를 중시하는 나로서 용납하지 못할 일들이었다. 물론 '길 잃은 강아지'의 경우는 예외적용이 있을 수 있다고 생각한다. 회사에 '퍼스트의 심장'이라 여기며 부를 정도로 남들에게 자신하며 오랜 기간 함께 해 온 동역자가 있었다. 나이는 어려도 믿음직하고 듬직했으며, 많은 현장업무를 같이 수행해왔고, 고생도 많았던 동역자이기에 정말 가족처럼 지내왔고, 평생 퍼스트 식구가 될 거로 생각했지만, 나 혼자만의 착각이었음을 최근에 알게 되었다.

원래는 이 자리가 아닌 '감사의 대명사'로 자랑이 게재되어야 할 책이었는데 이런 내용으로 채워짐이 못내 아쉽고 씁쓸하기만 하다.

7~8년 전 회사에 입사원서가 들어왔고, 그 당시 담당과장이 중국 출장을 가면서 서류가 누락되는 바람에 담당자 입국 후 회사와 연이 되었고, 경호원의 직업과 너무나도 잘 맞는 청년이었다. 게다가 급여일 때마다 감사를 잊지 않고, 심지어는 정장 입고 근무할

수 있는 자체에도 감사해 하는 근무자였다. 그러다 보니 점점 회사에 중요한 현장을 담당하게 되고, 나의 신뢰도 점차 커졌으며 내가 많은 사기와 배신을 겪는 과정과 사건들 사이에서도 묵묵히 자리를 지켜주던 듬직한 동역자였다. 우리 회사는 근무자 생일에 부모님께 떡케이크를 보내드린다. 소중한 자녀를 회사에 보내주심에 대한 감사인사이기도 하고, 더욱 열심히 일해 동반성장할 테니 지켜봐 달라는 작은 의미가 담긴 일이기도 하다.

난 그다지 여성스럽진 못하지만 내 가족, 동역자, 친구 등 내 사람들은 끔찍하게 챙겨야 하는 사명감 혹은 책임감이 있다. 의뢰인의 생신, 가족 및 지인들 생일 뿐 아니라 동역자의 부모님 생신, 여자친구, 조카를 챙기거나 밸런타인데이, 화이트데이, 심지어는 빼빼로데이까지…. 어찌 보면 그런 부분이 여성 CEO의 강점일 듯하다. 물론 그런 가운데 늘 미안했던 부분은 사회생활을 하면서 워낙 어르신들과 사업을 진행하고, 모임을 해도 수십 명이 모이는 자리에서 활동하면서 지내다 보니 일대일의 자리나, 허심탄회하게 술 한 잔 하는 그런 시간이 없었다. 지금 와서 생각하면 안타깝기도 하고, 미안하기도 한 부분이다.

남성 오너였다면 좀 더 편하게 고민이든 힘든 상황이든 사전에 얘기할 수 있는 여건이 되었을까? 라는 생각도 하게 된 시점이었다. 대신 현장에서의 인센티브나 대체휴무 등 다른 방면으로 나름대로 보상에 대한 신경을 쓰고, 명절에 급여, 보너스, 각종 선물 등에 성의를 보이며 마음을 표현했었다. 어떤 명절엔 보너스만 오백을 챙기기도 했고, 몇 백을 들여 일본에 탐정교육을 받고 라이센스를 받게 끔도 했다. 하지만 '서로 간의 입장 차이와 상대성은 있구나!'를 느낀 적도 있었다. 그해 급여, 인센티브 외에 실장에게 명절 보너스를 오백 챙기며, 과장은 삼백 챙겼는데 그 이후 보고 내용 중 현장에서 과장의 노트북을 업무용으로 썼음에 불만이 있었다는 내용이었다. 물론 세심하게 신경 쓰고, 배려하지 못한 회사 탓이 있지만, 인간적으로 내 입장에서는 서운한 마음이 사실 있었다.

오랜 기간 참 많은 일들이 있었고, 서로 힘이 되어가며 열심히 업무에 임했었는데 어느 날 갑자기 몸이 안 좋고, 외국에 있는 누나가 있는 곳에 가서 살아야 할 수도 있고, 집이 있는 지방에 내려가 PC방을 할 수도 있다는 얘기와 함께 퇴사를 청했다. 난 너무 갑작스러운 일이었지만 여성경호원이 문자 하나 남기고 현장을 펑크 내 본인이 업무를 진행하고, 어린 꼬마 아이가 선글라스를 벗으라는 웃지 못할 명령에 회의가 느껴졌다는 실장의 말에 일단은 휴직을 제안했었다. 업무가 과중되어 스트레스가 많아 그럴 줄 알았는데 결국 담당 과장도 같이 퇴사를 하였고, 그때까지만 하더라도 동역자들과 함께하는 게 좋겠단 생각에 사무실 출근은 하지 않는 조건으로 경호현장업무를 다 맡기며 난 여전히 대외업무와 발주되는 업무 건 처리, 책 쓰기에 전념하던 날들을 보내다가 기가 막힌 소식을 접하게 되었다.

실장이 우리 사무실 관내 관할 경찰서에 경비업 허가신청을 한 것이다. 법인은 이미 설립이 되어 있었고, 그 법인으로 근무자들 채용 공고도 올려져 있었던 상태였다. 미리 얘기해 줬더라면 그렇게 서운하진 않았을 텐데 관내 지도 점검을 위한 SNS와 담당 경관님을 통해 알게 되고, 그리고는 그 이후에 결제 받아야 할 한 달의 업무 내역을 올리며 허가신청을 했다는 메일이 들어왔다. 이미 회사 거래처나 업무의뢰는 실장에게 연락이 가는 상황, 지방에 일이 있어 다닌다는 언급을 했으나 이렇게 빠른 시점에 법인설립을 하고, 그것도 부천 내 고향에 우리 사무실이 있는 관할 경찰서에 경비업 허가 신청서를 접수했다는 사실을 어떻게 받아들이는 게 현명할까를 고심했었다. 그리고는 이왕 설립한 거니 잘 꾸려가 보도록 하고 내가 겪었던 시행착오들 많이 봐 왔으니 그런 수업료는 내지 말라고 전하고 마무리를 지었다. 이런 일들을 겪다 보니 '이젠 인연이 여기까지구나!'라고 생각하면 그나마 스스로 위안이 되는 것 같다.

다만 떠나는 사람의 뒷모습은 아름다워야 한다고 생각한다. 떠난 후 다시 봐도 서로 반갑고, 예전 추억을 떠올리며 얼굴 붉힐 일 없도록….

이 일을 겪으며 또다시 오기가 발동된다. '내가 이 업계 바닥부터 20년인데 그들이 없다고 현장 일 못 할까'라는 생각이 들면서 요즘 많이 안 다니던 현장들을 챙긴다. 그러면서 초심을 찾게 되고, 다시금 마음을 다잡게 되었다. 물론 현장관리 하고, 발주된 업무를 지사에 전달하며 그간 직접 교류하지 않았던 지사장님들과 소통하며 애환과 개선점을 듣고 반영하기도 한다. 실장에게 누누이 얘기했었다. 나 20년 차 되면 현장은퇴시켜 달라고 우스갯소리로 얘기했는데 스스로 정한 20년 차 안식년에 오히려 현장을 더 돌아보며 초심을 찾는 시간을 보내고 있다.

주변에선 모두 내 탓을 한다. 법인 임원과 대표로 세우고, 해외 교육을 보내고, 직업체험 강의를 맡기고… 그렇게 한 내 행동이 온

전한 실장만의 회사를 갖고 싶다는 생각을 키우게 했을 거라고….

요즘 현장을 다니며 현장의 분위기를 보고 초심을 다지는 삶이 불행인지 다행인지는 좀 더 시간이 지나봐야 알 것 같은 현상이지만… 그래도 실장은 잘되었으면 좋겠다. 성인군자가 아닌지라 맘 놓고 축하할 일은 아니지만 잘 지내고 많은 걸 경험하며 배울 수 있길 바라본다.

이 상황에서 한 가지! 혹시 이와 같은 상황에 놓였거나 독립을 계획하는 직장인이 있다면 기억해주길 바란다. 어떤 업종이든 혼자서는 해 나갈 수가 없는 것이 현실이다. 독립을 생각한다면 현재 몸담은 회사의 오너와 관계자와 사전 상의하여 협력관계를 만드는 것이 서로에게 동반 성장의 기회가 되리라는 것을 감히 얘기해 주고 싶다.

오랜 삶을 살아오진 않았지만 20년의 사회생활과 13년의 기업인으로서의 삶을 되돌아보니 희한하게도 안 좋은 일은 참 연이어 아주 기가 막힌 타이밍에 겹쳐서 왔던 것 같다. 인생 최고의 동역자라 여기며 지내왔던 실장의 이 일을 겪고 있는 과정에 예전부터 준비해 오던 한 현장에 업무를 진행해야 할 시점이 도래했다.

10여 년 넘게 거래하던 업체가 있었고, 주택재건축정비사업조합에 범죄 예방과 이주관리 업무 건을 해야 하는 시점에 철거업체를 연결해 준 적이 있었다. 이미 업무 진행은 몇 년 되었고, 최근에 관리처분 총회를 하면서 업무가 가시화되는 시점을 맞이했다. 협업을 제안하며 철거는 그쪽에서 진행하고 이주관리나 범죄 예방은 경비업을 운영하는 법인의 영역이니 믿고 업무지원을 했고, 30억의 계약이 체결된 현장이었다. 조합에 관리처분 총회가 끝나면 본격적인 이주가 진행된다. 그리고 이주가 진행되면 공가가 생기는데 그 장소에서 여러 범죄 발생을 예방하는 차원에서 업무가 진행된다. 철거업체 대표를 믿었는데 일단 입찰조건을 이주관리 범죄예방까지 철거면허 소지 업체가 경비업 허가를 득한 법인으로 제한을 두어 전체로 업무 계약이 이루어졌다. 그렇게 작년에 계약이 체결되었고, 막상 일하려는 시점이 되니 책정된 6억 영역에서 몇 천만 원 먹고 떨어지라는 얘기를 들었다. 아니면 말라면서…. 본인은 업계에서 욕만 좀 먹으면 된다고 했다. 같은 시점에 믿었던 두 사람의 어이없는 행동들! 그로 인한 상실감….

더 어처구니없는 건 멋있게 사업하는 사람으로 여기며 믿고 업무를 소개한 내게 너무나도 구구절절한 핑계를 대는 언행에 더욱 실망했다는 것이다.

좋은 비즈니스 파트너가 될 거라 믿었던 대표의 말을 들으며 '토사구팽'이란 단어가 떠올랐고, 10년 넘게 거래하며 연결한 업체를 오히려 안 좋게 얘기하며 피해자 코스프레와 함께 여기저기 자금 들어간 내역들… 그리고 정말 실망스러웠던 건 세 번째 아내, 그것도 띠 동갑 아내와 살면서 그 아내가 카드 돌려막기로 생활하고 있고, 본인 통장에 60만 원 있다며 하소연을 하는 것이다. 너무 어이가 없고 실망스러웠다. 부부동반으로 골프 치러 다니고, 해외여행 다니는 거 뻔히 아는 사람한테 그런 얘기를 하고 싶었을까? '성형외과 가서 머리 심고, 보톡스 맞으며 본인 외모 관리하는 사람이 통장에 60만 원 있다는 얘기를 한참 어린 내게 꼭 해야만 했을까!'라는 생각이 들었다. 한편으론 내가 어려서? 싱글이라서? 여자 혼자 사업하니까 무시하나? 혼자서 별생각을 다 했다. 그러고는 홧김에 "나 몇 천 안 가져도 되니까 대표님 30억 하지 말아야 제로섬이 되면서 공평하죠!"라는 말을 남겼고, 책 쓰는 과정에 그런 기운을 연계시키고 싶지 않아 지금은 내려놓았고, 출간 후 현명한 대안을 찾으려 한다.

일전에 지인 어르신께서 말씀하셨다. 더러운 팔자를 타고 난 사람이 CEO 하는 거라고…. 그때는 그냥 웃어넘겼다. 하지만 그 말씀을 해주신 대표님 또한 이런 과정을 겪으셨으니 그런 말씀을 하실 수 있었겠지 라는 생각에 쓴 웃음이 나왔다. 그만큼 어렵고 힘든 일과 별 일 다 겪으며 살아가는 사람이 CEO의 직분을 가진 사람이라는 것이 새삼 다가왔다.

한편으론 가정의 울타리 안에서 듬직한 신랑의 보호를 받으며 아이들 크는 재미와 행복을 누리며 사는 대신 사람들에게 시달리며 스트레스 받아야 하는 이 상황이 너무 대조된다는 생각을 하다가, 물론 서로가 남의 떡이 커 보이니 할 수 있는 생각이라는 말로 위안을 얻기도 한다.

내 주변에 너무나도 멋진 지인들이 많으시고, 그분들을 통해 많은 것을 배우며 살아가고 있다. 그리고 그 삶 가운데 나를 힘들게 하는 이러한 사람들도 존재한다.

사실 위기(crisis) 파트의 글들을 쓰기가 힘들어 시간이 많이 지체되었다. 이젠 마무리를 하는 시점에 앞으로의 삶에서는 귀한 만남의 축복과 분별력이 허락되길 간절히 기도해 본다.

인간관계에서 피해는 진실 없는 사람에게 진실을 쏟아 부은 대가로 받는 벌이라는 법정 스님의 말씀이 또 한 번 되새김질 되며 살면서 중요한 것 중 하나는 어떤 자리에서 어떤 입장과 상황과 관계이든 떠나는 사람의 뒷모습은 아름답게 기억되어야 한다고 생각한다.

CHANGE

변화

넘어짐이 가져다준 삶의 변화

더 나은 내일을 위한 오늘

학사<석사<박사<밥사<술사<감사<봉사

Impossible이 아닌 I'mpossible의 주인공이 되자!

노력의 대가는 이유없이 소멸되지 않는다

넘어짐이 가져다준 삶의 변화

노를 젓다가 노를 놓쳐버렸다.

비로소 넓은 물을 돌아다 보았다. - 고은 -

돼지는 평생 하늘을 볼 수 없는 신체 구조를 가졌다고 한다. 먹이로 유인해보아도 결국 포기하는 실험 장면을 보며 웃음이 났다. 하지만 그런 돼지가 유일하게 하늘을 볼 수 있을 때는 쓰러지거나 넘어졌을 때라고 한다. 어찌 보면 나의 삶, 그리고 우리들의 삶이 아닐까 하는 생각을 조심스럽게 해본다.

법인을 설립하기 전까지, 아니 법인 설립 후 몇 년까지도 지속적인 성장이 있었으니, 나의 20대 후반까지의 삶엔 넘어짐이란 단어가 없었다. 유치원을 다니지 못해 대신 교회를 열심히 다녔고 무작정 뛰어놀았다. 그래서인지 초등학교에 입학한 이후부터 지금까지 계주선수로 활약했다. 또 부모님이 물려주신 넓은 오지랖으로 대인관계도 원만했고, 워낙 일 욕심, 운동 욕심, 공부 욕심이 많아 악착같이 살며 수십 개의 자격증을 취득해왔다. 성취욕과 삶의 만족, 자존감의 최고조를 누리며 살아왔던 것 같다. 이제 와서 생각해보면 스스로를 너무 채찍질했던 삶에 나 자신에게 조금 미안해지기도 한다. 시험에 떨어지거나 뭔가 해내려고 한 일에 실패한 나 자신을 스스로가 용납하기 힘들어 개인 일정 없이 독서실을 끊어 준비했고, 누군가의 배신엔 내가 그 이상으로 잘되는 것이 멋진 응징이란 생각에 더 열심히 일하며 살았다.

그러나 30대를 마무리하는 시점에 생각해보니, 나의 30대는 넘어짐과 다시 일어섬을 반복하며 상처와 회복을 경험하게 된, 힘들었지만 그만큼 성장한 시간이었다. 그래도 다시 경험하고 싶진 않은 세월인 듯하다.

성경에 환난은 인내를 인내는 연단을 연단은 소망을 이룬다는 말씀을 실감케 했던 나날들!

어린 나이에 사업을 시작하면서, 굳이 겪지 않아도 될 일들을 많이 겪었다. 사기와 배신, 협박, 이용당함, 소송 등을 통해 재정과 열정과 에너지들이 고갈되는 시점도 맞이했다. 그러나 이 일들을 통해 분명하게 배우고 얻은 선물들이 있다.

가족의 소중함이야 어릴 때부터 이미 자리 잡은 마음의 형태지만, 힘든 일들을 겪으며 더욱 감사함과 소중함을 확인할 수 있는 귀한 시간이었다. 또한, 광야의 시간을 거치며 신앙이 회복되었다. 어린 시절 단순히 유치원 대신 갔던 교회와 신앙이 아니라, 크리스천 기업인의 사명감과 나눔, 베푸는 삶의 기쁨을 느낄 수 있는 시간이었다.

또한, 나를 되돌아볼 수 있었던 시간이기도 했다. 그간 나를 돌보지 않았고, 늘 앞만 보고 뛰어가는 경주마의 인생을 살았던 시간에, 혜민 스님 말씀처럼 잠깐 멈춰봤더니 보이는 것들이 있고, 잘 다독거려주지 못했던 나 자신이 보였다.

쉼을 선물해주지 못했고, 잠을 줄여가며 뭔가를 해야 했으며, 하고 싶은 일보다는 해야 하는 일을 하며 정신없이 살아온 삶을 돌아보니, 남들이 누리는 행복을 많이 못 느끼며 살아온 3포 세대, 저 출산의 주범으로 사는 서른아홉의 내가 있었다. 그나마 감사한 건 나의 일과 가족, 사업장과 동역자, 그리고 그동안 쌓아온 스펙과 경험이 존재한다는 것. 그래서 다행이라 생각한다.

56년간 히말라야 등반을 한 사람들의 48%는 정상을 밟은 직후에 사고를 당했고, 한 선수는 롤러스케이팅 대회에서 우승 세리머니를 하느라 세계대회 우승을 놓치고 말았다. 그 영상을 보며, 한 번은 너무 어이없어 웃음이 났고, 다시 본 영상을 통해서는 30대의 넘어짐을 통해 20대까지의 내 삶을 돌아보게 되는 계기를 얻었다. 그리고 '최초라는 수식어'와 '창업을 통해 이룬 결과들에 대한 자만'의 경고등은 아니었을까 하는 생각이 들기도 했다.

그렇다 치더라도, 너무 많은 수업료를 낸 것에 대해서는 안타까움과 아까운 생각이 드는 건 사실이다. 하지만 좋게 생각하면 멋진 인생의 하프타임을 경험하며, 잘 마무리 되었기에 감사할 일이다. 40~50대에 겪었다면 재기조차 힘들었을지도 모를 일들을 20~30대에 겪고 보니 겁나는 것도 없고, 자만이 아닌 자신감으로 채워진 마음의 공간과, 경험으로 얻어진 재산이 생겼다. 넘어짐은 결코 마이너스가 아니고, 곱셈 인생을 위하여 준비된 하나의 과정이었다고 생각하기로 했다. 그래서 제로가 아닌 곱셈에 대비할 많은 자연수, 정수, 유리수 등을 만들었고, 앞으로 펼쳐질 내 인생 9회 말 짜릿한 역전승을 기대하며 40대를 맞이하고자 한다.

뮤지컬 맨오브라만차

더 나은 내일을 위한 오늘

계산기, 종이 티켓, 카메라, 라디오, 알람시계, 손전등, 손거울 등…. 이 아이템들의 공통점은 스마트폰의 등장으로 인해 점점 자취를 감춰가고 있는 물건들이라는 것이다. 사람들은 흔히들 말한다. **강한 자가 살아남는 것이 아니라, 살아남는 자가 강한 것**이라고…. 최초로 디지털카메라를 개발한 '코닥'은 큰 시장 점유율을 차지하던 기존의 필름 시장을 내려놓지 못해 예전의 명성을 잃어버렸고, 또한 최초로 스마트 폰을 개발한 '노키아'는 지금의 스마트폰 시장에서 아예 경쟁력을 잃어버리고 말았다.

기업의 수명은 점점 짧아지고 있으며, 자영업의 생존율은 한 자릿수를 유지하기도 버거운 게 지금의 현실이다.

최근 아디다스는 중국 공장을 철수하고 독일로 복귀하면서, 고객에게 완전 맞춤형의 로봇이 만든 신발을 제조하고 있다. 같은 공정으로 3주가 걸리는 신발 하나를 6대의 로봇이 맞춤형으로 5시간에 만든다고 한다.

이것이 우리가 살아가는 지금 사회의 모습이다. 우리는 앞으로 로봇에 의해 직업을 빼앗기지 않도록, 나만의 역할과 자리를 만들어야만 하는 처지에 놓여 있는 슬픈 현실을 맞이하며 살아가고 있다.

마윈 회장의 강연을 잠깐 옮겨보고자 한다.

"세상에서 가장 같이 일하기 힘든 사람들은 가난한 사람들이다!"

자유를 주면 함정이라 얘기하고,
작은 비즈니스라고 얘기하면 돈을 별로 못 번다고 하고,
큰 비즈니스라고 얘기하면 돈이 없다고 하고,
새로운 걸 시도하자고 하면 경험이 없다 하고,
전통적인 비즈니스라고 하면 어렵다고 하고,
새로운 비즈니스 모델이라고 하면 다단계라고 하고,
상점을 같이 운영하자고 하면 자유가 없다고 하고,
새로운 사업을 시작하자고 하면 전문가가 없다고 한다.

그들에게는 공통점이 있다.
구글이나 바이두, 네이버에 물어보기를 좋아하고,
희망이 없는 친구들에게 의견 듣는 걸 좋아하고,
자신들은 대학교 교수보다 더 많은 생각을 하지만,
장님보다 더 적은 일을 한다. 그들에게 물어보라
무엇을 할 수 있는지. 그들은 대답할 수 없다.

내 결론은 이렇다.
당신의 심장이 빨리 뛰는 대신 행동을 더 빨리하고,
그것에 대해서 생각해보는 대신 무언가를 그냥 하라.

가난한 사람들의 공통점은 행동하지 않기 때문에 실패한다. 그들의 인생은 기다리다가 끝이 난다.

또한, 가난한 사람의 또 다른 특징은 항상 남을 탓하고, 원망하고, 불평과 불만이 많으며, 매사를 부정적으로 생각하고, 쥐꼬리만큼 알면서도 전체를 다 아는 척하고, 본질보다는 외면에 관심갖거나 치중한다는 것이다.

혹시라도 몇 개의 문구에 찔림이 있다면, 행동력이 수반되는 그 무언가를 바로 시작할 수 있길 바란다. 변화 속에 반드시 기회가 숨어 있다는 빌 게이츠 회장의 말 또한 같은 의미를 전달하고 있다. 대학 2학년이 되던 빌 게이츠는 그의 친구에게 자퇴해서 재무 프로그램을 만들자고 제안한다. 하지만 사업보다 공부를 선택한 친구가 박사 과정을 밟을 때 빌 게이츠 회장은 억만장자의 대열에 올랐고, 졸업 후 그 친구가 32비트 재무 소프트웨어를 개발하려 할 때 이미 빌 게이츠 회장은 1,500배나 빠른 소프트웨어를 개발해 시장을 석권했다. 다니던 대학을 그만두라는 것이 아니라, 망설이지 않길 바란다는 메시지를 전달하는 두 분 회장님들의 행보를 보며 나 역시 많은 것을 느끼고 동기부여가 되는 시간이다.

난 정체된 걸 너무나도 싫어하는 사람이다. 또한, 자존감이 낮은 사람을 그다지 좋아하진 않는다. 어떻게든 개선하기 위한 노력을 해보는데, 사실 본인들이 변화하지 않으면 힘든 일이긴 하다.

올해 스스로 정한 사회생활 20년차 기념으로 안식년을 정하고 많은 교육과 훈련, 독서를 하며 지내온 여정은 멋진 선택으로 남을 것이다. 이런 기대감으로 얼마 남지 않은 30대를 보내고 있다.

양육자 훈련과 QT 스쿨, 심리 상담사, 학교폭력 예방 지도사, 전문인 선교학교, 순장 사관학교, 부동산 실전 경매, 한미 여성 리더십 포럼, 기독 실업인 전국대회에서의 교육과 여성가족부 대표 멘토로서, 성남수정경찰서 피해자 멘토 위원과 경기가족여성연구원의 성 주류화 정책 참여단으로 모니터링을 하면서도, 각 학교와 기관 등 특강을 다니면서 한 해가 정신없이 지나갔고 많은 걸 배웠다. 그 배움을 통해 누군가에게 도움이 되기 위한 멘토링 활동을 이어 나가고 있다.

그리고 중요한 건, 이러한 활동과 과정 중심에서 사람이 핵심이라는 점이다. 누군가 날 보고 얘기한 적이 있다. 암탉이 울면 집안이 망한다고…. 그랬던 분께서 이제는 암탉이 울어야 새벽도 오고 알도 낳는다며 우스갯소리를 하신다.

새벽이 가까울수록 더 어둡다고 한다. 그 어둡고 힘든 과정을 거치고 나니, 그 과정에서의 경험과 판단력과 위기 극복 능력은 내게 더할 나위 없는 디딤돌이 되어준 것 같다. 누구나 각자 극복해야 할 그림자가 있고, 광야의 힘든 시간을 겪게 되는 시점이 있다. 성향과 살아온 환경에 따라 삶의 형태도, 극복해 나가는 방법론이나 각자가 느끼는 삶의 무게도 모두 다르지만 왕관을 쓰려거든 그 무게를 견디라는 말처럼, 힘든 시기를 잘 겪어 나가며 내 것으로 만들면, 그러한 경험들이 각자의 삶에 있어 멋진 무기가 될 수 있을 것이다.

많은 사람들과 소통하며 지내다 보니 다양한 분들을 많이 접하게 된다. 어릴 때 무남독녀로 커서 아이를 많이 낳은 언니도 있고,

엄마가 47세에 출산하여 부모님과도 형제들과도 너무 많은 나이 차이 때문에 힘들었던 기억으로 일찍 결혼한 집사님도 계신다. 그분은 나랑 열 살 차이인데, 따님이 스물여덟 살이다. 지인들과의 나눔을 통해 인생 간접경험을 하게 된다. 어릴 때 부모님이 너무 바쁘셔서 늘 함께하지 못한 시간이 싫어 정말 가정적인 사람도 있고, 아빠가 술을 너무 좋아하셔서 술은 입에 대지도 않는 사람도 있다.

일에 미쳐 살다가 갑자기 투병 생활을 경험하게 되어 암 수술을 하고, 지금은 일 중독자가 아니라 여유를 즐기며 사는 지인 회장님도 계신다. 주변을 너무 잘 돌보며 큰 사업을 하시는 박사님인데, 갑자기 암 말기 진단을 받거나, 해외에 거주하는 동생을 8년 만에 만나는데 유골을 안고 온 친구를 보며 가슴 아파한 시간들도 있었다. 아무런 자각증상 없이 잘 지냈는데, 갑자기 폐암 말기 진단으로 3개월 선고를 받으신 친구 어머님은 결국 3개월을 못 사시고 가족과 친구 곁을 떠나셨다. 그리고 앞서 언급한 철저하리만큼 자기관리와 일에 매진하며 북한 사역을 꿈꾸던 우리 순의 장로님은 명절을 앞두고 갑자기 뇌출혈로 쓰러지셨고, 아직 의식불명의 상태로 치료 중이시기도 하다.

올해는 유난히 삶에 대해 많이 생각할 수 있는 상황과 시간이 주어진 나날을 보내고 있다. 그런데 생각해보니 이 또한 내가 하기 나름이었는데, 앞만 보고 달리느라 뒤도 돌아보지 못했고, 주변의 좋은 경치들도 못 보고 살았던 것 같다. 행복을 뜻하는 수많은 세 잎 클로버 사이에서 행운의 네 잎 클로버만을 찾기 위해 아등바등 살아오진 않았는지…. 그렇다면 앞으로의 삶은 어떻게 조각해 나가야 할지에 대한 많은 생각을 하며, 나뿐만 아니라 많은 사람들이 주변의 행복 속에서 드물거나 없을 수도 있는 네 잎 클로버 행운에 집착하며 살고 있진 않는가 하는 생각이 들기도 했다.

모든 성공은 땀과 희생을 요구하며, 실패는 성공의 과외비라고 한다(채의승, 『하늘 경영』). 그렇게 따지면 나도 수업료와 과외비를 내고 많이 배웠다는 생각이 들어 씁쓸함 반, 앞으로의 삶에 대한 기대 반인 시간을 보내고 있다. 시련은 있어도 실패는 없다는 정주영 회장님의 말씀처럼, 그러한 도전으로 조선 강국을 만들었던 그 패기와 열정을 다시금 생각나게 하기도 한다.

의지가 있다면 방법은 따라오기 마련. 멋진 인생을 위해, 그리고 더 나은 내일을 위해 오늘을 알차게 살아 나가는 나와 우리이길 기대한다. 그리고 어느 야구 경기에서처럼, 끝날 때까진 끝난 게 아니라는 것을 보여줄 수 있길 바란다. 8:0으로 지다가 멋지게 9:8로 이긴 9회 말의 짜릿한 역전승을 경험하는 우리의 인생을 기대해본다.

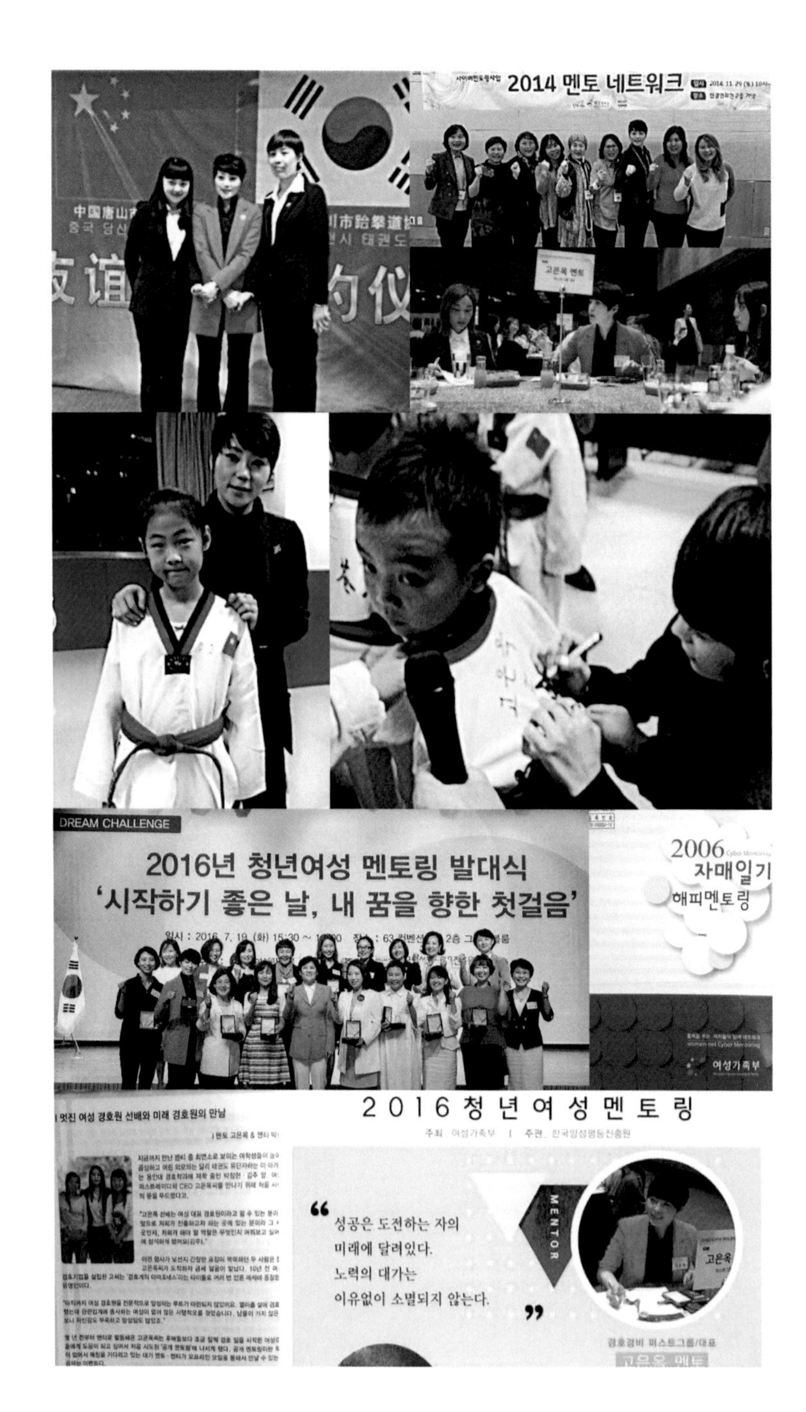
2014 멘토 네트워크
中国唐山市
市跆拳道协
고은옥 멘토
DREAM CHALLENGE
2016년 청년여성 멘토링 발대식
'시작하기 좋은 날, 내 꿈을 향한 첫걸음'
2006
자매일기
해피멘토링
여성가족부
멋진 여성 경호원 선배와 미래 경호원의 만남
2016 청년여성멘토링
주최 여성가족부 | 주관 한국양성평등진흥원
MENTOR
성공은 도전하는 자의
미래에 달려있다.
노력의 대가는
이유없이 소멸되지 않는다.
고은옥
경호경비 퍼스트그룹/대표

학사<석사<박사<밥사<술사<감사<봉사

세상을 살아가면서 학사, 석사, 박사보다 좋은 건 '밥사'와 '술사'라고 한다. 그런데 그보다 더 좋은 건 감사하는 삶이고, 그 감사하는 삶보다 더 멋진 삶은 봉사하는 삶이라고 한다.

앞서 언급했던 힘든 일들을 겪고 사람들에게 많은 실망을 한 후, 모든 것이 싫고 만사가 귀찮게 느껴질 때가 있었다. 먹는 것도 귀찮다 보니 위염 등의 증상이 생겼다. 수면 시간도 불규칙해 불면증에 시달리고, 탈모 증상과 대인기피 증세까지 생겨 처음으로 은둔생활을 해본 적이 있었다. 물론 성향 상 오래가진 못했다. 그렇게 살다간 답답해 죽을 것 같단 생각이 들었고, 가족에게 미안했으며, 그렇게 시간을 보내기엔 내 인생이 너무 아깝단 생각이 들었다. 그리고 그동안 강의하며 언급했던 링컨 대통령, 이지선 자매, 닉 부이치치 같은 분들과 강의를 들었던 분들께 죄송하단 생각이 너무 크게 작용했다.

링컨 대통령은 약혼녀와 어머님의 사망, 파산, 신경쇠약 그리고 18차례의 선거 낙방 끝에 미합중국의 대통령이 되셨다. 라이트 형제는 805번의 실패를 경험했으며, 에디슨은 1만 번의 실패 후 전구를 발명했다. 그리고는 그 1만 번의 경험은 실패가 아니라, 1

만 가지의 방법을 알게 해 주었다고 했다.

내가 스트레스와 상실감, 사람들에 대한 실망의 감정을 갖고 있을 때 강의하며 얘기해오던 이지선 자매에 관해 좀 더 알게 되었다. 여대생 시절 본인의 실수도 아닌 사고로 인해 온몸에 화상을 입고 40차례가 넘는 수술을 견뎠다고 한다. 수술 후 혼자 화장실을 갈 수 있음에 감사하고, 뭉그러진 손이지만 스스로 환자복 단추를 잠글 수 있음에 감사했다고 한다. 나와 동갑인 그 자매는 그러한 상황 속에서도 꿋꿋하게 박사 과정을 밟고 행복 전도사로 살아가고 있다. 오바마 대통령이나 닉 부이치치, 폴 포츠 같은 사람들의 상황들을 간접적으로나마 접하며 많은 위안이 되었다.

개그우먼 박지선 씨가 가장 좋아하는 말은 **"나는 넘어질 때마다 무언가를 줍고 다시 일어난다."**는 말이라고 한다. 피부 알레르기로 인해 분장할 수 없는 상황을 오히려 본인의 트레이드마크로 삼아 국민에게 웃음을 선사하는 그녀다. 한번은 개그 프로그램에서 본인이 개그우먼이 될 줄 알았으면 고려대까지 갈 필요는 없었다고 얘기하며 방청객들의 폭소를 자아낸 장면을 본 적이 있었다.

난 힘든 시기를 통해 감사하는 삶의 태도가 얼마나 중요하고 큰 영향력을 끼치는지 알게 되었다. 공부만 강요하는 사회를 탓하는 우리 학생들에게 아프리카 학생들이 학교나 학용품이 없어 막대기로 땅에 글씨를 써가며 공부하는 상황과, 우리가 좋은 브랜드를 따질 때 신발이 없어 페트병을 구겨 신고 다니는 그들의 사진을 보여주며 우리가 얼마나 행복한지 느끼게 해주는 시간이 좋아졌다. 그 감사의 마음들은 누군가에게 무언가를 해줄 수 있는 것에 더욱 감사하는 봉사의 시간들로 하나하나 채워지는 아름다운 삶을 살아가게 해주었다.

예전에 같이 모임을 했던 외식업계 마이더스의 손 '놀부' 창업주인 오진권 회장님은 지금의 사모님을 만나고 신앙생활을 하면서, 술과 골프를 다 끊고 '밥퍼' 행사를 다니셨다. 수익금의 일부를 불우 아동과 노숙자를 위해 기부하는 삶을 통해 우리에게 많은 걸 깨닫게 해주신 분이기도 하다.

세상에서의 힘든 과정을 겪으며 접한 크리스천 CEO 스쿨과 기독실업인회(CBMC). 그곳에서 난 너무나도 멋지게 나눔과 베푸는 삶을 살아가는 귀한 크리스천 기업인들을 뵐 수 있었다. 누군가를 짓밟고 본인이 성공하려는 삶이 아니라, 서로를 위해 중보기도를 하고, 힘든 일을 겪는 동역자를 보면 자기 일처럼 보살피는 분들이셨다. 난 자연스럽게 그 분위기에 동화되어갔다.

그러나 스쿨 수료 후엔 또다시 세상 속에서의 삶에 바쁘고 지친 삶을 살다가, 해외 아웃리치를 다녀오며 삶의 방향이 바뀌었다. 베트남을 다녀오게 되면서 현지인들을 위해 애쓰시는 선교사님, 그리고 그 상황들을 조금이나마 개선하고자 물질로, 봉사로 섬기는 믿음의 선배님들을 통해서 많이 배웠다. 몽골에서는 암과 소아마비로 힘들어하시는 분께 휠체어를 선물해드렸다. 출국 전에 강의를 했는데, 그분을 뵈면서 그 강사료로 뭔가를 해드리고 싶었다.

물론 처음부터 자발적이진 않았다. 처음엔 CEO 스쿨 동기이자 믿음의 선배인 이재욱 집사님이 장난삼아 등 떠밀 듯 제안했다. 그땐 경비업 위반 상고심까지 경비업법 위반으로 끝나, 그동안 노력해온 삶이 물거품이 된 듯한 상한심정으로 누군가를 도울 수 있는 마음보다는 나 자신을 추스르기 위해 떠난 자리였기에, 실은 힐링과 나만의 시간이 필요하다고 생각된 시점이었다. 처음엔 "본인이 하지 왜?"라며 뭐라고 했는데, 흙탕물에 자꾸 빠지는 휠체어와 거동을 잘 못 하시는 그분을 뵈며, 준비했던 비타민과 건강식품을 드리고, "내게 떠넘겼으니까 집사님이 나머지는 채우세요!" 하고는 봉투를 드렸다. 그런데 입국 후 새 휠체어를 탄 그분의 밝은 모습이 담긴 사진을 보면서 그때의 상황을 회개하고, 감사했던 기억이 있다.

또한, 우리는 몽골 아이들의 교육을 위해 한국 선교사님이 세운 학교를 방문했고, 힘들었던 과정과 상황을 듣고, 볼 수 있었다. 그곳에서 맞이한 광복 70주년의 아침! 2015년 8월 15일, 몽골에서 애국가를 4절까지 부르던 그 감격과 감동의 시간들은 앞으로도 잊지 못할 것이다.

그리고 올해는 계획했던 중국 선교대회, 호주 컨퍼런스, 미국 탐정훈련, 하와이 집회가 희한하게도 일정상 혹은 상황이나 여건, 집행부의 취소 등의 이유로 무산되고, 결과적으로는 캄보디아 오지로 의료 봉사를 다녀오게 되었다. 살아가면서 각자가 세운 계획들이 있지만, 늘 그대로 진행되지만은 않는다. **모든 일에는 때가 있고, 사람이 자기의 일을 계획할지라도 원하는 때와 방법으로 온전하게 이루어지지 않는 것 또한 현실이다. 그럴 땐 내가 악착같이 뭔가를 하려 하지 말고, 자연스럽게 이루어지는 순리를 따르는 것도 하나의 지혜일 수 있구나 깨달은 여름이었다.** 사실 책 쓰는 일로 올여름엔 캄보디아 의료 사역과 대외 공식일정 외엔 햇빛 구경조차 제대로 하지 못했다. 하지만 그 어느 때보다 오랫동안 기억에 남을 뜨겁고 감사한 여름날임은 틀림없다.

우리 일행은 밤 비행기로 새벽에 도착했고, 몇 시간 후 캄보디아 오지로 향했다. 캄보디아는 1999년에 훈센 총리 경호실에 경호 시범을 다녀왔고, 가족여행으로 앙코르와트와 수상 마을도 이미 다녀온 바 있다. 그런데 어느 정도 아는 곳이라는 착각은 도착하자마자 내려놓게 되었다. 아이들의 옷은 너무 지저분했고, 신발이 없어 맨발로 돌아다녔다. 의료 사역을 하러 왔지만, 마땅한 공간이 없어 예배당으로 쓰고 있는 오픈된 공간에 맨발로 접수대와 진료실, 약국을 만들었다. 공간이 세팅되기 전에 이미 긴 줄이 눈앞에 펼쳐졌다. 오지 마을과 대학에서의 5박 7일 일정이었는데, 며칠이 아니라 몇 주는 와 있어야 원활한 치료가 이루어질 것 같았다. 그런 부담감에 한 분이라도 더 진료를 받게 해드리려고 모두가 애쓰는 모습을 보며 은혜를 받았다.

첫날 170여 명의 환자에게 진료와 약, 치약 칫솔 등의 물품을 전달했다. 여독이 풀리지 않고 환경이 좋지 않았지만 각자의 역할에 충실했다. 같이 이동한 대학청년 팀은 아이들 성경학교를 하며, 얼굴은 낙서로 가득하고 옷은 물놀이와 땀으로 모두 젖었음에도 마냥 행복해 보였다. 진료하시는 장로님들은 수많은 환자를 진료하느라 화장실 갈 시간도 없었다. 접수는 통역과 함께 보디랭귀지를 통해 증상을 적고 혈압을 재고 혈당을 체크한 후, 각 진료하는 곳으로 안내했다. 진료를 마친 후에는 약국으로, 약을 탄 후에는 기도로 마무리했다. 세상 속에서, 그리고 사업 환경에서는 볼 수 없는 멋진 한 편의 영화 같았다.

아웃리치 출국 전 지인이 조언을 해주었다. 극성수기에 비싼 비행기 표 끊어서 자비 들이고, 시간 버리고, 에너지 쏟으면서 왜 사서 고생하러 가느냐며, 차라리 그냥 쉬라고 했다. 그런데 그분께 이 광경을 꼭 보여드리고 싶었다.

오지 마을에서는 혈당 테스트기 바늘 교체와 검사지 교체를 했다. 어릴 때부터 운동과 외부 활동을 많이 해서인지 장시간 가만히 앉아서 하는 일을 못 하는 내가 화장실도 못 가고 정신없이 바늘과 검사지를 교체했다.

이틀째는 주일이었고, 목사님의 요청으로 태권도 시범을 보였다. 최대한 많은 분들을 돌봐드렸지만, 진료표를 못 받고 기다리는 몇 분이 눈에 밟혔지만 맨발로 다니다가 유리에 찔려 피가 난 아이에게 가져간 신발을 신겨주게 되어 기뻤고, 그걸로 나마 위안을 삼았다. 그러나 대학에 이동해서는 심장판막증 어린이와 2개월 전 귀에 돌이 들어갔는데 빼지 못해 잘 안 들리는 남자아이의 치료가 진행되지 못해 속이 상하기도 했다. 큰 병원을 소개해주셨는데, 치료 못 하면 한국에 데려와서 치료해줬으면 좋겠다는 장로님의 말씀이 귀에 맴돈다. 또한, 치과 진료를 평생 처음 받아보는 그분들을 보며, 내가 얼마나 좋은 환경에서 행복한 삶을 살고 있는지 깨닫게 되었다.

다음날은 아침에 도착하니 사람들이 이미 새벽부터 줄을 서 있었다. 점심시간에도 진료를 못 받을까 봐 식사도 못하고, 문 앞바닥에 앉아 기다리는 수많은 사람들로 인해 맘이 편하지 않았다. 그리고 다음 날은 새벽부터 기다렸다는 얘기를 듣고는 모두들 아침도 대충 때우고 진료를 시작했다.

그날은 캄보디아 학생들과 진료 후 찬양집회가 예정되어 있었는데, 어김없이 문영재 목사님께서 태권도 시범을 요청하셨다. 나는 “조신하게 있어야 하는데 발차기 시키시니까 시집을 못 가요.” 하고 말씀드린 후 시범을 보였다. 모든 것이 합력하여 선을 이룬다고 했던가. 기독대학에서는 목사님과 전도사님께서 배경음악도 깔아주셨고, 오지 마을에서 보인 시범보다 고단자 품새 시범도 더 추가했다. 학생들의 반응 또한 너무 좋아 더욱 신나고 감사한 순간들이었다. 총장님께서 경호 사업하는 사람이라고 소개해주셨는데, 경호원이 뭔지 통역하는 친구가 설명을 못 해 난감했지만, 태권도 시범 후 나름 다들 해석이 된 듯했다.

그곳엔 미국에서 온 팀이 있었다. 점심시간 때 찬양 연습을 하기에, 영어예배 찬양 리더를 할 때 했던 찬양이 기억나 잠깐 같이 불렀는데 저녁 집회에서 목사님이 그들을 무대로 요청하셨다. 머뭇거리는 그들에게 낮에 같이 찬양했던 약간의 친분에, 나는 준비되지 않았다는 그들을 나가라고 소리쳤다. 그들이 무대에 나가 찬양 인도를 하는데, 왜 그랬는지, 어디서 그런 생각이 났는지 모르게 벌떡 일어나서, 총장님 목사님, 우리 팀, 캄보디아 학생들 등 찬양집회 장소에 있던 몇 백 명을 돌아다니며 손짓하며 다 일으켜 세웠다. 그렇게 우리는 울고, 웃고, 뛰고, 소리치고, 서로를 안아주며 축복했고, 감격의 도가니가 되었고, 한 시간 반의 찬양 집회는 그렇게 세 시간의 수련회가 되어버렸다.

태권도를 수련해 시범을 보이게 된 것도, 영어예배 찬양 리더로 섬기게 해주신 것도, 낮에 같이 시애틀팀과 영어 찬양을 하게 하신 것도, 총장님을 통해 소개해주시고, 태권도 시범을 통해 그 많은 학생들의 마음 문을 여신 것도…, 그래서 그 순간 나를 도구로 삼아 모든 사람을 하나 되게 하신 것도 모두 예비하신 일들이

라 생각하니, 모든 것이 은혜였다. 찬양을 통해 한국과 미국과 캄보디아 예배자들은 하나가 되었다. 하지만 그 덕에 우리의 목은 쉬고, 종아리 근육은 제대로 뭉친 행복한 하소연을 하며 미국 팀과 우리가 각각 준비한 선물로 캄보디아 학생들을 축복하며 마무리했다. 그리고 그 다음 날은 대낮에 바비큐 파티로 다시 하나가 되었다. 미국 팀에서 학생들 고기를 먹여주고 싶다고 해서 고기를 준비했고, 학교 측에서 밤새 드럼통과 바비큐 장비를 만들었다. 미국에서 오신 두 분의 목사님과 문영재 목사님은 식사도 못 하고 직접 고기를 구우셨다. 그 모습을 보며 이런 게 섬김이구나 하고 다시 한 번 느끼고 배울 수 있었다.

그리고 접수 때 통역했던 베나라는 스물두 살 파트너의 말에 눈물 흘릴 수밖에 없었다. 간호학과에 재학 중이고, 캄보디아 아픈 사람들을 잘 치료해주고 싶다는 그 자매가 5일 동안 몸이 너무 피곤한데, 치료받는 자국민들을 보면 많이 슬프고, 우리에겐 너무 고마워서 힘든지 모르고 행복하다고 했다. 그 말을 듣고 베나에게 우리나라도 50~60년 전에 똑같이 도움을 받고, 치료와 위로를 받아서 이렇게 하는 거니까, 자매도 나중에 우리같이 하면 된다고 말해주었다.

19년의 학생 시절 그리고 20년의 경호원, 사설탐정, 경호업체 CEO의 삶. 사업과 스펙을 쌓았지만, 가정도 신랑도 2세도 없이 30대의 마지막을 보내며 생각이 많은 시점이었다. 이렇게 생각이 많을 땐 좋은 곳에 가서 영성 집회 참석하기보다는 누군가를 돌보며 그들과 함께 행복한 시간을 보내고 싶어 온 캄보디아 일정이었다. 그리고 또 다른 한 가지…, 그들에게 도움이 되겠다고 간 일정이었지만, 결과적으론 내가 은혜를 많이 받았다. 세상 속에서 얻지 못한 귀한 믿음의 동역자들과 함께 허전했던 마음과 영이 감사함으로 충전된 시간이었다.

우리는 400명 이상의 환자들을 진료했고, 몸은 피곤했지만, 마음은 한없이 감사하고 뿌듯해 하며 또 다른 아웃리치를 준비한다.

감사하는 마음으로 봉사하는 삶! 얼마나 행복한 일인지를 경험하며 살아갈 수 있는 분들이 되시길 소망하고 축복한다.

새누리 경기도당
청년위원회 봉사활동

Impossible이 아닌 I'mpossible의 주인공이 되자!

수많은 사람이 인생에서 성공하지 못하는 이유는
기회가 문을 두드릴 때, 뒤뜰에 나가 네 잎 클로버를 찾기 때문이다.
- 월터 크라이슬러 -

'NOWHERE'. 말장난으로 느껴질 수도 있는 이 단어들. 하지만 'NOW HERE'의 삶도 'NO WHERE'의 삶도 본인이 조각하는 것이다. 그 앞의 단어가 꿈이든 열정이든, 비전이나 도전일 수도 있는 주어에 '지금 여기 있다'로 답할 것인지, '아무 곳에도 없다'로 답할 것인지에 대한 선택과 판단도 본인에게 달려 있다. **뭐든지 할 수 있는 '나이'다. 와 뭐든지 할 수 있는 '나'이다. '나이'를 중심으로 둘지, '나'를 중심으로 노력하며 살아갈지에 대한 것도 마찬가지라 생각한다.**

하고 싶은 일에는 방법이 보이고, 하기 싫은 일에는 변명이 보인다고 한다(김성오, 『육일약국 갑시다』). 우리는 늘 그 방법과 변명 사이에서 고민하고 있지 않은지 한 번쯤은 생각해봤으면 한다. 난 강의할 때 70세 트레이너 어르신과 102세 회원의 사진을 보여주며, 혹시 어떤 핑곗거리를 찾고 있진 않은지 생각해보라고 얘기하곤 한다.

기업인과 교수로서의 삶을 살아가다 보니, 직원이나 학생들을 보면 서글프지만 자연스럽게 이분법적 사고방식이 적용될 때가 있다. 희한한 일이지만, 일 잘하는 사람에겐 더 많은 일이 주어진다고 한다. 그런데 그럴 수밖에 없다. 한 달 시간 보내고 급여만 받으면 된다고 생각하는 직원과 주인의식을 갖고 열심히 일하며 회사와 동반 성장하기 위해 애쓰는 직원이 분류되고, 출석하고 학점만 어느 정도 받아 졸업하면 된다고 생각하는 학생과 하나라도 더 배우기 위해 애쓰며 과제물 하나하나에 공을 들이는 학생이 비교된다. 이민규 교수님께서 쓰신 책에 이런 내용이 있다. 학생들을 위해 시설 개선을 했을 때, 대신 비싼 등록금을 내는 것에 당위성을 부여하는 학생과 감사해 하며 공부를 열심히 하겠다는 학생을 언급하셨다. 공부도 열심히 하고 인성까지 갖춘 제자라면, 어떻게든 취업과 진로에 도움을 주고 싶어지는 게 인지상정이 아닐까 생각한다.

오래전 같은 회사에 동갑 여직원이 있었다. 물론 나보다 먼저 입사했고 경리 업무를 담당했는데, 본인보다 늦게 입사했지만, 여성 경호 사업부 팀장으로 있는 나를 좋아하진 않았던 것 같다. 그런데 그 친구는 상사가 커피 부탁을 하면, 커피나 타기 위해 입사해서 근무하는 줄 아느냐고 농담 반 짜증 반 대꾸하며, 본인의 기분 상태나 시킨 상사의 직위에 따라 달리 대응을 했다. 그리고 물건을 이동시켜야 하거나 물리적인 일을 할 때면, 여자가 어떻게 이런 무거운 걸 드느냐며 회피하곤 했다.

함께 사는 사회나 공동체에서 내가 조금 불편하거나 한 번 더 움직이는 상황에 민감하지 않길 바란다. 또한 좋은 것은 내 앞마당에, 좋지 않은 것은 내 뒷마당에도 안 된다는 이기적인 사고방식을 갖고 살지 않았으면 한다.

얼마 전 지인의 소개로 인력 파견업을 하고자 하는 두 분을 알게 되었다. 한 분은 우리 회사와 협업하며 사업을 시작하기 원했고, 친구 관계인 다른 한 분은 강남에서 신규 법인을 설립하자고 제안했다고 한다. 어떻게 시작하든 상관없으나, 내 경험을 얘기해 주었다. 13년 전 처음 사업을 시작할 때, 태권도 체육관 상권 때문에 전혀 연고가 없던 시흥에 자리를 잡은 이후 출퇴근 시간도 많이 걸리고 거리 등 여러 가지가 불편한데 때마침 한국여성경제인협회에서 창업보육센터 입주기업을 모집해 서울로 옮겼던 경험이 있다. 그래서 현재는 서울 사업장은 여의도에, 경기도 사업장은 내 고향 부천에 자리 잡고 있다.

두 분은 인천에 거주하고 계셔서 그래도 사업장이 가까운 게 좋을 듯 하다고 첨언했지만, 사업은 강남에서 해야 한다며 법인을 설립했다. 신규 사업장이니 업무 연결을 부탁하여 몇 번 진행하려 했는데, 두세 번은 법인에 경비업 허가가 없어서 안 된다고 하고, 또 한 번은 근로자 파견업이 없어서 힘들 것 같다고 했다. 그런 회신을 받은 후엔 업무 연결을 안 하게 되었다.

의지가 있으면 방법을 찾을 텐데 계속 변명만 찾는 답변이 오니, 솔직히 그 기운이 전달되는 게 싫었다. 그리고 어차피 또 안 될 이유로 회신할 텐데 하는 생각이 들면서 그렇게 인식이 되어버렸다.

그때 각자의 인생에서 Impossible이 아닌 I'mpossible의 주인공으로 살아가는 연습이 필요하다는 생각이 들었다.

트라이애슬론 대회에 출전한 형제 중 1등으로 달리던 동생이 탈진하자, 3등으로 오던 형이 부축하며 결승선에 다가온 후, 동생을 먼저 밀어 넣어 동생은 2위, 본인은 3위로 들어온 경기장면을 본 적이 있다. 함께하지 않았다면 1등도 할 수 있었던 형의 모습을 보고, 스포츠인으로서 뿌듯함을 느끼며 열광했다.

그리고 이번 올림픽에 참가한 여자 육상 5,000M 예선 2위 그룹에서 뉴질랜드 선수가 넘어지면서 미국 선수가 같이 넘어졌다. 그러나 그들은 혼자 가지 않고 서로를 일으켜 세워주고, 또 다른 선수가 넘어질 때 함께했다. 미국 선수는 꼴찌로 완주했으며, 먼저 들어온 뉴질랜드 선수와 뜨거운 포옹을 했다. 경기 결과와 상관없이 스포츠 정신을 나눈 이 두 선수 모두는 결승 진출자로 추가 선정되었다.

현실적으로 힘들 수도 있겠지만, 혼자 빨리 가는 것보다 같이 가는 아름다운 세상을 만들어 나가는 것도 이 세대를 살아가는 우리의 숙제가 아닐까 생각한다.

삶의 환경에서 불가능의 이유를 찾는 우리가 아니라, 가능한 방법을 찾는 우리이길 간절히 소망해 본다.

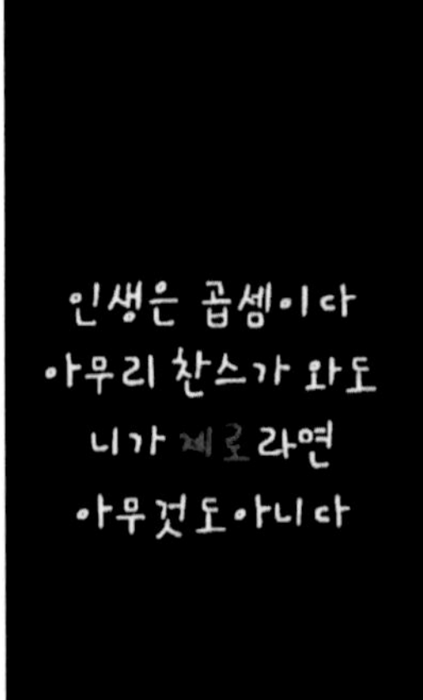

노력의 대가는 이유없이 소멸되지 않는다

내려놓아야 새 일이 시작되고, 버려야 새 것이 주어지며,
떠나야 새 길이 열린다. - 조정민 목사 사람이 선물이다 中 -

한국인의 삶을 나잇대 별로 정리한 내용을 본 적이 있다. 10대는 교육의 노예로 철이 없고, 20대는 군대와 취업의 노예로 답이 없다고 되어 있다. 30대는 회사의 노예이고, 집이 없다. 40대는 은행의 노예, 돈이 없다. 50대는 자식들의 노예로 살면서 일이 없다. 60대는 노후 준비의 노예, 낙이 없다. 70대는 연금의 노예로 이가 없다. 80대는 생존의 노예로 처가 없다. 그리고 90대에는 시간이 없고, 100대는 다 필요 없다고 하는 웃지 못할 현실 속 한국인의 자화상이었다.

경제규모는 크고 잘사는 나라의 축에 포함되지만, 자살률, 이혼율, 교통사고율은 세계 최고 수준, 주범이라 할 말은 없지만, 저 출산 문제, 그리고 낮은 행복지수, 남녀 임금 격차는 굉장히 크고, 근로시간은 그나마 멕시코에 넘겨주어 OECD 국가에서 2위를 차지하고 있다.

상황이나 직분을 떠나 이 시대를 살아가는 우리에겐 각자의 그림자가 존재하는 듯하다. 하지만 그 그림자가 학력이든 재정이든 취업이나 건강 혹은 자녀 문제라 하더라도 닫힌 문 뒤엔 열린 문

이 있다는 사실! 해결 못할 변명 사이에서 방황하지 말고, 할 수 있는 방법을 찾는 우리의 모습이기를 기대한다.

사회에 첫발을 내딛는 시점 여군 ROTC 제도가 없어 경호원을 선택했고, 차별화를 위해 수많은 자격증을 취득하며 최초의 여성 사설탐정과 최초의 여성전문경호경비법인을 설립할 수 있었다.

지금 생각해보니 상황과 환경 탓보다는 여러 가지 차선책을 찾아 실행력이 뒷받침되었기에 성장할 수 있었던 것 같다. 최근 임원의 일을 겪으며 오랜만에 여러 현장 업무 투입을 하며 수습과 관리를 하다 보니 조금은 잊고 살았던 초심이 떠올랐다. 법인설립 후 관공서 등, 가는 곳마다 회사 웹사이트를 즐겨찾기에 올려놓고, 리플렛 발송과 새벽 조찬부터 많은 활동을 해왔던 시간이 있었고, 현장에선 직원들의 식사와 일할 수 있는 여건을 조성해 주었었다. 경호업무를 하며 제대로 식사를 챙겨 먹을 수 없었던 적이 많아 근무자들 식사는 꼭 잘 챙겨 먹여야 하는 철칙이 있고, 어느 드라마의 CEO 대사처럼 몸 힘든 일은 시켜도 마음 힘든 일은 시키고 싶지 않아 근무자들의 방패와 우산이 되고자 노력한다.

또한, 창립 13주년을 앞둔 이 시점 사업의 방향 전환이 이루어지는 중요한 시간을 보내고 있다. 지인과 준비한 중국의 유통사업과 아울렛 운영대행업무의 오픈을 앞두고 있고, 교육사업의 비중이 높아지는 전환점을 맞이하며, 20대와 30대는 재테크보다 인(人)테크를 해야 한다는 확신의 시점이기도 하다. 국내 일정들로 빠듯하게 다녀온 1박 3일의 중국 일정! 한류의 열풍과 한국 상품의 인기를 실감할 수 있었고, 아직 한국 교민이 많지 않은 그곳에선 몇 년 전까지 한국사람이라면 택시비도 받지 않을 만큼 우리 국민을 좋아해 주는 현실에 감사한다.

교육사업 또한 지인으로 인한 확장이고, 국내 기존 업무들도 각 담당자나 지역 지사장님들을 통해 진행되어지는 상황들을 보며, 역시 중요한 건 사람이라는 사실을 또 한 번 느끼며, 또다른 지인을 통한 플랫폼 비즈니스의 부천 총판의 운영도 현실화되었다.

올해 여성경호원이 부족한 현실 속에서 귀하게 맺어진 인연이 있다. 군인 출신 탈북 최초의 여성경호원 전혜은! 기가 막힌 타이밍에 연결되어 여성가족부 멘토링에 합류하였고, 회사 식구가 되었다. 최근 군인 제부와의 결혼식에서 나는 남한 가족이 되었고, 못 받아 볼 거 같아 친동생 결혼식에서 철없이 받았던 부케를 이번엔 정말 뜻 깊게 받으며 축하를 해주었다. 우린 이렇게 가족이 되었고, 난 언니이자 동역자로 살고 있다. 만날 수 없었던 우리가 가장 좋은 시점에 희한하게 연이 되어 귀하게 예비된 만남이란 생각에 더욱 멋지게 동반성장해 나가려 한다. CBMC에서 탈북청소년 대안학교인 '다음학교'를 후원하는 행사장에서 영상을 보며 눈물짓는 혜은이를 보며 마음이 아팠고, 이 땅에 통일을 염원해 본다. 또한, 통일 한국에서 '다음학교'의 학생들과 혜은이가 멋진 가교 역할을 하는 날이 오길 기대해 본다. 일전에 지인과의 식사자리에서 만난 성격이 완전 좋은 순실 언니는 굶고 살아서 밥을 못 먹으면 서럽다고 했다. 그리고는 탈북 과정의 고생을 듣고, 고문 자국을 볼 수 있었다. 탈북민들을 돕는데 마음 쓰는 언니를 보며 늘 응원하고 있으며, 같이 종편 방송 프로그램 촬영 후 아들 자랑을 하며 빨리 결혼하라던 김정아 탈북 장교 언니는 혜은이와의 인연을 기뻐하며 성원과 격려를 해주었다. 현재 여성가족부 멘토링

성과발표회를 앞두고 있으며 이제부터가 시작이다!

결혼식 날 주일이라 찬양팀 섬김 부탁을 하고 홍천을 다녀와 저녁예배를 드리는데 대예배 때 싱어로 보이지 않아 걱정하셨다는 장로님과 성도님들을 뵈며 있어야 할 시간과 그 자리를 지키는 것이 얼마나 중요한 지… 그리고 아끼며 걱정해주는 믿음의 동역자들이 있음에 얼마나 감사한 지를 느낄 수 있는 주일이었다.

늘 현재진행형의 인생을 살아왔던 지금처럼 40대에는 더욱 멋진 날들을 조각해보려 한다. 책을 쓰다 보니 살아온 시간을 되돌아보며 만감이 교차한다. 그리고 또 다른 터닝 포인트와 그 간의 시행착오를 수업료로 멋지게 펼쳐질 앞으로의 날들이 기대되는 하루하루를 살아가고 있다.

개인적으론 박사과정도 밟아야 하고, 사업의 확장과 경호학과 교수로서의 삶에 충실하며 후진양성에 힘쓰는 시간을 계획하고 있다. 그리고 진정성 있는 믿음의 배우자를 위한 기도와 함께 여러 사역들을 통해 선한 영향력을 끼칠 수 있는 사람이 되기를 소망한다.

닫힌 문 뒤엔 열린 문이 있을 것이다. 과거와 미래형이 아닌 현재진행형의 삶을 통해 멋지게 각자의 인생 퍼즐을 맞춰가는 우리의 삶을 기대하며, 앞으로의 고은옥의 삶 또한 지켜봐 주시길 부탁드리고 싶다.

최종교정을 마무리하고 영상 하나를 보았습니다.

한 아들이 지쳐서 퇴근한 아빠에게 한 시간에 얼마를 버는지 여쭤보더니 4만원이라는 대답에 2만원만 빌려주면 안 되냐고 요청합니다. 아빠는 거절했다가 맘이 편치 않아 아들 방으로 가 2만원을 건넸더니 아들이 침대 밑에 모아둔 돈에 아빠에게 받은 2만원을 포함하여 4만원이니 한 시간만 일찍 귀가해서 같이 식사했으면 좋겠다는 말을 건넵니다.

그리고는 이 메시지가 보이네요.

성공을 위해 애쓰는 순간에도
정말 중요한 것을 잊지 마십시오.
지금 당신 곁에 있는 가족의 사랑보다
더 귀한 것은 없습니다.

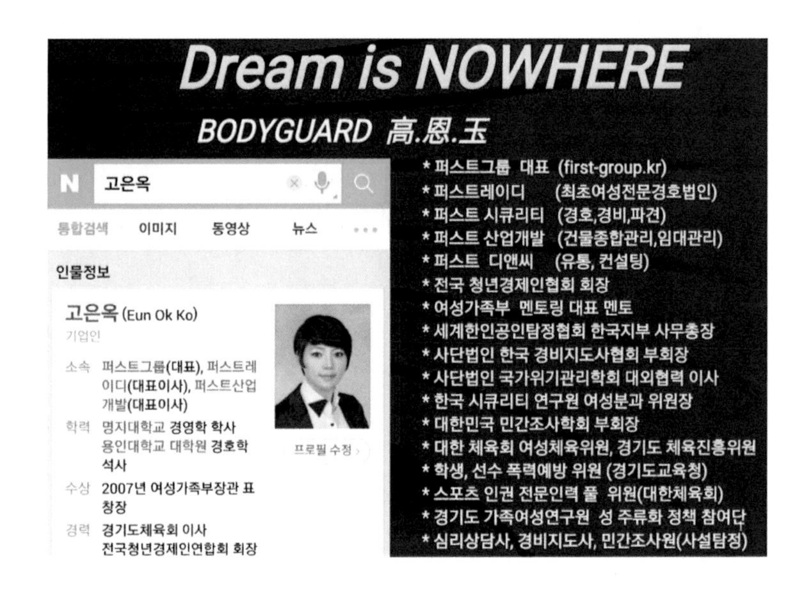

INTERVIEW
최초의 여성전문경호법인 CEO 고은옥
경호계의 퍼스트레이디, 고은옥 동문을 만나다
도전이 계속되는 '~ing' 인생을 살라"
창업여풍 프로포즈
1교시 : 듣고싶은 그 여자의 창업 이야기
2교시 : 듣고싶은 30초! 내 이야기
2016.09.22(목) 14:00 ~ 16:00 장소 : 수원여자대학교 해란캠퍼스 해란관 120호
2007학년도 수시1학기
특강Ⅰ: 여성CEO 릴레이특강 : 고은옥 (주)퍼스트레이디
일시 : 2006. 09. 22(금) 09:30 장소 : 학생회관 4층 강당
창업여풍 프로포즈
1교시 : 듣고싶은 그 여자의 창업 이야기
2교시 : 듣고싶은 30초! 내 이야기

| 맺음말 |

CHALLENGE- CHANCE-CHOICE-CRISIS-CHANGE

도전 기회 선택 위기 변화

2016년! 책을 통해 나의 삶을 되돌아보며 그간의 일들을 되새길 수 있었다. 누군가에게 도움을 줄 수 있는 삶을 살아간다는 게 너무나도 감사한 순간들이었다.

같은 상황을 바라보고 대하는 태도는 개인에 따라 많이 다른 듯하다. 여백에 있는 점 하나에 집착하면서 편협한 사고를 하는 사람이 있는 반면에, 넓은 여백을 바라보며 많은 꿈을 꾸는 사람들도 있다. 가진 것에 감사하고 행복해하는 사람이 있는 반면, 흙수저라서, 인맥이 없어서, 또는 부모님이 물려준 게 없어서 불평불만하고, 가지지 못한 것에 대한 원망과 미련으로 살아가는 사람들도 있다.

하지만 세상은 감사하며 살아가는 사람들에 의해 더욱 아름답게 비춰지고 밝아진다. 최근에 난 TV를 직접 보진 못했지만, 신경섬유종을 앓고 있는 한 여성의 모습을 보게 되었다. 그녀는 태어날 때부터 머리에 뼈가 없었고, 녹내장으로 시력도 잃었다고 한다. 게다가 얼굴에 혹이 막 생기는 신경섬유종을 앓게 되어, 키도 몸무게도 성인이라고 하기엔 너무 작은 체구로 살아가고 있었다. 어릴 때는 상도 많이 받고 인기도 많았던 그녀…. 하지만 체념하지 않고, 그녀 같은 불쌍한 사람을 돕기위해 사회복지학과를 졸업했다고 한다. 말하는 것조차 힘들어 키보드를 통해 의사소통하며 부모님을 걱정하는 그녀를 보며, 하루빨리 수술이 잘 되어 원하는 것들을 맘껏 할 수 있는 날들이 올 수 있길 기도했다. 짧은 시간에 최초로 9억 원의 펀딩이 이루어졌다고 한다. 위험한 수술이지만 좋은 성과와 그녀의 미래에 대한 기대와 소망을 가진다.

일전에 구치소에 가서 재소자를 위한 사역에 동참한 적이 있다. 우리가 그녀들을 위해 특별히 해줄 수 있는 건 없었지만, 각자의 사연을 들으며 같이 울고, 공감하며, 함께 기도해 주는 것만으로도 서로에게 위로가 되었던 기억이 있다. 이석희 시인의 말을 빌리자면, **상처 없는 사람은 없다. 그저 덜 아픈 사람이 더 아픈 사람을 안아주는 거라고 한다.** 우린 덜 아픈 사람이었고, 더 아픈 그녀들을 안아주며 삶을 나누고 치유와 회복을 경험했다.

그 나이 때 할 수 있는 많은 것들을 포기하며 이룬 세상 결과물들과 사람들의 배신, 사기, 이용당함으로 인해 겪었던 마음고생, 그리고 원망으로 다시 시작한 신앙생활이었다. 하지만 지금은 선한 영향력을 끼치며 살아갈 날들을 고대하고 다짐하며 살아간다. 그리고 앞으로도 더 아픈 사람을 많이 안아주며 귀하게 쓰임 받을 수 있는 나의 삶이 되기를 소망하고 기도한다.

마지막으로 글을 읽어주신 분들에게 이 책을 통해 조금이나마 삶의 위안과 힘이 될 수 있기를 간절히 바랍니다.

꿈과 비전, 열정, 밝은 미래가 **NOW HERE!** 지금 여기에 있음을 느끼고 살아가신다면 더할 나위 없이 감사할 것입니다.

특히 올해 여성가족부 대표 멘토로 선정되며 도전을 받게 해주신 멘토님들과 집행부! 멘토님 전부 저자는 아니지만 멘토로부터 책을 선물 받지 못한 우리 멘티들에게 미안한 마음에 출간이 빨라진 부분 또한 제게는 도전과 감사의 상황이었습니다. 그리고 홀로 세 딸을 키워주시며 지금의 저를 존재하게 하신 제 인생 최대의 서포터이자 멘토! 우리 엄마 **이옥임 여사님**께 깊이 감사드리며, 이 책을 바치고자 합니다. 표현을 잘하지 못하는 딸이라 직접 구두로는 말씀 잘 안 드렸지만, 이 세상 그 누구보다 사랑하고, 감사드립니다.

건강하고 행복하게 오래 함께해 주셔서 일찍 돌아가신 아빠께 못 했던 효도까지 다 받으셨으면 하는 간절한 마음으로 다가오는 칠순을 축하드립니다. 사위 대신 책을 안겨드려야 할 것 같아 죄송하지만 늘 그래왔던 것처럼 지켜봐 주시고, 응원해 주시길 원하며, 엄마의 딸이라 행복하고 감사합니다.

우리 가족 모두와 퍼스트 식구들, 그리고 저와 소중한 인연을 맺고 계신 모든 분들을 축복합니다.

2016년 12월 고은옥 DREAM

COMPANY | CEO

Security & Consulting
FIRST GROUP
Professional Responsibility Objective

COMPANY

- **경기경찰청 허가법인 / 서울경찰청 허가법인**
- **ISO 9001 인증기업 / 경영혁신기업(MAIN BIZ) 인증**
- **KINTEX / COEX 지정협력업체**
- **주택관리업, 위생관리업, 통신판매업 허가 및 신고법인**
- (사)한국경비협회 / (사) 한국전시서비스업협회 회원사
- (사)한국여성벤처협회 / 한국여성경제인협회 회원사
- 대한민국 여성대표 CEO 25인 선정 / 여성가족부 멘토링 수행
- 여성 전문 인력 양성 경호원 교육기관(중소기업청)
- 캄보디아 훈센총리 경호실 시범단 파견
- MBC 문화센터 어린이 보디가드 교실 교관 파견
- 서울시 교육청 주관 '경호원 직업체험 프로젝트' 수행
- 고용노동부 대한민국 산업현장 교수 사업 수행
- 中國 中安保 MOU 체결 / 中國 GSA 훈련교관 파견
- 日本 Security Management Academy MOU 체결
- Macau HUA WEI SECURITY MOU 체결
- Malaysia 문화교류협력 체결
- 국내최초 경호상품 홈쇼핑 판매(우리홈쇼핑)
- 재능대, 우석대, 영동대, 관동대, 전남도립남도대,
- 창신대학교 부천대 신안산대 산학협력 체결
- 중구여성새일터센터 업무협약 체결

AWARDS

- 2004 코피아난 UN사무총장 표창
- 2004 태권도연맹 김운용 회장 감사장 수상
- 2005 매경 벤처기업대상 특별상 수상
- 2006 중소기업청장 표창
- 2006 창업 및 경영 성공사례 수기공모전 수상
- 2007 여성가족부 장관 표창
- 2007 중소기업 중앙회 표창
- 2008 서울지방경찰청장 표창
- 2009 한국여성경제인협회 회장 표창
- 2010 한국청년회의소 중앙회장 표창
- 2011 서울 G20 정상회의 감사장 수상
- 2013 경기도체육회장(김문수) 감사장 수상
- 2013 경기도 부천시장 표창
- 2015 대한민국 창조혁신 대상 안전공헌부문 대상
- 2015 경기도체육회장(남경필) 감사패 수상
- 2016 여성가족부 멘토링 대표멘토 위촉

고 은 옥

高恩玉 Kelley KO
퍼스트그룹 대표
guardk@hanmail.net
guardk

- 명지대학교 경영학 학사
- 용인대학교 경호학 석사
- 태권도 · 용무도 · 경호무술 外 14단
- 태권도사범 / 겨루기 심판 / 품새 심판
- 경비지도사 / 비서자격 / 민간조사원(사설탐정)
- 심리상담사 / 학교폭력예방 지도사
- 가정폭력, 성폭력 전문상담사
- 전국청년경제인협회 회장
- 세계한인공인탐정협회(시카고) 한국지부 사무총장
- 여성가족부 대표 멘토 (커리어 · 문화 · 예술 · 체육부문)
- (사)한국경비지도사협회 부회장
- (사)국가위기관리학회 대외협력이사
- 대한민국 민간조사학회 부회장
- 한국시큐리티연구원 여성분과 위원장
- 대한체육회 여성체육위원 / 경기도 체육진흥위원
- 학생, 선수폭력 예방위원(경기도교육청)
- 스포츠 인권 전문인력풀 위원(대한체육회)
- 경기도 부천시체육회 이사 / 운영위원
- 아이사랑 홍보대사(범죄예방부문)
- 인터넷중독 예방센터 홍보위원

고 은 정

퍼스트 D&C(유통&컨설팅) 대표
LSM대리서치센터 대표
'똑같은 시간을 살아도' 저자
kej0530@empas.com

- 경기대학교 경호안전학 박사
- 고려대학교 생명환경과학 대학원 수료
- (사)한국장애인부모회 부회장 / 총무
- 한국민간조사협회 연구원
- 한국특수행정학회전임교수
- 강남전문학교 겸임교수
- 민주평화통일 자문위원
- 심리상담사, 에니어그램강사
- 가정폭력, 성폭력 전문상담사
- 예절지도사, 인구강사, 뇌교육사
- 웃음치료사, 레크레이션 지도자
- 사설정보관리사
- 부패방지위원회 부위원장

www.first-group.kr

전시사업자등록증
국제사업자등록증
경찰청 허가증
UAE 아부다비 종합무술대회 개최
동아시아 인력파견
코피아난UN사무총장 표창
세계한인공인탐정협회
창업경영성공사례수상
마카오 HUA WEI SECURITY MOU 체결
말레이시아 진흥청 문화교류협력
중소기업중앙회장 표창
중소기업청장 표창
한국여성경제인협회장 표창
日本 경호매니지먼트 MOU체결
일본탐정협회 교류 및 자격취득
서울지방경찰청 감사장
스타도네이션 감사장
창조혁신대상(안전공헌)
中國 산동성 직업전문학교
中國 주해 경호원 양성기지 훈련교관 파견
한국청년회의소중앙회장 표창
(사)한국경비협회장 표창
경기도체육회장(김문수)감사장
中國 中安保 MOU 체결
中國 하이난 교관파견
KINTEX 협력업체등록증
부천시장 표창
경기도체육진흥위원 위촉장
캄보디아 훈센총리 경호실시범단 파견
韓美 여성포럼 (주한미국대사관)

1996~2004

2005~2007

2008~2010

2011~2012

퍼스트 그룹 고은옥 대표

Economy

FIGHT

여자라는 편견과 한계의 장벽을 넘다

People

'Nothing I can't do just because I'm a woman'

MICEWEEK

MICEWEEK

2015~2016

좋은생각

BODYGUARD

Leader

G·Economy21

女風

大統領も頼る!

謎の韓国女子SP軍団

に密着!!

제복 입은 여자들

中國 호남TV 天天向上

Arirang TV

日本 NHK WORLD (Asia In View)

KBS 연예가중계

KBS 뉴스타임 (견미리의 여성파워)

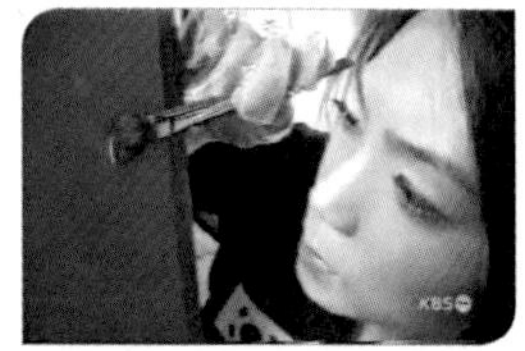

KBS 리얼코리아 (민간조사)

YTN 청년창업 런웨이

MBN 생방송 매일경제

MBN 황금알

TV조선 뉴스와이드 활

MBN 뉴스 BIG 5

MBN 뉴스 시사마이크

日本 후지TV

tvN 백지연의 피플 INSIDE

MBC 임성훈과 함께

SBS 골드미스가 간다

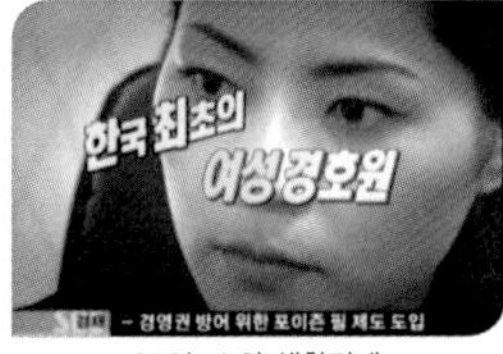

SBS뉴스와 생활경제

KBS 어깨동무

YTN 뉴스&이슈

SBS 취업라이브러리

한경TV 왕종근의 SUCCESS PARTNER

2004년 우리홈쇼핑 (최초경호상품판매)

채널 A 직언직설

JTBC 뉴스현장